LUZIFER
VERLAG

RICK CHESLER

DIE SUCHE NACH

ATLANTIS

THRILLER

LUZIFER
VERLAG

Deutsche Erstausgabe
Titel der Originalausgabe: ATLANTIS GOLD

www.luzifer.press

Umschlaggestaltung: Michael Schubert | Luzifer-Verlag
Übersetzung: Janna Ruth

ISBN: 978-3-95835-430-2

Dieses Buch wurde nach Dudenempfehlung (Stand 2019) lektoriert.

Bibliografische Information der Deutschen Nationalbibliothek:
Die Deutsche Nationalbibliothek verzeichnet diese Publikation in der Deutschen Nationalbibliografie; detaillierte bibliografische Daten sind im Internet über *http://dnb.d-nb.de* abrufbar.

PROLOG

Große Pyramide von Gizeh, 1938

Selam Hasim hatte sich verlaufen.

Er hockte auf dem Steinboden der Kammer irgendwo tief in der Großen Pyramide und breitete auf seinem Knie eine Karte aus, während er sie mit der Taschenlampe in seiner anderen Hand beleuchtete. Schweißtropfen fielen von seiner Stirn auf das Papier und ließen ein sachtes Plattern in dem fast stillen Raum hören. Die verwirrende Menge an kartierten Durchgängen, Räumen und Kammern machte ihn schwindlig, als er mit dem handgezeichneten Diagramm herauszufinden versuchte, wo er sich gerade befand.

Der Raum, von dem er dachte, dass er sich darin befand, hatte zwei Ausgänge, während der Ort, an dem er sich tatsächlich befand, offensichtlich nur einen hatte. *Das darf nicht sein*, dachte er und wischte sich mit dem Ärmel den Schweiß von der Stirn. *Es sei denn, Hamar hat einen Fehler in der Karte gemacht.* Er schob den düsteren Gedanken beiseite und schaute auf seine Armbanduhr. Die Tageszeit hatte nur wenig Bedeutung für ihn, denn hier unten in den Tiefen dieses fantastischen ägyptischen Baus war es immer dunkel. Aber die Tatsache, dass nahezu zwei Stunden vergangen waren, seit er sein Expeditionslager verlassen hatte, war wirklich beunruhigend. Er musste zurückkehren, bevor seine Begleiter bemerkten, dass er fort war.

Als Archäologe auf einer großen, gut ausgestatteten Expedition der Universität Kairo war Selam Teil eines professionellen Teams, das sich dem gründlichen methodischen

Studium des alten Wunders gewidmet hatte. Noch war nicht die gesamte Pyramide kartiert worden, da immer wieder neue Räume gefunden worden, und jene weniger bekannten Abschnitte waren für jedermann strengstens verboten. Selam war sich dieser Regel sehr wohl bewusst, war aber trotzdem von den autorisierten Grabungsbereichen abgewichen. Ein wichtiger Grund für diese Richtlinie war die Sicherheit; viele der Durchgänge in der Pyramide mussten mit modernen Bautechniken verstärkt werden, um die Wände, Decken und Böden gegen Zusammenbrüche und Einstürze abzusichern. Ein weiterer Grund war, wie Selam wusste, dass das Betreten eines neuen Abschnitts, ohne die richtige archäologische Technik zu beachten, die Unversehrtheit der Stätte beeinträchtigen könnte. Man würde dann nicht mehr sagen können, ob die Gegenstände so herumlagen, wie sie es seit Jahrtausenden taten, oder ob ihre Position auf die jüngsten Störungen zurückzuführen war.

Er ließ noch einmal seinen Blick durch den Raum schweifen, um sich zu vergewissern, dass er nichts übersehen hatte. Manchmal wurden neue Durchgänge entdeckt, aber dann wieder mit Steinen verschlossen, um unautorisierte Personen daran zu hindern, sie zu erkunden. Aber abgesehen von dem Tunnel, der ihn in diesen Raum geführt hatte – von dem er annahm, dass es sich um einen unterirdischen Ort handelte, unter dem eigentlichen Boden, auf dem die Pyramide stand –, sah er nur vier Wände, einen Boden und eine Decke, alles aus den gleichen festen Steinblöcken gebaut wie der Rest der Pyramide. Es war natürlich ein Wunder der menschlichen Bautechnik, dass es den Ägyptern gelungen war, all diese Blöcke zu hauen, zu transportieren und an ihren Platz zu schieben, um solch eine die Zeiten überdauernde Konstruktion zu schaffen, aber Selam hatte gerade deutlich dringendere Sorgen, um die er sich kümmern musste.

Er starrte wieder auf die Karte und Panik begann sich in ihm breitzumachen. *Wenn ich nicht in diesem Raum hier bin, wo zum Teufel bin ich dann?* Er fuhr mit einem Finger die durchgezogenen Linien nach, welche horizontale Durchgänge anzeigten, während die gepunkteten Linien vertikale darstellten. Und dann traf es ihn – wie der Schlag.

Du bist in einer neuen Kammer.

Er hatte nach einem Raum gesucht, von dem man wusste, dass er Artefakte enthielt, die noch nicht katalogisiert worden waren. Die Pyramiden und andere antike heilige Stätten waren schon lange Zeit das Ziel von Plünderern gewesen, und um die Wahrheit zu sagen, hatte Selam nichts dagegen, sich ein wenig dazuzuverdienen. Wenn er schnell genug an die nicht verzeichneten Artefakte herankam, waren sie reif zum Pflücken und würden ihm einen hübschen Preis auf dem Schwarzmarkt für Antiquitätenhandel einbringen. Aber sein Interesse an dieser Stelle galt heute etwas Speziellem. Dennoch, er war an einem vollkommen anderen Ort gelandet, in einem unbekannten Raum. Er war dabei, sich in den Gang, der ihn hierher geführt hatte, zurückzuziehen, als sein Blick auf eine an der Wand montierte Büste eines Pharao fiel.

Diese waren in der Pyramide nicht unüblich, aber dennoch war sie womöglich etwas wert. Da er wahrscheinlich nie wieder die Chance haben würde, in dieser Kammer zu sein, zumindest nicht allein, durchquerte er den Raum, um sich die Büste näher anzusehen. Gehauen aus einem einzelnen Quarzblock war sie etwa zwanzig Zentimeter hoch und zehn breit. Sie ragte ein Stück aus der Wand heraus.

Selam richtete den Strahl seiner Taschenlampe ringsherum um die Stelle, an der die Statuette die Wand berührte. Er wollte sie nicht kaputtmachen, nicht einmal etwas ankratzen. Je weniger sie bei der Entfernung von ihrem Fundort beschädigt wurde, desto mehr Geld würde sie wert sein. Dennoch hatte er nicht die Zeit, so gründlich zu sein, wie er eigentlich sein musste. Er dachte, dass es etwas merkwürdig war, wie sie in der Wand saß, etwas an der Tiefe der Rille. Normalerweise waren die Fugen so eng, dass sie nicht einmal ein menschliches Haar hineinließen, aber diese waren viel breiter.

Mit einem Achselzucken legte Selam eine Hand auf den Kopf der Figur. Er zog sie sanft nach links und dann nach rechts, ohne dass er irgendeinen Spielraum erspüren konnte. Ob mit breiten Rillen oder nicht, mutmaßte er, die Konstruktion war stabil – selbst nach den vergangenen Jahrtausenden – und hielt sich ebenso wie der Rest der beeindruckenden Pyramide.

Du hast keine Zeit dafür, du musst zurück ins Lager. Das wiederholte er wie ein Mantra in seinem Kopf, aber etwas an dem symbolischen Kopf faszinierte ihn. Er griff das Ornament anders herum und zog es hoch. Nichts. *Ich versuche noch eine Sache.* Selam drückte den Kopf der Figur nach unten.

Der geringste Hauch von Steinstaub rieselte hinter der alten Wandhalterung herab. Dann begann die Steinfigur die Wand hinunterzurutschen. Der Klang von Stein auf Stein füllte Selams Ohren und ließ ein Lächeln auf seinem Gesicht erstrahlen. Es löste sich. Das Artefakt würde ihm gehören.

Die montierte Figur kam plötzlich zu einem unsanften Stillstand, als sie das Ende ihrer Rille in der Wand erreichte, und Selam riss an ihr, wobei er erwartete, dass das Objekt sich aus der Wand lösen würde. Stattdessen spürte er, wie der Boden zu beben begann.

Selam wirbelte herum und schaute auf den Rest des Raumes. Die Steine waren im Umbruch, warfen Wellen von ihm bis zum Eingang der Kammer. Er fühlte die Figur in seine Hand kippen, aber er ließ sie fallen, nicht länger daran interessiert, was dieser altertümliche Tand wert sein mochte.

Neugierig darauf, ob sich vor ihm eine neue Tür aufgetan hatte, blickte er auf die Stelle, aus der er die Figur gezogen hatte. Nichts Neues, außer einem tiefen Riss dort, wo sie sich befunden hatte. Er könnte sich selbst dafür ohrfeigen, womöglich eine Art Falle ausgelöst zu haben. *Ich muss hier auf der Stelle raus!*

Aber als er sich wieder umdrehte, sank ihm das Herz in die Knie. Hier herauszukommen würde keine Selbstverständlichkeit sein. Die erste Reihe der großen, quadratischen Bodensteine war … verschwunden! Nein, nicht verschwunden, wie Selam sehen konnte. Wasser floss nun an ihrer Stelle. Sie waren versunken. Während er zusah, drang weiteres Wasser in die Kammer und die nächste Reihe Bodensteine fiel den Fluten zum Opfer.

Selbst als er auf die Steine trat, welche noch immer vorhanden waren, hatte er Schwierigkeiten, sein Gleichgewicht zu bewahren, da sie sich alle in Bewegung befanden. Er fiel hart auf ein Knie, bevor er sein Gleichgewicht rechtzeitig wiederfand, um zu sehen, wie eine weitere Reihe Steine hinabsank. Die letzte verbleibende Reihe war diejenige, auf der er stand, und diese war viel zu weit von dem Durchgang entfernt, um hinüberzuspringen. Wenigstens war der Tunnel noch trocken, soweit er sehen konnte, da er nach oben und fort von dieser unterirdischen Kammer führte. Aber wie sollte er dort hinkommen? Er blickte auf die Wände und an die Decke. Sie hatten sich nicht verändert, boten aber auch keine offensichtlichen Fluchtwege. Da sie vollständig aus glattem Stein ohne Risse, Hand- oder Fußhalte jeglicher Art bestanden, war es hoffnungslos, sie erklimmen zu wollen.

Aber es gab eine Menge Wasser, was bedeutete, dass er schwimmen musste. Selam erschauderte bei dem Gedanken daran. Aufgewachsen in Ägypten, umgeben von Sandwüsten, war Schwimmen nichts, was er oft getan hatte. Er hatte ein paar alte Kindheitserinnerungen daran, wie er in den flachen Wassern des Nils geplanscht hatte, aber auf die turbulenten Wirbel der ansteigenden Fluten in der Kammer war er nicht vorbereitet.

Jedoch würde er damit klarkommen müssen, wenn er leben wollte, also stählte er sich für den Sprung in den flüssigen Malstrom und zog seine Rucksackgurte fester. Er befand sich gerade im Begriff, den Sprung zu wagen, als er etwas im Wasser unter sich erblickte. Es war deutlich, obwohl es sich schnell bewegte und wenn die Wellen nachließen und die Physik des Wassers und sein Licht genau richtig standen, konnte er hinunter in die Tiefen der wässrigen Pyramidenbasis sehen.

Etwas war da unten, etwas Großes, das aus dem Boden ragte. Dann kippte der Stein, auf dem er stand, und er war im Wasser, mit was auch immer es war, buchstäblich dazu gezwungen, zu sinken oder zu schwimmen. Sofort bereute er es, seinen Rucksack nicht weggeworfen zu haben. Dieser belastete ihn furchtbar, doch was enthielt er überhaupt, wofür es sich zu sterben lohnte? Ein paar ägyptische Standardantiquitäten, die ihm womöglich für ein paar Wochen den Wein bezahlten, aber wenig mehr, und einige gewöhnliche archäologische Grabungswerkzeuge. Doch nun war es zu spät, ihn abzunehmen. Er musste weiter schlagen, weiter mit den Armen rudern, wenn er nicht in dieser gottverdammten Pyramide ertrinken wollte.

In einer Pyramide ertrinken? Obwohl sein Leben in unmittelbarer Gefahr war, konnte Selam nicht anders, als sich darüber zu wundern, wie das möglich war. Woher kam all das Wasser so nahe an der Saharawüste? *Es ist eine Falle!*, schrie sein verzweifelter Verstand. *Du hast sie ausgelöst, als du an der Figur gezogen hast.*

Er schwamm weiter auf den Ausgang zu, aber immer mehr Wasser stürzte hinein, sodass er kaum vorankam. Er begann in Panik zu geraten. Große Wellen spülten um ihn herum und er schaute zurück, nur um zu festzustellen, dass die letzten Bodensteine versunken waren.

Er schluckte Wasser und begann zu husten. Das Wasser in der Kammer stieg nun schnell. Als er erkannte, dass er lediglich seine Restenergie verbrannte, wenn er weiter versuchte, zum Ausgang zu gelangen, steckte er seinen Kopf unter Wasser und öffnete die Augen. Er sah noch immer etwas da unten, etwas das definitiv von Menschen geschaffen wurde. Mit einem tiefen Atemzug tauchte er unter Wasser und schwamm darauf zu. Vielleicht bot es ihm ja einen Ausgang?

Ohne die Hilfe einer Tauchermaske war die Form verschwommen, aber immer noch gut erkennbar. Es war ein Steinkopf, ein großer, viel größer als die Statuette. Ein menschlicher Kopf; selbst mit seiner schwammigen Unterwassersicht konnte er so viel sagen. Der Kopf war auf die Seite gefallen und starrte ihn an. Selam wusste, dass er zu lange zurückstarrte, dass er keine Sekunde Zeit hatte. Aber etwas an diesem Ding faszinierte ihn. Er wusste, dass es etwas Besonderes war, wusste, dass es etwas wirklich Einzigartiges und Seltenes war.

Nur das Bedürfnis nach Atem riss ihn aus seiner Träumerei. Er strampelte zur Oberfläche, eine Hand über sich haltend und darauf wartend jeden Moment an die Luft zu kommen, damit er atmen konnte, atmen, atmen.

Die Panik, die ihn erfüllte, als seine Faust gegen Stein schmetterte, ohne das Wasser zu verlassen, war allumfassend.

Er befand sich noch immer unter Wasser, obwohl er die Decke der Kammer erreicht hatte. Er spürte, wie das Gewicht des Rucksacks ihn hinunterzog. Er sah durch die Kammer hinüber zum Tunnelausgang. Er führte nach oben, wenn er also dahin schwimmen konnte, hatte er vielleicht eine Chance. Aber er war zu weit entfernt.

Er hörte auf, um sich zu schlagen, sah zu dem körperlosen Kopf hinunter und akzeptierte sein Schicksal, als er Augenkontakt mit dem unbekannten Artefakt aufnahm.

Selam Hasim würde hier sterben.

KAPITEL 1

Heute, vor der Küste von Ägypten im Mittelmeer

Carter Hunt warf durch die blau polarisierten Gläser seiner Sonnenbrille einen skeptischen Blick auf das Tauchboot, das neben dem Arbeitsschiff im Wasser schaukelte. Eine Zwei-Mann-Kapsel mit einer aufgeklappten Acrylkuppel. Wenn er sie so betrachtete, erfüllte sie ihn nicht gerade mit Zuversicht.

»Bist du sicher, dass dieses Gerät kein Wasser nimmt?«

Hunts Freund, Jayden Takada, trat ans Geländer neben Hunt. »Solange wir daran denken, die Luke zu schließen, bleiben wir trocken, versprochen. Über tausend Tauchgänge in diesen Dingern, und das einzige Mal, dass ich nass geworden bin, war, als ich mein Bier verschüttet habe.«

»Du hast wirklich einen Weg gefunden, nach der Zeit in der Marine am Ball zu bleiben, nicht wahr?«

Jayden grinste breit. »Das mit dem Bier war ein Scherz«, sagte er und warf einen Blick übers Deck, um sicherzugehen, dass es niemand gehört und ernst genommen hatte. »Im Ernst, Tauchpilot zu sein, ist kein schlechter Job, wenn man arbeiten muss. Nicht jeder von uns hat einen reichen Großvater, der ein Vermögen hinterlassen hat. Für dich Treuhandfond-Baby ist das nur Urlaub, aber ich habe hier erst einen Job zu erledigen, bevor ich Spaß haben kann.«

Hunt lachte gutmütig über die sarkastische Spitze. Nachdem sie gemeinsam für zehn Jahre in der U.S. Marine gedient hatten, konnten sich die beiden Freunde derartige Scherze leisten. Hunt konnte Jaydens Standpunkt jedoch nicht verleugnen. Im Alter von zweiunddreißig fand sich der zehnjährige Veteran, von denen er acht als Offizier tätig gewesen war, plötzlich mit jeder Menge Freizeit konfrontiert. Anstatt wie erwartet nach zehn Jahren noch einmal aufzustocken, hatte er den Dienst in gutem Ansehen verlassen, desillusioniert von einigen Dingen, die er gesehen hatte. Die Entscheidung war ihm durch das plötzliche Verscheiden seines Großvaters und die hinterlassene ansehnliche Erbschaft, ein Vermögen für die meisten Menschen, möglich gewesen.

Hunt hatte jedoch nicht die Absicht, den Rest seines Lebens in einem Nebel geistloser Freizeit zu verbringen. Er wusste nur noch nicht genau, was er tun würde. Diese Reise nach Ägypten, um Jayden zu besuchen, sollte das Ende seiner Pause darstellen, nachdem er das Militär verlassen hatte. Wenn er nach Hause in die Staaten zurückkehrte, wollte er sich darüber Gedanken machen, eine Art Unternehmen zu gründen, welches anderen helfen würde und ihm gleichzeitig erlaubte, produktiv zu bleiben. Mit einem Hochschulabschluss in Geschichte war er sich nicht ganz sicher, was das genau beinhalten würde, aber er hatte in der Marine damit zu tun gehabt, Artefakte und historische Schätze zu bewahren, die in den Zeiten von Bürgeraufständen geplündert worden waren. Er hatte ihn angewidert, wie Museen im Irak und an anderen Orten im Nahen Osten wegen ihrer kulturellen Artefakte geplündert worden waren. Es bedrückte ihn, dass einige Menschen ihre eigenen Interessen über die anderer stellten, dass sie alle der Möglichkeit beraubten, ihr kulturelles Erbe zu betrachten, nur um schnelles Geld zu verdienen.

Hunt klopfte Jayden auf den Rücken. »Dann hast du also Platz für einen weiteren Passagier in dem Ding?«

Jayden nickte. »Es ist ein Zweisitzer und ich brauche auf diesem Tauchgang keinen technischen Spezialisten, also kann ich dich als Ballast mitnehmen.«

»Ich wusste, dass ich für irgendetwas gut bin. Sag mir noch mal, was wir vorhaben?«

Jayden zeigte auf die ägyptische Küste in der Ferne, wo man am Ufer die Skyline einer Stadt und deren ausgedehnte Vorstadt sehen konnte. »Es gab eine Unterbrechung des Internetservices, und sie vermuten, dass es mit den Tiefseekabeln zu tun hat.« Er sah auf das Wasser unter dem schwimmenden Tauchboot. »Also werden wir da runtertauchen und schauen, ob wir einen Kabelbruch finden können.«

Hunt grinste. »Klingt nach Spaß!«

***

»Vergiss nicht, Carter, dieses U-Boot gehört nicht mir – es gehört International Telecom, denjenigen, die mich beauftragt haben, das Kabelproblem zu untersuchen.«

»Okay, und?«

»Also mach nichts kaputt. Fass nichts an – ich meine *nichts* –, ohne vorher zu fragen. Achtung, hier kommt die Luke.«

Hunt schaute rechtzeitig auf, um zu sehen, wie ein Besatzungsmitglied die transparente Kunststoffkuppel auf das U-Boot senkte. Er spürte einen leichten Druck in seinen Ohren, als die Schlösser an Ort und Stelle befestigt wurden.

»Keine Sorge, alter Freund, als ich das letzte Mal eine Anzeige angefasst habe, bei der ich mir nicht sicher war …«

»Ja, die C130 über Tikrit. Erinnere mich nicht daran, okay? Die Jungs waren danach wochenlang sauer auf dich, und ich habe dir gesagt, nicht zu …«

Jayden wurde durch eine Stimme unterbrochen, die über den Radio-Lautsprecher des U-Bootes kam. »Topside an *Deep Challenger*, bitte melden. Over.«

Hunt beobachtete Jayden, während er seine Hand halb hinüber zum Empfänger bewegte, als ob er um Erlaubnis bat, ihn aufzunehmen. Jayden schüttelte den Kopf und packte ihn selbst. »Deck, hier ist die *Deep Challenger*, wir hören Sie laut und deutlich. Bereithalten fürs Absinken. Over.«

»Verstanden. Hilfstaucher sind jetzt im Wasser.«

Vor dem Kuppelfenster winkte ein Paar Taucher Jayden und Hunt zu. Beide schwammen ans Tauchboot heran und lösten die Leinen, die es mit dem Schiff verbanden. Sie gaben Jayden ein Okay-Zeichen, ein Kreis aus Daumen und Zeigefinger, und zeigten damit an, dass sie bereit waren, ihren Tauchgang zu beginnen.

»Los geht's, Carter.«

Jayden drückte einen Schalter auf dem Bedienfeld und sie hörten das Rauschen entweichender Luft. »Keine Sorge, das ist nur die Luft in den Schwimmschläuchen.« Wasser schwappte über die Acrylkuppel, als sich das Boot ins Meer senkte.

»Die Schwerkraft wird uns nach unten bringen, bis wir uns dem Grund nähern«, erklärte Jayden, als sie unter die Wellen sanken. Die beiden Unterstützungstaucher blieben bei ihnen, bis sie eine Tiefe von etwa dreißig Metern erreicht hatten, dann winkten sie zum Abschied und begannen ihren langsamen Aufstieg zurück zum Schiff, während das U-Boot seinen Weg in die Tiefe des Ozeans fortsetzte.

»Nur noch knappe 600 Meter vor uns«, sagte Hunt. »Gibt es einen Film in diesem Ding?«

»Noch besser.« Jayden wies auf die Vorderseite des Fensters, wo eine große Meeresschildkröte vorbeitrieb und eine Schule silberner Fische jagte. Die nächsten Minuten verbrachten die beiden Freunde schweigend, während sie tiefer ins Meer sanken. Das Umgebungslicht änderte seine Farbe, zuerst wurden die Rot- und Gelbtöne herausgefiltert, bis allmählich nur noch Blau übrig war, dann verblasste selbst das um die 300-Meter-Marke zu Schwarz.

Jayden schaltete die externen Halogenleuchten des U-Boots ein und die kräftigen Lichtstrahlen durchbohrten die tintenschwarze Dunkelheit. Winzige Partikel schwebten im Licht. Es gab hier unten keine Fischschulen oder große Tiere. Dennoch gab es Leben. Eine Qualle trieb mit langen, fließenden Tentakeln an ihnen vorbei. Bald darauf kam der braune Schlamm des Meeresbodens in Sicht.

»Falls du dich gefragt hast, wie der Grund des Mittelmeers auf 600 Meter aussieht, jetzt weißt du es.« Jayden griff nach einem Steuerknüppel, um das U-Boot knapp über dem Boden zu halten.

»Ziemlich langweilig«, sagte Hunt und sah zu seiner Rechten hinaus.

»Dann ist es ja gut, dass wir nicht zum Sightseeing hier sind«, sagte Jayden und aktivierte die Triebwerke des U-Boots, um über den Boden zu gleiten. »Wir haben ein Tiefseekabel zu inspizieren, aber zuerst müssen wir es finden. Sollte irgendwo hier in der Nähe sein. Das Schiff ist genau über der Stelle positioniert.«

Hunt deutete nach rechts. »Ich sehe da drüben etwas.« Jayden schaute hinüber und nickte. Ein Teil eines schwarzen Rohrs war auf dem Meeresboden sichtbar und erstreckte sich endlos in beide Richtungen.

»Das ist es, alles klar.« Er führte das U-Boot hinüber, bis sie direkt über dem Rohr schwebten.

»Ich sehe keine Beschädigung«, sagte Hunt.

»Daran gemessen, wo der Signalverlust stattfindet, wissen wir, dass es einen etwa drei Kilometer langen Abschnitt gibt, in dem eine Art Fehlfunktion aufgetreten ist. Wir müssen nur entscheiden, in welcher Richtung wir zuerst nachsehen. Rechts oder links?«

Hunt schaute in beide Richtungen, bevor er antwortete: »Das Wasser sieht rechts ein wenig trüber aus, also sollten wir es zuerst dort versuchen. Es könnte bedeuten, dass etwas passiert ist, dass die Sedimente am Grund aufgewirbelt hat.«

»Ich wusste, dass es einen Grund gab, dich mitzunehmen.« Jayden nahm den Funksender auf. »*Deep Challenger* an Topside. Wir sind am Rohr, fast direkt unter dem Schiff. Hier sieht es okay aus, deshalb werden wir uns entlang des Rohrs nach Nordosten bewegen und uns umschauen. Over.«

Die Antwort per Funk erfolgte sofort. »Verstanden, *Deep Challenger*. Wir stehen bereit, falls ihr uns benötigt.«

Jayden begutachtete für einen Moment seinen beabsichtigten Kurs entlang des Rohrs, bevor er seine Hände an der Bedienung in Bewegung setzte. Das Tauchboot folgte dem Rohr in etwa zwei Metern Höhe. Zusätzlich zur Beobachtung durch Jayden und Hunt im U-Boot, sorgten Kameras an der Unterseite des Tauchboots für eine Liveübertragung in den Kontrollraum des Schiffs, sodass noch mehr Augen auf dem Rohr ruhten.

Hunt beobachtete, wie das schwarze Metallrohr unter ihnen verlief. »Das Rohr ist also nur die äußere Hülle und die eigentlichen Kabel sind darin, richtig?«

»Das ist richtig«, sagte Jayden. »Glasfaser. Das Metallrohr dient nur dazu, sie vor den Umwelteinflüssen zu beschützen.«

»Oder vielleicht einem neugierigen Hai, der Heißhunger hat.«

»Auch das.«

Sie fuhren fort, dem Kabelrohr zu folgen, das sich in die Dunkelheit schlängelte. Gelegentlich huschten eine Krabbe oder kleiner Fisch unter dem Rohr hervor, aber meistens sahen sie nur den Schlammboden. Das elektrische Surren der Triebwerke des Tauchboots war das einzige Geräusch, während sich die beiden Männer darauf konzentrierten, das Rohr visuell nach Brüchen oder Anomalien abzusuchen. Als sie weiter voranschritten, wurde das Wasser immer trüber, aber sie konnten das Rohr sehen, solange Jayden das Tauchboot langsamer fahren ließ und in der Nähe blieb.

Jayden wollte gerade vorschlagen, dass sie umdrehen und die andere Richtung untersuchen sollten, als Hunt auf die Kuppel vor ihm klopfte. »Warte mal, ich habe hier etwas.«

»Warte mal?«

»Ja, vorsichtig, es ist ziemlich versandet, aber da geht irgendetwas anderes vor sich.«

Jayden verlangsamte das U-Boot und ließ es auf die Anomalie zuschweben. Wolken braunen Schlamms wirbelten um ihr kleines Schiff, als sie knapp über dem Rohr über den Boden krochen.

»Genau da, siehst du das?« Hunt deutete in die Dunkelheit vor ihnen. Jayden stoppte ihr kleines Gefährt und blickte am Rohr entlang hinaus.

»Das ist der Bruch! Was ist mit dem Ding passiert?«

Hunt schüttelte den Kopf, als er das verstümmelte Rohr ansah. Ein Abschnitt fehlte komplett, aber sie konnten nicht sehen, wie viel, da das Wasser zu trüb war. Metallteile lagen auf dem Meeresboden in der Nähe und ein hervorstehendes Kabelknäuel war von dem zerstörten Ende des Rohres aus sichtbar. »Das war kein Hai.«

Jayden hob den Funksender auf und informierte das Schiff, dass sie den Bruch gefunden hatten und eine Inspektion durchführten.

»Mal sehen, ob wir die andere Seite des Rohres finden können, um zu schauen, wie viel herausgenommen wurde«, schlug Hunt vor. Jayden stimmte zu und stellte die vorderen Triebwerke des U-Boots auf niedrige Leistung, damit der Schlamm nicht weiter aufgewirbelt wurde und ihre Sicht noch mehr einschränkte. Sie ließen das gebrochene Ende des Rohres hinter sich und krochen dann über den schlammigen Boden auf der Suche nach dem anderen Ende des Rohres.

Nach ein paar Minuten hatten sie immer noch nichts gefunden. »Ich hoffe, wir sind nicht vom Rohr abgedriftet«, sagte Jayden. Hunt deutete auf den Kompass auf der Konsole. »Nein, alles in Ordnung. Ich habe mir unseren Kurs gemerkt. Bleib bei 210 Grad und wir sollten die andere Seite des Rohres finden.«

Jayden sah zu seinem amtierenden Co-Piloten hinüber. »Schon wieder, Carter, erweist du dich dieses Sitzes als würdig. Werden Wunder nie …«

»Whoa! Da drüben!«

Jayden schaltet die Triebwerke ab und brachte das U-Boot in einen kontrollierten Schwebezustand. »Was ist das?« Anders als Hunt, der keine Pilotenpflichten hatte, die seine Zuwendung erforderten, war Jaydens Aufmerksamkeit zweigeteilt zwischen dem Fahren des U-Boots und dem Betrachten dessen, was draußen vor sich ging. Aber bevor Hunt antworten konnte, knisterte der Funk auf der Konsole des U-Boots.

»Topside an *Deep Challenger.* Wir haben ein Bild vom anderen Ende des Rohres. Fast zweihundert Meter zerstörtes Kabel …«

Der Funker setzte die Übertragung fort, aber Hunt deutete nach vorn, wo das zerstörte andere Ende des Rohres lag. »Jayden. Hey, Jayden, wir haben hier etwas, das mir ganz und gar nicht gefällt. Etwas rechts von dem Rohr. Sei vorsichtig, mach langsamer!«

Jayden blickte auf das verstümmelte Rohr, dann nach rechts auf die Schlickebene, wo er ebenfalls sah, wovon Hunt sprach. »Was ist das?« Noch während er die Frage stellte, setzte er das Schiff in den Rückwärtsgang.

Zur selben Zeit wurde das Funkgespräch dringlicher, als die Besatzung oben ebenfalls das Objekt diskutierte, auf das Hunt hingewiesen hatte. Die Spekulationen nahmen überhand.

»Schiffscontainer, der von einem Frachtschiff über Bord gegangen ist und das Rohr ausgeschlagen hat?«

»Ist es ein Verstärker oder irgendein Teil der Infrastruktur? Wo ist unser Vertreter von Telecom? Hol sie ans Telefon.«

Aber Hunt schüttelte den Kopf, sein einfacher Satz vertrieb alle anderen Gedanken aus Jaydens Kopf in dem Moment, als er seine Ohren erreichte. »Es ist C4.«

Jaydens Hände erstarrten an der Steuerung, als er auf das kastenförmige, graue Objekt starrte. »Was?«

»Ich denke, es ist ein Block C4, der aus irgendeinem Grund nicht hochgegangen ist, als der Rest davon das Rohr zerstört hat. Schau dir das Explosionsmuster an. Das hier ist nicht aufgrund irgendwelcher Wellenaktionen oder etwa eines Unterwasserbebens geschehen. Sicherlich kein Tier, nicht mal ein sehr großes. Dieses Rohr wurde auseinandergesprengt und aus irgendeinem Grund wurden diese Blöcke dort nicht ausgelöst.«

Der Funk dröhnte wieder mit der Stimme des Besatzungsmannes von oben. »Jayden, wir brauchen bessere Bilder von dem Bruch. Können Sie uns näher ranbringen? Die Bilder, die Sie vom anderen Ende haben, sind gut. Wir wissen, was wir dort tun müssen, aber jetzt müssen wir nachsehen, wie wir diese Seite des Ganzen in Ordnung bringen können.«

Hunt schüttelte langsam seinen Kopf. Ihm gefiel die Nähe zum Sprengstoff nicht.

Jayden betrachtete den Abstand vom C4 zum Rohr und sprach dann in sein Funkgerät. »Ein wenig, aber nicht viel. Die Querströmung ist hier unten ein bisschen knifflig, aber ich werde sehen, was ich tun kann. Over.«

Hunt sah Jayden an. »Sei vorsichtig. Wir sollten nicht gegen das C4 stoßen und es damit auslösen.«

Jayden hatte einen seltsamen Gesichtsausdruck und griff erneut zum Funkgerät. »Topside, wer würde überhaupt C4 hier hinlegen? Ist das vom Installationsprozess übriggeblieben?«

Es blieb ein paar Sekunden ruhig, bevor die Antwort von einem älteren Besatzungsmitglied kam. »Es war nicht Teil der Installation. Wir wissen nicht, wo es herkommt. Gehen Sie mit äußerster Vorsicht vor. Over.«

Jayden legte seine Hand zurück auf den Steuerknüppel und schob ihn nach vorn. Das U-Boot tastete sich in Richtung des gebrochenen Rohres vor. Falls er die Kontrolle über die Triebwerke verlor, würde das U-Boot direkt in der Strömung auf den Stapel C4 driften.

»Pass auf, pass auf!«, warnte Hunt.

Schweiß rann trotz der niedrigen Temperatur in der Tauchbootkabine über Jaydens Stirn. Seine Hände arbeiteten an der Steuerung, als sich das U-Boot dem zersplitterten Rohr näherte, aus dessen Ende mehrere abgetrennte Kabel ragten.

»Etwas näher sollte ausreichen«, hörten sie den Mann über den Funk, der damit andeutete, dass die Videoübertragung noch nicht klar und nahe genug war.

Aber Hunt schüttelte den Kopf, als das U-Boot in der Strömung unruhig zu werden begann. »Das gefällt mir nicht, Jayden. Wir wollen nicht in dieses Ding stoßen.«

»Genau. Wir verschwinden von hier.« Jayden beschleunigte das Tauchboot, während er nach links abbog, in der Hoffnung, sie näher an das gebrochene Rohr heranzuführen, während sie in einer großen Wende, die sie vom C4 wegbringen würde, daran vorbeifuhren. Aber als er in die Kurve bog und die Stimme im Funk ihnen erzählte, wie großartig die Videoqualität wäre, drückte sie ein plötzlicher Wasserstrom von oben in den Boden. In dem Moment, wo sie auftrafen, wühlte das U-Boot wogende Schlammwolken auf, obwohl Jayden die Triebwerke ausgeschaltet hatte, um es nicht noch schlimmer zu machen.

Sie überschlugen und drehten sich.

»Ich weiß nicht, in welche Richtung wir müssen!« Jayden beobachtete, wie sich der Kompass durch die Rotationen des Schiffs wild drehte.

»Bring uns direkt nach oben«, riet Hunt.

Nickend drückte Jayden den Knopf, der die Airbags des U-Boots für plötzlichen Aufstieg aktivierte, einen in jedem Seitensteg. Aber als er das tat, wurde das U-Boot von einer Querströmung getroffen, die es seitwärts drehte und in den Block C4 katapultierte.

Hunts Warnung wurde vom dumpfen Dröhnen einer Explosion übertönt.

Die Flutlichter des U-Boots schalteten sich ab. Zwei Sekunden danach gingen auch die Lichter auf der Bedienkonsole aus. Hunt und Jayden hielten sich beide fest, indem sie die Rahmen ihrer Sitze umklammerten.

»Stromausfall! Ich habe keine Kontrolle mehr«, schrie Jayden.

»Hoffentlich bleiben die Airbags aktiv und wir steigen.« Hunt verengte die Augen und sah in die wirbelnde Dunkelheit hinaus. Er konnte nicht einmal sagen, wo oben war. Alles, was sie tun konnten, war sitzenbleiben und abwarten.

»Dosenfleisch«, sagte Hunt.

»Was?«

»Momentan sind wir wie Dosenfleisch. Das hat der Testpilot Chuck Yeager über den ersten Astronauten gesagt, der die Erde umrundet hat. Dass er kein richtiger Pilot war, nur Fleisch in einer Dose.«

»Danke, Carter.«

»Hey, weißt du, was Piloten noch so sagen?«

»Ich habe Angst, zu fragen.«

»Jede Landung, von der du fortlaufen kannst, ist eine gute Landung.«

»Wir werden es früh genug herausfinden. Denn, wenn diese Dose wieder nach unten fällt …« Er ließ den ernüchternden Gedanken unvollendet. 600 Meter tief unten ohne Strom oder wenigstens einer Verbindung zum Schiff zu sein, würde einen langsamen Tod durch Ersticken bedeuten, sobald ihnen der Sauerstoff ausging.

Aber Hunts nächste Worte hoben die Stimmung. »Es wird heller.«

Tatsächlich konnten sie bei der Betrachtung dessen, von dem sie nun wussten, dass es oben war, durch die Kuppel ein schwaches Aufleuchten im Wasser sehen, was hieß, dass sie auf die ferne Sonne blickten. Es bedeutete, dass die Auftriebs-Airbags ihre Arbeit verrichteten und das U-Boot durch das Wasser an die Oberfläche hoben. Die Fahrt schien endlos zu sein, aber langsam wurde es heller und heller, bis es offensichtlich Tageslicht war, was bedeutete, dass sie auf die Oberfläche zutrieben.

Ein paar Minuten später war das stromlose Tauchboot nah genug an der Oberfläche, dass Hunt die Unterseite ihres Unterstützungsschiffes ausmachen konnte. Es kam ihm in den Sinn, dass es nichts gab, was sie tun konnten, falls sie direkt darunter auftauchen und es treffen würden. Ohne Strom konnten sie weder steuern, noch mit dem Schiff kommunizieren, damit es ihnen auswich. Aber sie kamen fast ein Fußballfeld entfernt davon hoch und hüpften wie ein Korken aus dem sonnigen Mittelmeer. Es war unerträglich heiß in der Kabine geworden und Jayden und Hunt verschwendeten keine Zeit, die Luke zu öffnen, um sich über die kühle Meeresbrise zu freuen. Als die Schiffsbesatzung das leuchtend gelbe Schiff entdeckte, setzte sie ein Beiboot ins Wasser, um das Tauchboot und seine Crew zurückzuholen.

Als das Tauchboot an das Beiboot gebunden worden war, wurde Jayden und Hunt in das Unterstützungsboot geholfen. Einer von der Bootsbesatzung erzählte, dass sie die Videoübertragung des kaputten Rohrs gesehen hatten, bevor sie unterbrochen wurde. »Ein großer Teil der Leitung fehlt. Wir werden alle Hände voll zu tun haben, um ihn zu ersetzen, aber dank Ihrer Untersuchung wissen wir, was uns erwartet.«

Hunt nickte, bevor er hinzufügte: »Ich werde nur eines sagen. Die Zerstörung dieser Kabel war kein Unfall. Jemand wollte definitiv die Kommunikation zwischen Ägypten und dem Rest der Welt unterbrechen.«

KAPITEL 2

Große Pyramide von Gizeh

»Den LiDAR-Scans zufolge müsste es genau hier sein.« Dr. Madison Chambers richtete den Strahl ihrer Taschenlampe auf die hinterste Ecke eines Raumes, in dem einst eine Mumie und die sie ins Jenseits begleitenden Schätze untergebracht gewesen waren. LiDAR, *Lang Light Detection And Ranging*, war eine laserbasierte Technologie, die es kürzlich möglich gemacht hatte, archäologische Entdeckungen von luftgestützten Plattformen wie Flugzeugen auszumachen. Sobald eine Anomalie entdeckt wurde, kamen die Geländeteams zum Einsatz und untersuchten das, was per Bildgebung gefunden worden war.

Diese Untersuchung fand hier und jetzt statt, und Dr. Chambers war die Leiterin. Als angesehene Archäologin und festangestellte Professorin einer großen amerikanischen Forschungsuniversität war Madison für ein dreißigköpfiges Team von Wissenschaftlern, Technikern und Forschungsassistenten verantwortlich, von denen die meisten gerade oben in den Lagerzelten oder an den ebenerdigen Ausgrabungsstätten beschäftigt waren. Die LiDAR-Bildgebung hatte sie zu diesem Ort ganz unten in der Pyramide geführt, und sie vermutete, dass sie nicht allzu weit entfernt eine unterirdische Kammer vorfinden würden.

Etwas kurz geraten, mit nur knapp über einen Meter fünfzig Körpergröße, dafür umso größerem Mut, die langen kastanienfarbenen Haare als Pferdeschwanz unter der Mütze, lief Dr. Chambers über den Steinboden zu einem eingefallenen Abschnitt der Wand. Bröckelnde Abschnitte waren keine Seltenheit in der Pyramide. Da es sich jedoch um einen der neu entdeckten Räume am Fuß der Pyramide handelte, war das Spannende daran, dass es möglicherweise als Tor zu etwas Neuem führen konnte.

Madison ging um den mumifizierten Ägypter herum, der bereits von ihrem Team gründlich fotografiert und katalogisiert worden war, auch wenn er in Absprache mit den Behörden des ägyptischen Kultusministeriums an Ort und Stelle verbleiben würde. Die kleineren Artefakte waren verpackt und entfernt worden, um Plünderungen vorzubeugen. Als sie den bröckelnden Abschnitt der Wand erreichte, richtete Madison ihre Taschenlampe – ohne sie wäre es pechschwarz hier drin gewesen – auf den Haufen zerbrochener Steinblöcke.

Sie waren dicht aufeinandergestapelt und bildeten noch immer eine scheinbar undurchdringliche Wand. Vorsichtig stellte die Archäologin einen Fuß auf einen gefallenen Block. Sie atmete tief durch, wissend, dass dies womöglich töricht war. Die Blöcke waren unter Umständen nicht stabil genug, um nach wer weiß wie langer Zeit ihr Gewicht zu tragen. Außerdem war sie hier auch noch ganz allein. Doch der Reiz des Unbekannten und das potenzielle Versprechen einer publikationswürdigen Entdeckung waren zu verlockend.

Recht zuversichtlich, dass die Steinblöcke sich nicht bewegen würden, trat Madison auf eine weitere versetzte Platte etwas höher. *Hätte die Stirnlampe tragen sollen*, tadelte sie sich selbst. Das Halten der Taschenlampe mit einer Hand machte das Klettern nicht gerade sicherer. Dennoch überzeugten sie einige verlockende Blicke durch die Risse in den Steinen, dass es auf der anderen Seite eine Art Öffnung gab; vielleicht ein Durchgang, obwohl sie sich dessen noch nicht sicher sein konnte.

Sie kletterte weiter und höher, bevor sie sich seitlich nach rechts bewegte. Sie ertappte sich dabei, wie sie hinunterblickte, und obwohl sie nur drei Meter über dem Boden war – wahrscheinlich auf halbem Weg zur gewölbten Decke – fühlte sie eine leichte Panik bei der Erkenntnis, dass sie fallen und sich verletzen könnte. Aber das würde bedeuten, wieder von vorn anzufangen. Sie entspannte sich und lockerte den Griff an dem steinernen Halt, den sie gewählt hatte, um ihr Gewicht zu tragen.

Rechts von ihr befand sich eine massive Felsplatte, die in den Raum ragte und die sie keinesfalls umgehen konnte, jedenfalls nicht in dieser Höhe. Aber der Platz davor sah lohnend aus, also wählte sie vorsichtig ihren Weg entlang der Wand, bis sie einen vielversprechenden Anblick vorfand: Einen nahezu flachen Stein, auf dem sie tatsächlich stehen konnte. Sie war dankbar für die Gelegenheit, sich auszuruhen.

Madison nahm ein Tuch aus ihrer hinteren Jeanstasche und wischte sich den Schweiß von der Stirn. Dies war harte Arbeit, aber es geschah nicht jeden Tag, dass man ein neues Gebiet in der großen Pyramide erkunden durfte, also würde sie den Schmerz und die Unannehmlichkeiten überwinden können. Madison atmete tief durch und setzte vorsichtig einen Fuß vor den anderen, bevor sie sich umdrehte, um durch die Risse in der zerklüfteten Wand zu schauen.

Madison hob ihre Taschenlampe auf Schulterhöhe an eine der größeren Öffnungen, die groß genug war, um ihrem Kopf und einer Hand mit Taschenlampe zu erlauben, hindurchzusehen – und richtete den Strahl künstlichen Lichts in einen Raum, der seit unzähligen Jahren keine Menschenseele mehr gesehen hatte. Sie atmete erschrocken ein, als ihr klar wurde, dass sie auf einen nach unten führenden Gang blickte. Steinwände, Boden, Decke.

Ich muss einen Weg da hinein finden. Nun, da ihre Ängste verschwunden waren, beklagte sie die Tatsache, dass sie nicht durch die Öffnung passen würde. Wenn sie diesen neuen Durchgang erkunden wollte, musste sie einen anderen Weg finden, was bedeutete, dass sie noch etwas weiter herumklettern musste. Sie konnte keine offensichtlichen Stellen ausmachen, um hindurchzukommen, also kletterte sie etwas höher und begann dann, sich nach links zu bewegen, weg von der großen Platte, die ihr den Weg versperrte.

Die Archäologin fand, wonach sie gesucht hatte, als sie halb über die zerklüftete Wand geklettert und sehr nahe an der Decke war. *Mein Glück wieder*, dachte sie. Es musste natürlich der am schwersten zu erreichende Teil dieser eingestürzten Wand sein, aber sie würde nicht zulassen, dass sich ihr eine irrationale Angst vor Höhen oder engen Räumen oder irgendetwas anderes in den Weg stellen würde. Methodisch suchte Madison nach Halt für Hände und Füße, der sie die Wand hinauf zu dem Stein führen würde, den sie dort gesehen hatte.

Ein großer Felsen, nur geradeso ausbalanciert. Er wirkte, als ob er gleich kippen und in den neu entdeckten Raum fallen könnte, genau das, was sie wollte. Mit etwas Hilfe konnte sie ihn vielleicht aus dem Weg schaffen. Madison stellte sicher, dass sie einen festen Halt hatte, bevor sie beide Hände auf den länglichen Felsbrocken legte. Sie fühlte, wie er hin und her wippte. Sie begann ihn wie eine Wiege zu schaukeln und drückte jedes Mal etwas stärker, wenn er in den freiliegenden Gang hinausschwang.

Ein Schrei entwicht ihr, als der große Stein in den unbekannten Raum dahinter rutschte und mit einem lauten *Rumms* aufkam. Sie fuchtelte mit den Armen, fing sich jedoch schnell wieder. Beim Anblick der Öffnung, die der fehlende Stein hinterlassen hatte, lächelte sie. Groß genug, dass sie durchpasste, war die Sache nur noch eine Frage der sorgfältigen Positionierung von Händen und Füßen, um sich durch den Spalt zu quetschen und dann vorsichtig auf der anderen Seite herunterzulassen. Nichts davon erwies sich als zu schwierig und innerhalb weniger Minuten lief die Archäologin über einen Boden, von dem sie sicher war, dass er schon sehr, sehr lange nicht mehr von einem Menschen betreten worden war.

Madison richtete den Strahl ihrer Taschenlampe auf die Wände und die Decke. In dem gänzlich aus Stein gehauenen Gang konnte sie keine Schriften oder Artefakte jeglicher Art entdecken. Der gesamte Tunnel neigte sich sanft nach unten, wo sie eine Öffnung sehen konnte und … einen schimmernden Boden? Nicht sicher, was sie da vor sich hatte, ging sie langsam darauf zu. Eine innere Stimme sagte ihr, dass sie sich nun waghalsig verhielt, dass sie die anderen Teammitglieder informieren sollte, für den Fall, dass etwas schiefging. Was, wenn der Tunnel einstürzte? Sie hatte immerhin Steine bewegt. Aber es war ein weiter Weg zurück nach oben durch die Pyramide und dann zum Camp. Lieber schaute sie nach, wohin das nun führte, und dann hätte sie etwas zu berichten.

Auf halbem Wege den Gang hinunter hielt sie inne, um zu lauschen. In der Kammer, die zu diesem Gang geführt hatte, war es still gewesen – eine buchstäblich durchdringende Grabesstille – abgesehen von den Geräuschen ihrer eigenen Bewegung. Aber jetzt konnte sie etwas hören. Es war leise und kam vom Ende des Durchgangs. Sie begann wieder weiterzulaufen, leuchtete jedoch auf das Ende des Tunnels. Was auch immer sich dort befand, es schimmerte und bewegte sich.

Madison wich vor Schreck zurück. *Was war das?* Sie stand da und versuchte es zu verstehen, während sie gleichzeitig überlegte, ob sie sich nicht besser zum Camp zurückziehen und mit einer Crew zurückkehren sollte. Am Ende entschied sie jedoch, dass das, um was auch immer es sich handelte, nicht gefährlich war, und ihre Neugierde gewann. Sie legte den Rest des Weges zurück und hielt nur einmal an, um eine der festen Wände zu befühlen.

Als sie das Ende des Tunnels erreichte, atmete sie beim Anblick des neu entdeckten Raums erschrocken ein.

Wasser!

Der gesamte Raum, oder die Kammer, war mit Wasser gefüllt, das sanft gegen die Steinwände schwappte. Anhand der LiDAR-Scans wusste sie, dass dieser unterirdische Raum tatsächlich seitlich der Pyramide war, statt ein Teil davon. Er war mit ihr durch den Tunnel verbunden, den sie gerade durchquert hatte. Madison ging direkt an den Rand des Wassers, kniete sich hin und berührte es. Kühl. Nicht kalt, aber definitiv kühler als es an der Oberfläche in der Wüste wäre. Wo kam dieses Wasser her?

Dies war die Sahara-Wüste; hier gab es sehr, sehr wenige Seen, Teiche und Flüsse. Die jährliche Niederschlagsmenge betrug weniger als fünf Zentimeter. Sie starrte ins Wasser hinunter, während sie noch darüber nachdachte und variierte den Winkel der Taschenlampe, um mit dem Lichtstrahl noch tiefer durchzudringen. Das Wasser war klar, aber die allgemeine Dunkelheit erschwerte die Sicht in die Tiefe; das von der Wasseroberfläche reflektierte Licht machte es schwierig, irgendwelche Details auszumachen. Es war jedoch tief. So viel konnte sie sehen. Sie konnte Umrisse von untergetauchten Objekten erkennen, wahrscheinlich große Steine oder Baublöcke wie derjenige, über den sie geklettert war und dann verschoben hatte, um diesen Ort zu erreichen.

Sie blickte sich noch etwas weiter um und leuchtete gegen die Decke und Wände über dem Wasser. Wenn die gesamte Kammer trocken wäre, dachte sie sich, wäre es tatsächlich eine sehr hohe Decke gewesen. Es muss viel Mühe gekostet haben, einen solch großen Raum unter der Wüste auszuheben und dann mit Steinblöcken auszukleiden. Sie kniete sich an den Rand der gefluteten Kammer und starrte in die Tiefen, während sie darüber nachdachte. Warum sollten sich die Ägypter solche Mühen machen, eine Grabstätte oder eine Kammer um einen bestehenden Grundwasserspeicher zu bauen? Oder sogar Wasser in die Kammer zu bringen und sie absichtlich zu fluten? *Warum sollten sie sie absichtlich fluten?*

Während sie in die Tiefen der wässrigen Kammer starrte, wurde ihr klar, dass die Antwort irgendwo dort unten liegen musste. Obwohl sie eine zertifizierte Freizeittaucherin war, lag dieser spezielle Tauchgang doch jenseits ihrer Fähigkeiten, genau wie beim Rest ihres Teams. Sie müsste externe Hilfe rekrutieren.

Madison dachte einen Moment darüber nach. Die Liste an tauchenden Archäologen in ihren Kontakten war kurz. Aber sie war immerhin die Archäologin, alles, was sie brauchte, war jemand, der in einer schwierigen Umgebung tauchen und einfachen Anweisungen folgen konnte und sich zufällig in ihrer Nähe befand, mit dem Wunsch ihr zu helfen. Ein Lächeln stahl sich auf ihre Lippen, als sie sich an eine E-Mail erinnerte, die sie vor einigen Tagen von einem Freund erhalten hatte.

Sie wusste genau, wen sie anrufen musste.

KAPITEL 3

Die Große Pyramide von Gizeh

Carter Hunt stieg von dem Kamel ab und sah sich auf der Ausgrabungsstätte um. Nur einen Steinwurf von der Pyramide entfernt war eine kleine Zeltstadt errichtet worden, doch jetzt, am Mittag unter der gleißenden Wüstensonne, war niemand zu sehen.

»Also, wo ist deine *Freundin?*«, fragte Jayden und legte besondere Betonung auf das Wort, als er von seinem eigenen Dromedar herunterstieg. Wie als Antwort auf die Frage hin öffnete sich plötzlich eines der Zelte und eine attraktive Frau mit langen Haaren, die zu einem Pferdeschwanz gebunden waren, in kakifarbenem Outfit, nahm sofort Augenkontakt mit ihnen auf. Sie hob eine Hand und winkte, als sie auf sie zukam.

»Carter! Ich bin so froh, dass du es einrichten konntest!« Sie umarmte Hunt fest, während Jayden hinter ihrer Schulter suggestive Andeutungen machte. Beide Männer waren Single, und er wusste, dass Hunt in der Vergangenheit mit Madison ausgegangen war.

»Alles für eine Freundin. Ich will jedoch nicht lügen. Es hat geholfen, dass wir bereits im Land waren. Nur für einen Tauchgang aus den Staaten hier rauszufliegen, wäre ein bisschen problematischer gewesen.«

Sie lächelte, während sie Jaydens Hand schüttelte. »Natürlich, deshalb habe ich dich auch sofort angerufen, als ich mich daran erinnerte, dass du hier bei Jayden sein wirst.« Sie sah hinüber zur Pyramide, bevor sie Hunt wieder anschaute.

»Das ist so aufregend! Ich kann es kaum erwarten, dir zu zeigen, was ich gefunden habe.« Sie winkte in Richtung des Zeltes, aus dem sie gekommen war. »Kommt, lasst uns aus der Sonne gehen.«

Hunt bezahlte den Mann mit den Kamelen, der auch mit einem Dromedar den Wagen mit ihrer Tauchausrüstung gezogen hatte. Dann liefen sie hinüber zum Zelt, wo Madison die Eingangsklappe zur Seite zog und sie hineinwinkte.

Hunt grinste sie schief an, während er sich zwischen den Tischen voller Computerausrüstung und Videomonitoren umsah. Eine Amateurfunkstation belegte einen Tisch, während die LiDAR-Geräte auf einem anderen lagen. »Wow, beeindruckende Anlage. Du nimmst wirklich eine Menge Zeug mit, wenn du campen gehst.«

Madison lachte gutmütig. »Bei dir klingt es so, als ob wir ausschlafen und jede Nacht S'mores essen, während wir am Lagerfeuer *Kumbaya* singen.«

Hunt lächelte ebenfalls. »Ich bin mir sicher, dass du es schaffst, etwas Arbeit zu erledigen. Du warst schon immer ein Workaholic. Schließlich bist du ja auch eine festangestellte Professorin und Weltklasse-Forscherin im zarten Alter von … wie alt bist du jetzt? Dreißig?«

Jayden nickte und würdigte Madisons Leistungen, während er den technischen Aufbau im Zelt bewunderte.

»Carter, wirklich, eine Frau redet nicht über ihr Alter!«, entgegnete Madison mit gespielter Empörung und ging zu einem Laptop, der auf einem Tisch stand. »Danke noch mal fürs Vorbeikommen. Die Anzahl an Leuten, die Lust darauf haben, Tauchausrüstung mit dem Kamel in die Wüste zu schleppen, um mir bei einer Ausgrabung zu helfen, ist ziemlich gering, deshalb bin ich sehr froh, dass du da bist. Jetzt schau dir das an.«

Hunt und Jayden stellten sich neben die Archäologin vor den Computer. Auf dem Bildschirm prangte das LiDAR-Bild, welches die zuvor unentdeckten, unterirdischen Kammern seitlich der Pyramide zeigte.

Sie deutete auf den Raum zwischen den Kammern und der Pyramide. »Die Räume sind mit einer Reihe von Durchgängen oder Tunneln verbunden, wie der, den ich erkundet habe.«

»Und die hast du erst gestern gefunden?«, fragte Hunt.

Madison zeigte auf eine der im LiDAR-Bild dargestellten Kammern. »Nicht die ersten beiden Kammern – hier – die haben wir letzte Woche gefunden. Aber die hier ist neu.« Ihr Finger deutete auf dem Bildschirm auf eine Kammer, die am weitesten von der Pyramide entfernt lag. »Sie ist mit Wasser geflutet.«

Hunt und Jayden tauschten verwirrte Blicke aus. Hunt fasste es in Worte: »Wasser in einer versiegelten, ägyptischen Pyramidenkammer?«

Jayden deutete auf das Bild. »Könnte es nicht das Ergebnis einer Ausgrabungstechnik sein, bei der sie aus irgendeinem Grund bewusst mit Schläuchen geflutet wurde?«

Madison schüttelte energisch ihren Kopf. »Nein. Das ist keine Technik, von der ich jemals gehört habe, und ich wüsste nicht, was das bringen würde.«

Jayden zuckte mit den Schultern. »Ich nehme an, deshalb bin ich kein Archäologe.«

»Du möchtest also, dass wir in die geflutete Kammer tauchen und dir sagen, was es da unten gibt, geht es darum?«, fragte Hunt und lenkte das Gespräch wieder auf den rechten Weg.

Madison nickte begeistert. »Das ist es im Wesentlichen, ja. Sind dort unten Artefakte oder Hieroglyphen oder ist es nur eine leere Kammer? Wie tief ist sie?«

»Wie ist die Wassertemperatur?«, wollte Jayden wissen.

»Es fühlte sich beim Berühren kühl an, aber nicht kalt. Zumindest am Rand. Ich bin nicht reingesprungen.«

Hunt schaute Jayden an. »Wir sollten Trockenanzüge tragen. Es könnte eine Inversionsschicht geben, wo es am Boden kalt ist.«

»Oder wer weiß, sogar richtig heiß!«, sagte Jayden mit einem Lachen.

Hunt suchte den Augenkontakt mit Madison. »Du willst also, dass wir uns gleich heute nass machen?«

Madison grinste breit. »Ich dachte schon, du fragst nie. Lass mich ein Team zusammenstellen, das uns mit der Ausrüstung hilft und ein paar tragbare Lichter installiert. Dann machen wir uns gleich nach dem Mittagessen auf den Weg.«

***

Zwei Stunden später erreichten Hunt, Jayden, Madison und ein halbes Dutzend Mitglieder ihres Archäologenteams die Kammer, durch die Madison geklettert war, um die geflutete Kammer zu erreichen. Batteriebetriebene Versorgungsleuchten waren errichtet worden, um den Ort ohne Taschenlampen zu erhellen. Hunt und Jayden sahen sich um, von ihrer neuen Umgebung angemessen beeindruckt.

Jayden trug einen wunderlichen Gesichtsausdruck, als er Madison fragte: »Wir sind also die ersten Menschen, die seit Tausenden von Jahren diesen Raum betreten?«

Die Archäologin nickte. »Richtig. Die Kammer wurde erst vor ein paar Tagen entdeckt und ist für die Öffentlichkeit verboten – für jeden ohne Genehmigung der ägyptischen Behörden, die sie zum Glück mir erteilt haben.«

»Nicht zum Glück, Maddy, sondern deiner harten Arbeit wegen«, wies Hunt sie zurecht.

»Apropos harte Arbeit«, antwortete sie, »davon gibt es jetzt einiges, bevor wir die Tauchausrüstung in den neuen Gang bringen können.« Sie nickte auf die Wand zerklüfteter Steine, die sie erklommen hatte, um Zugang zu der gefluteten Kammer zu erlangen.

Das Team begann die Steine so weit zu verschieben, dass genug Platz war, die Ausrüstung sicher hinunterzutragen. Sobald das getan war, rollte Hunt den Wagen voller Tauchausrüstung in den neuen Durchgang, während Madison sie zum wässrigen Raum führte. Das Wasser reflektierte das Licht und warf Schatten an Wand und Decke.

»Irgendwie gruselig hier drin«, sagte Jayden.

»Ich kann es kaum erwarten zu sehen, wie es da unten aussieht!« Hunt griff sich eine Tauchflasche und begann mit den Vorbereitungen. »Lass uns loslegen.«

Ein paar Minuten später standen er und Jayden am Rand des inneren Gewässers, das man fast einen großen Pool oder einen kleinen künstlichen See nennen konnte, und setzten ihre Masken auf.

Hunt sah Jayden an. »Wäre nett, wenn wir die Vollgesichtsmasken mit integriertem Interkom wie bei der Marine hätten, oder?«

»Geht schon, ich komme für eine Stunde oder so damit klar, deine süße Stimme nicht zu hören.«

Das Lachen der Crew echote durch die Kammer, als das Taucherpaar einen Schritt von der Kante machte und unter Wasser glitt.

Sie hielten sich knapp unter der Oberfläche und staunten über die kristallklare Sicht. Nach einer Minute steckte Hunt seinen Kopf wieder aus dem Wasser und schob seine Maske auf die Stirn, damit er mit Madison und der Crew sprechen konnte.

»Obwohl das Wasser super klar ist, können wir immer noch nicht den Boden sehen – er fällt außer Sichtweite dahin ab, wo es nach einem Haufen Steinblöcke aussieht. Das ist alles, was ich von hier aus mit Sicherheit sagen kann. Wir werden dort runtertauchen und das überprüfen.«

»Seid vorsichtig, ihr beiden«, sagte Maddy.

Hunt gab ihr das Okay-Zeichen, bevor er wieder unter die Oberfläche glitt. Er holte Jayden ein, der etwa drei Meter unter ihm war und langsam in die Kristallgrotte sank. Bisher erinnerte es ihn an einen Höhlentauchgang – ein geschlossener Raum, der jedoch größer war als eine echte Höhle, welche dazu neigte, mit ihren verzweigten Gängen immer schmaler zu werden. Ohne Tageslicht war es hier unten in der Pyramide nahezu stockdunkel, obwohl sie sich immer noch in flachem Wasser befanden. Hunt schaltete sein Tauchlicht ein und Jayden tat es ihm gleich. Die beiden Taucher setzten ihren Abstieg in der gefluteten Kammer fort. Sie schwammen langsam, da es so klar war, dass einem schwindlig werden konnte – das Gefühl, dass sie in der Luft über einem Haufen Felsbrocken hingen, war eigenartig. Hunt behielt seinen Tiefenmesser im Auge. Als dieser anzeigte, dass sie dreißig Meter Wasser über ihren Köpfen hatten, klopfte er Jayden auf die Schulter und bedeutete ihm, dass sie eine Pause einlegen und sich umsehen sollten.

Je tiefer sie tauchten, desto kürzer würde die komprimierte Luft in den Flaschen auf ihren Rücken halten, und Hunt wollte eine Bestandsaufnahme ihrer Umgebung machen, um sicherzugehen, dass es, wenn sie tiefer gehen sollten, einen guten Grund dafür gab. Blind zu schwimmen war nicht die klügste Sache.

Also setzten er und Jayden ihre Flossen auf zwei flache Felsplatten. Der gesamte Weg nach unten war mit ihnen gesäumt, wie ein nie enden wollender Hügel aus massiven Felsplatten, die hinuntergeworfen worden waren. Für sein ungeschultes Auge sahen sie nach demselben Stein aus, der für den Bau der großen Pyramide genutzt worden war. Vielleicht war dies ein Steinbruch oder eine Art Deponie für überzählige Steine, als die die legendäre Grabstätte gebaut wurde. Er machte sich eine mentale Notiz, Madison danach zu fragen. Mit der Unterwasserkamera machte er ein paar Schnappschüsse von der Szene, sodass Madison und ihr Team später einen Blick aus erster Hand darauf werfen konnten.

Er schlug Jayden vor, dass sie auf gleicher Höhe seitwärts durch den Raum schwammen, aber dabei hinunterblickten, um zu sehen, ob sie irgendetwas Interessantes entdecken konnten. Jayden gab ihm das Okay-Zeichen und die beiden stießen sich von der Platte ab und traten ihren Weg in die Mitte der Kammer an. Obwohl ihm nicht kalt war, begann Hunt in dieser Tiefe die Kälte des Wassers zu spüren, und er war froh, sich wieder zu bewegen, damit seine Muskeln Wärme erzeugen konnten. Die Szenerie änderte sich kaum: Ein großer Haufen von Steinplatten und Felsbrocken, der sich in unbekannte Tiefen erstreckte. Sie hatten fast die andere Seite erreicht, als Hunt etwas ins Auge fiel.

Er hörte auf zu strampeln und ruhte sich auf einer der Felsplatten aus, während er seine Aufmerksamkeit auf das richtete, was unter ihm lag. Es war die Farbe gewesen, die seine Aufmerksamkeit erregt hatte. Braun oder vielleicht Bronze. So oder so, es stand in scharfem Kontrast zu dem sandigen Schatten der Baublöcke. Hunt blickte auf sein Luftdruckmessgerät und bat Jayden dasselbe zu tun. Sie hatten beide genug Luft übrig, um zu dem mysteriösen Objekt hinunterzuschwimmen. Hunt zeigte darauf und beobachtete, wie Jayden seine Augenbrauen hob.

Dann ließ Hunt etwas Luft aus seiner Tarierweste entweichen, damit er sinken konnte, und begann zu dem Objekt zu schwimmen.

KAPITEL 4

Das ungewöhnliche Objekt sah deutlich näher aus, als es war. Das ging Hunt durch den Kopf, als er und Jayden tiefer hinabsanken. Das Gewirr aus Steinplatten und Felsbrocken wurde komplexer, je tiefer sie gelangten, und bildete kleine Hügel, über die sie entweder hinüber oder drumherum schwimmen mussten.

Aber der Anblick des Objekts ließ sein Herz schneller schlagen und führte ihn weiter hinab. Er blickte auf seinen Tiefenmesser, als er an einem konkaven Block vorbeischwamm: 38 Meter. Zu tief, um viel länger unten zu bleiben, aber das Objekt – jetzt sah es aus, als könnte es etwas Interessantes sein, da er etwas erblickte, was wie gemeißelte Details aussah – lag immer noch etwas weiter unten am überfluteten Hang. Die extreme Wasserklarheit machte es schwierig, den Abstand genau abzuschätzen. Jayden klopfte ihm auf die Schulter und zeigte ihm seinen Luftmesser. Auch er war besorgt über die Tiefe. Hunt zeigte auf seine Uhr und hielt fünf Finger hoch, um anzuzeigen, wie viele Minuten sie noch hier unten verbringen würden, bevor sie beginnen sollten, an die Oberfläche zurückzukehren.

Dann traten sie ihren Weg in Richtung des hellbraunen Objekts an. Hunts Neugierde wuchs mit jedem Flossenschlag, als sie sich der unbekannten Kuriosität näherten. Bis jetzt schien es jedenfalls das Einzige hier drin zu sein, was kein Steinblock war. Also was war es?

Hunt ließ seinen Lichtstrahl von links nach rechts und wieder zurück schweifen und untersuchte das Gebiet nach irgendetwas, das entweder aus archäologischer Sicht bemerkenswert oder eine potenzielle Gefahr für sie selbst sein könnte. Bislang entdeckte er keines von beiden, abgesehen von dem bräunlichen Objekt, das etwas heller als der umgebende Fels war, und von dem er nun annahm, dass es sich um eine Art Statue handelte. Jayden und er stoppten ein paar Meter davon entfernt, um sie nicht unabsichtlich zu beschädigen. Beide ließen ihre Lichtstrahlen über den seltsamen Fund gleiten.

Innerhalb von Sekunden war sich Hunt ziemlich sicher, dass er wusste, was es war, aber er wollte es noch aus einem anderen Blickwinkel betrachten, also schwamm er um das Objekt herum, bis er eine andere Seite davon sehen konnte. Sein Verdacht wurde bestätigt.

Er sah einen lebensgroßen Kopf, der seiner Vermutung nach aus Bronze zu bestehen schien. Der Kopf war abgetrennt von dem, woran er befestigt gewesen war, sei es nun eine Ganzkörperstatue oder eine Art erhobenen Sockels für die Büste allein. In dem Bewusstsein, dass ihnen hier unten die Zeit davonlief, schoss Hunt schnell ein paar Bilder von dem Objekt, sodass Madison und ihr Team es in der Position begutachten konnten, in der sie es gefunden hatten.

Dann näherte Hunt sich der Statue. Er zeigte darauf und deutete, nachdem er Augenkontakt mit Jayden aufgenommen hatte, in Richtung Oberfläche. Er würde versuchen, ihn mit nach oben zu nehmen. Jayden zuckte mit den Achseln und deutete auf seine Uhr. Die Bedeutung war Hunt klar: *Okay, wenn du es schaffst, aber beeile dich besser.*

Hunt untersuchte die Art und Weise, wie der Bronzekopf inmitten des Haufens Steinblöcke lag. Er lag über einer fußbreiten Lücke; sollte er fallen, wäre er unwiederbringlich verloren. Deshalb achtete Hunt darauf, seine Hand fest unter den Kopf zu legen, bevor er ihn herauszuheben versuchte. Er keuchte vor Anstrengung und nahm Augenkontakt mit Jayden auf, nachdem er nicht auf der Stelle Erfolg hatte. *Dieses Ding ist schwer!* Dann verdoppelte er seine Anstrengungen und versuchte es erneut. Diesmal wusste er, womit er es zu tun hatte. Mit einem Knie gegen eine Steinplatte und einem Ellbogen gegen eine andere, spannte er alle Muskeln seines Körpers an, um den schweren Kopf der Statue hoch und aus der Spalte zu heben, in der er sich seit unzähligen Jahren befunden hatte.

Langsam aber sicher hob Hunt das Artefakt aus dem felsigen Keil, bis es nur noch in seinen Armen lag. Bevor er sich Jayden zuwandte, um von ihm etwas Hilfe zu bekommen, warf er einen Blick hinunter in die Spalte.

Ein menschliches Skelett lag ausgestreckt auf einer Steinplatte etwa sechs Meter weiter unten. Er steckte seine Maske so tief, wie er es wagte, in die Spalte und schaute hinunter in den Abgrund, aber er konnte nichts außer dem Skelett erkennen. Hunt hielt den Kopf der Statue in der Beuge eines Ellbogens, während er seine Kamera griff und sie Jayden reichte. Die da oben würden definitiv ein Bild dieses Skeletts haben wollen. Jayden nahm die Kamera und sah hinunter durch die Öffnung. Dann schaute er kurz zu Hunt, die Augen geweitet, und schoss ein Foto.

Nachdem das getan war, drückte sich Jayden von der Spalte hoch und half Hunt, den Kopf zu halten, während dieser seiner Tarierweste etwas Luft zufügte, um das zusätzliche Gewicht zu überwinden. Beide Taucher wussten, dass eine andere Möglichkeit darin bestand, den Bleigurt fallen zu lassen, da der Kopf diesen mehr als ausglich, aber sollte er den Kopf fallen lassen, würde er mit verheerenden Auswirkungen auf seine Gesundheit an die Oberfläche schießen.

Hunt blähte seine Weste fast bis zur vollen Kapazität auf, bevor er in der Lage war, im Wasser zu treten, ohne zu sinken, während er den Kopf hielt. Dann begannen er und Jayden ihren langsamen und vorsichtigen Aufstieg zur Oberfläche, welche über ihren Köpfen schimmerte und glitzerte, wenn sie ihre Tauchlichter darauf richteten. Sie suchten sich ihren Weg um einen Überhang aus Pyramidenplatten herum, bevor sie ihren vertikalen Aufstieg fortsetzten. Jayden starrte dabei oft auf seinen Luftdruckmesser. Dieser befand sich im roten Bereich. Er dachte lieber nicht darüber nach, was Hunts Gerät anzeigte, so belastet, wie er mit dem zusätzlichen Gewicht war, was ihn dazu brachte, noch schwerer und schneller zu atmen.

Was sie beide weiter antrieb, waren die Arbeitsleuchten, die oben am Rand des Wassers angebracht worden waren. Zuzuschauen, wie diese näherkamen, war ein großer Trost. Hunt konzentrierte sich so sehr auf sie, dass er den Lichtkegel von unten beinahe nicht bemerkte.

Als er nach unten blickte, um sicherzustellen, dass er nicht zu nah an den Felsplatten war, sah er es. Ohne Zweifel. Ein durchdringender Lichtkegel, der scheinbar aus dem Nichts der Tiefe emporstieg.

Was war *das?* Er ließ vor Überraschung beinahe den Bronzekopf fallen und sah hinüber zu Jayden. Doch sein Tauchpartner schaute unentwegt zu den Arbeitsleuchten hinauf. Hunt trat mit dem rechten Bein aus und traf Jayden mit der Flossenspitze. Dieser schaute auf der Stelle zu ihm. Hunt deutete mit dem Kopf nach unten, bis Jayden seinen Blick in die Tiefe richtete.

Hunt konnte an der Reaktion seines Freundes erkennen, dass etwas vor sich ging. Er sah selbst wieder hinunter, obwohl es schwierig war, während er das Artefakt trug. Das Licht, woher auch immer es stammte, bewegte sich schnell. Es war bereits aus seinem Sichtfeld verschwunden, sodass er sich umdrehen musste, um ihm zu folgen. Eine Welle Adrenalin rauschte durch seinen Körper.

Ein Unterwasser-Scooter.

Das torpedoförmige Fahrzeug besaß neben einer an der Nase angebrachten Halogenleuchte einen einzelnen Propeller, mit dem ein Taucher durch das Wasser gezogen wurde. Hunt konnte den Taucher nicht sehen, weil der Scheinwerfer ihn blendete, aber er konnte an der Geschwindigkeit und der scharfen Aufwärtsbewegung des Scooters erkennen, dass es sich dabei um keinen Forschungstaucher handelte, selbst für den Fall, dass Madison vergessen hatte, zu erwähnen, dass sie bereits Taucher mit Ausrüstung vor Ort hatte. Und das hatte sie nicht erwähnt, also wer war dieser Typ?

Mach daraus Typen, Plural, dachte er, als ein zweiter Scooter-Taucher hinter Felsbrocken hervor in Sicht schoss. *Und wie sind sie hier reingekommen?* Es gab keine Möglichkeit, dass sie nach ihnen reingekommen waren, sie hätten das Platschen gehört, wenn sie ins Wasser getaucht wären, und hätten die Lichter gesehen. Nein, sie mussten auf einem anderen Weg hereingekommen sein. Er versuchte sich die LiDAR-Bilder ins Gedächtnis zu rufen, die er im Zelt gesehen hatte, aber mit all dem, was vor sich ging, konnte er kein Bild heraufbeschwören, das ausreichend detailliert war, um hilfreich zu sein.

Und jetzt gerade, nahm er an, spielte es kaum eine Rolle, denn beide Scooter hielten mit einer Geschwindigkeit auf sie zu, die nahe ihrer Höchstgeschwindigkeit von etwa fünf Knoten liegen musste. Wer waren sie und was wollten sie? Hunt hatte keine Ahnung, aber unter Wasser in einer ägyptischen Pyramide mit einem Tank, der kaum noch Luft enthielt, war keine Zeit, anzuhalten und zu plaudern, also setzte er seinen Aufstieg fort.

Glücklicherweise, dachte Hunt, war bei diesem Tauchgang kein Dekompressionsstopp erforderlich, sonst hätte er in drei oder vier Metern Tiefe anhalten und ein paar Minuten lang Luft atmen müssen, um die Dekompressionskrankheit zu vermeiden, bevor er den Aufstieg abschließen konnte. Stattdessen konnte er einfach hoch schwimmen. Was eine gute Sache war, denn seine Luft schien verdammt knapp zu sein. *Wahrscheinlich ist es gut, dass meine Hände damit beschäftigt sind, den Kopf zu halten, denn sonst würde ich auf die fallende Nadel meines Luftdruckmessers starren*, dachte Hunt.

Aber während er zur Oberfläche starrte, welche etwa zehn Meter entfernt schien, sah Hunt, dass es doch noch etwas anderes gab, was ihn davon abhalten würde, dorthin zu gelangen. Die zwei Scooter-Taucher näherten sich seiner Position, ohne abzubremsen, bis einer von ihnen ein paar Meter über Hunts Kopf stoppte. Doch der andere hielt nicht an. Seine spitze Nase war direkt auf Hunts Mitte gerichtet. Er würde ihn rammen.

Hunt wollte sich den Scooter mit einem Arm vom Leib halten, aber er wusste, dass er dann riskieren würde, den Bronzekopf fallen zu lassen. Daher tat er das Beste, was ihm einfiel, und drehte sich dem Scooter seitwärts zu, den rechten Ellbogen angewinkelt.

Trotz Hunts Bereitschaft war Jayden derjenige, der den Angriff des Unterwasser-Scooters vereitelte. Der Ex-Marine schlug mit der geschlossenen Faust seiner rechten Hand auf die Nase des Unterwasserfahrzeugs und stieß dieses von seinem Kurs, sodass es Hunts Körper lediglich streifte, ohne ernsthaften Schaden anzurichten. Hunt hatte noch immer den Bronzekopf in seinem Besitz, während der Taucher seinen Scooter in eine Kurve legte, um erneut auf ihn zuzukommen.

Hunt setzte seinen Aufstieg fort, während Jayden weiterhin das marodierende Fahrzeug abwehrte. Aber bald stieß Hunt mit dem Kopf gegen die Beine des anderen Tauchers. Dieser Mann – und Hunt konnte anhand der Stärke, mit dem dieser ihn trat, erkennen, dass es sich tatsächlich um einen Mann handelte – verließ seinen Scooter zugunsten eines Nahkampfes mit Hunt. Er griff mit einer behandschuhten Hand nach Hunts Luftschlauch in dem Versuch, sein Mundstück zu entfernen, aber Hunts schnelle Kopfbewegung führte dazu, dass der Angreifer ins Leere griff.

Hunt erwiderte den Angriff, indem er den Bronzekopf mit beiden Händen in die Seite seines Gegners stieß. Er spürte Rippen knacken und vernahm mit großer Zufriedenheit das schmerzvolle Stöhnen, das seine Ohren durch das Wasser erreichte.

Er erhielt auch einen ersten Blick auf das Gesicht des Angreifers, als der seinen Kopf unter Schmerzen zur Seite riss. Weißer Mann, Schnurrbart, etwa vierzig Jahre alt, stellte Hunt fest. Das war alles, was er durch die Tauchermaske erkennen konnte. Er bemerkte, dass es eine Vollgesichtsmaske mit integrierter Elektronik war, die es ihm erlaubte, mit seinem Tauchpartner zu kommunizieren. Wie zur Bestätigung sah Hunt die Lippen des Mannes sich hinter seiner Maske bewegen, dann rammte die zweite Scooterspitze in Hunts Rücken.

Es gelang ihm, den Bronzekopf festzuhalten, aber dann blendete ihn der Schimmer eines Tauchlichts, das von einer metallenen Oberfläche reflektiert wurde, als ein gezacktes Tauchermesser von oben in Richtung seines Halses gestoßen wurde. Hunt wich der Klinge aus und sah dann Jaydens neoprenüberzogenen Arm die behandschuhte Hand, die das Messer hielt, umklammern. Er konnte dies nicht länger als ein Missverständnis oder einen Kontrollverlust über die Scooter oder irgendetwas dieser Art werten. Dies war ein eindeutiger Versuch, sie zu töten.

Aber warum? Die Frage echote durch seinen Kopf, während er den Messermann mit Jayden in die Mangel nahm und erneut den Bronzekopf nutzte und ihn in den Rücken des Angreifers rammte. Hunt hörte das durchdringende Knacken von Knochen, während Jayden die Hand des Messerschwingers zurückbog, bis das Handgelenk brach und die Klinge aus seiner Hand fiel.

Der Angreifer wurde schlaff und trieb ab, während sein Scooter langsam sank. Hunt nahm die Gelegenheit wahr und schnappte sich die Maschine mit einer Flossenspitze. Vielleicht könnte er damit schneller von hier verschwinden, da er wahrscheinlich kaum noch Luft übrighatte.

Hunt hakte ein Bein um das batteriebetriebene Antriebsgerät und zog es unter seinen Körper. Er beugte sich darüber, sodass er das Gewicht des Artefaktkopfes stützte. Über sich konnte er Arme und Beine ausmachen, wo Jayden mit dem verbliebenen Angreifer kämpfte, aber da er das schwere Artefakt trug, entschied er, dass er einen Abgang machen sollte, solange er noch konnte. Jayden würde sicherlich klarkommen. Er fand den Handgriff des Scooters und drückte ihn ganz nach unten. Sofort wurde er mit dem Schnurren des Elektromotors belohnt, woraufhin ihn das Tauchfahrzeug von dem Kampf weg und zur Oberfläche zog.

Hunt richtete die Nase des Scooters auf die Versorgungsleuchten, die schnell größer wurden. Als er einzelne Wasserwellen an der Oberfläche erkennen konnte, was bedeutete, dass er ihr sehr nahe war, wollte er seinen nächsten Atemzug machen, aber da war nichts mehr. Er versuchte noch einmal zu atmen, aber es ging nicht. Dennoch entschied er, dass er es schaffen würde, ohne den schweren Kopf loszulassen. Das Letzte, was er tun wollte, war, das Objekt jetzt zu verlieren.

Hunt erblickte ausgestreckte Arme am Rand des künstlichen unterirdischen Sees. Das Gefühl, Hilfe bereitstehen zu haben, erfüllte ihn mit Zuversicht. Er steuerte den Scooter auf die Steine hoch und griff das Artefakt mit beiden Händen, damit es nicht zurück ins Wasser fiel, während einer von Madisons Technikern den Scooter aus dem Wasser zog.

Madison war da und beugte sich über ihn, ihre weichen Züge voller Sorge. Hunt reichte ihr den antiken Kopf. »Nimm das. Bewahre es sicher auf und geh zurück. Die Männer da unten sind gefährlich.«

Madison nahm den Bronzekopf entgegen, offensichtlich das Gewicht nicht erwartend. Hunt hielt ihn für sie, bis sie ihren Griff dem Gewicht angepasst hatte. Dann zog Hunt seine leere Tauchflasche aus und ließ sie auf die Felsen fallen. Bevor Madison fragen konnte, was er tat, sprang er zurück ins Wasser.

Jayden kämpfte etwa sechs Meter unter ihm mit dem feindlich gesinnten Taucher. Der andere Scooter war nirgendwo zu sehen, wahrscheinlich war er zu Boden gesunken, nachdem er von seinem Fahrer für den Kampf verlassen worden war, vermutete Hunt. Er überwand die verbleibende Distanz zum Nahkampf im Brustschwimmen, wobei er nicht sagen konnte, wer die Oberhand hatte. Beide Taucher kämpften wie tasmanische Teufel, wirbelnd und fuchtelnd in einem chaotischen Gewirr von Armen, Beinen, Flossen und Bläschen.

Er sah sich nach dem zweiten Taucher um, dem er die Rippen mit dem Artefakt gebrochen hatte, sah aber keine Spur von ihm.

Hunt löste das Titan-Tauchmesser, das an seiner Wade befestigt war. Während er den Scooter gefahren und den

Bronzekopf getragen hatte, war es ihm nicht möglich gewesen, es zu benutzen. Jayden musste eigentlich keine Atemluft mehr übrig haben. Er musste diesen Kampf sofort beenden. Hunt kam näher, sein Messer bereit, und beobachtete die um sich schlagenden Gliedmaßen. Er suchte nach einer Gelegenheit. Glücklicherweise war die Flasche des Eindringlings schwarz gefärbt, während Jaydens gelb war, und es war dieser Unterschied, der es Hunt ermöglichte, den Feind von seinem Freund zu unterscheiden.

Hunt hatte nicht den Wunsch, einen anderen Menschen zu verstümmeln oder zu töten, aber er würde alles tun, was er tun musste, um seinen Freund und sich zu beschützen. Er schwamm mit dem Messer herbei und griff nach dem Luftschlauch, der an der schwarzen Flasche angebracht war. Er packte das Gummi mit der linken Hand und schnitt es dann durch. Ein dicker Strom von Blasen – die verbleibende Luftzufuhr des Tauchers – entwich auf der Stelle aus dem abgetrennten Schlauch.

Wie erwartet wechselte ihr Feind sofort von offensiven Kampftechniken zum Selbsterhaltungstrieb. Er drehte und krümmte sich und versuchte von seinen Gegnern fortzukommen, damit er an die Oberfläche zum Atmen schwimmen konnte. Jayden hielt ihn immer noch fest, aber Hunt zog ihn weg und schüttelte seinen Kopf. *Lass ihn gehen.* Er war keine Bedrohung mehr für sie.

Jayden ließ den mysteriösen Taucher los und der schwamm von ihnen weg, zuerst seitlich und dann vertikal in Richtung der Luft, die ihn oben erwartete.

Jayden reichte Hunt das Mundstück seines »Oktopus«, ein zweiter Regler, der von Tauchern in Notfallsituationen verwendet wurde. Er erlaubte beiden, aus dem gleichen Tank aber aus verschiedenen Mundstücken zu atmen.

Nachdem die Blasen aufgestiegen waren, schaute sich Hunt um, um nachzusehen, ob der andere Taucher noch irgendwo lauerte, aber er sah nichts weiter als den ungeordneten Haufen von Steinplatten.

Die beiden Ex-Marine-Soldaten sahen einander an und schwammen zur Oberfläche.

KAPITEL 5

Jemand aus Madisons Archäologenteam wartete auf Hunt und Jayden, um ihnen auf die trockenen Pyramidenfelsen zu helfen. Madison selbst blickte zu ihnen hinüber, kam aber diesmal nicht, um sie selbst zu begrüßen. Sie war zu sehr damit beschäftigt, auf den Bronzekopf zu starren, den Hunt ihr gegeben hatte. Hunt und Jayden zogen sich auf den trockenen Teil der unterirdischen Kammer und streiften ihre Tauchausrüstung ab. Sobald sie frei von ihrer Ausrüstung waren, stand Hunt auf und richtete sein Tauchlicht auf den trockenen Teil des großen Raums.

»Hast du hier oben niemanden gesehen? Niemand anderen, der nicht Teil deines Teams ist?«, fragte er Madison. Die Archäologin sah von dem bronzenen Artefakt auf und schüttelte ihren Kopf.

»Nein. Entweder waren sie bereits in der Kammer, bevor wir hier ankamen – was ich für unwahrscheinlich halte – oder sie sind durch einen der Verbindungsschächte unter Wasser reingeschwommen. Außerdem gibt es hier oben, wie du sehen kannst, viele schattige Ecken und Winkel, in denen eine Person verschwinden könnte, ohne gesehen zu werden.«

Während Hunt antwortete, lief Jayden langsam umher, auf der Suche nach Anzeichen, dass die Eindringlinge noch hier verweilten.

»Dann haben sie also einen anderen Weg in diese Kammer gefunden?«

Maddy nickte. »Die LiDAR-Bilder haben viele Details gezeigt, viele mögliche Durchgänge. Ich bin nur zufällig diesen Weg entlang gekommen …« Sie ruckte mit dem Daumen in Richtung der Plattenwand, in der sie eine Öffnung freigemacht hatten. »... aber das bedeutet nicht, dass es keine anderen Wege gibt.«

Hunt ging hinüber zu Maddy, damit er seine Stimme senken konnte, da er sich nicht länger sicher sein konnte, wer in Hörweite war. »Warum sollte es so viel Interesse an dieser speziellen Kammer geben? Weil sie geflutet ist?«

Madison zuckte mit den Schultern. »Das Wasser ist sicherlich ungewöhnlich. Und natürlich ist es hier bereits seit Tausenden von Jahren so, daher ist es schon merkwürdig, dass es genau jetzt so viel Aufmerksamkeit erregt.«

Hunt nickte zu dem bronzenen Kopf in Madisons Armen. »Seltsam, es sei denn, es gibt hier drin Artefakte, die etwas wert sein könnten.«

Maddy blickte hinunter auf den Bronzekopf. »Weißt du, dieser Kopf ist in der Tat sehr ungewöhnlich. Ich muss ihn in mein Feldlabor bringen, damit ich Tests durchführen kann.«

Hunt sah sich in der Kammer um. »Achte darauf, dass du hier nicht mehr allein herumläufst. Jayden und ich werden noch eine Weile hierbleiben, um sicherzustellen, dass diese Taucher nicht zurückkehren, dann treffen wir uns bei deinem Zelt. Dein Team wird mit dir zurückkehren, oder?«

Maddy nickte. »Bis gleich.«

***

»In der Kühlbox da drüben ist kaltes Bier, wenn ihr welches wollt«, sagte Madison, ohne von dem Bronzekopf aufzusehen, den sie auf einem Klapptisch abgelegt hatte. Sie, Hunt und Jayden waren die einzigen Personen im Laborzelt, während der Rest ihres Teams die Ausgrabungsarbeiten fortsetzte. Einige von ihnen hatten sie mit Funkgeräten in der gefluteten Kammer zurückgelassen, damit sie verdächtige Aktivitäten melden konnten, aber bisher hatte niemand etwas Ungewöhnliches gesehen. Madison hatte kleinlaut erklärt, dass sie die Behörden nicht zur Baustelle rufen wollte, wenn niemand in Gefahr war, weil es ihre Grabung auf Eis legen würde, was sie sich mit ihrer Karriere im Moment nicht leisten konnte.

Hunt und Jayden machten jeweils ein Sakara-Bier auf. »Glückwunsch, du bist nun ein zertifizierter Pyramidentaucher«, sagte Hunt zu Jayden, der mit einem Lächeln nickte.

»Ich hätte nie gedacht, dass ich diese Zertifizierung erhalte.«

»Komm schon, lass uns sehen, was wir von diesem verrückten Tauchgang mitgebracht haben.« Hunt ging zum Tisch, auf dem Maddy den Bronzekopf untersuchte. Sie zeigte auf die Stelle am Hals, wo der Kopf abgetrennt worden war.

»Hier sehen wir also, wo der Kopf von der Basis getrennt wurde. Von der Art und Weise, wie es hier ausstrahlt, sieht es für mich so aus, als wäre er Teil einer Ganzkörperstatue gewesen, im Gegensatz zu einer Büste. Ich habe bereits einige Bilder davon gemacht und werde jetzt die Bilddatenbank durchsuchen, um zu suchen, ob wir eine Übereinstimmung finden können.«

Hunt und Jayden kamen näher, um sich das Artefakt genauer anzusehen, das so viel Mühe gekostet hatte, es zu bekommen, während Maddy auf ihrem Laptop tippte. »Kann ich mal anfassen?«, fragte Hunt die Archäologin, während seine Finger fast die rauen Kanten berührten, wo er von dem Rest abgetrennt worden war.

»Ich wette, das ist nicht das erste Mal, dass du sie das fragst«, scherzte Jayden. Maddy schlug mit einem Ausdruck eines Luftbildes der Ausgrabungsstätte nach ihm, dem er geschickt ausweichen konnte.

»Du kannst ihn leicht berühren, aber nicht so sehr, dass er sich bewegt, okay? Wir wollen nicht, dass etwas abbricht.«

Hunt sagte, er verstand, und fuhrt fort, mit den Fingern über das Artefakt zu fahren. Nicht, dass er wüsste, wie sich Bronze anfühlte, aber er mochte es, sich die Geschichte des Stücks vorzustellen, während er es berührte, eine Verbindung zwischen sich und der fernen Vergangenheit zu fühlen. Er schloss die Augen und versuchte sich die Statue in ihrer ursprünglichen Umgebung vorzustellen, die Menschen, die vorbeiliefen und sie bewunderten, während sie ihrem täglichen Leben nachgingen …

»Carter, vielleicht solltest du auf Kaffee umsteigen, du schläfst bei der Arbeit ein.«

Hunt öffnete seine Augen und sah zu Maddy. »Haben wir schon eine Vorstellung vom Alter dieses Dings?«

Sie hielt inne, um vom Computer aufzuschauen.

»Ich denke, es ist sehr alt. Aber wir werden es bald sicher wissen. Sie lassen drüben im Laborzelt eine Probe durchlaufen. Wir opfern für die Geschwindigkeit ein wenig Genauigkeit, aber es sollte sich auf tausend Jahre genau datieren lassen.«

Hunt sah die Statue überrascht an. »Also hast du ein Stück davon entfernt?«

Maddy zuckte mit den Achseln und grinste verlegen. »Es gibt keine andere Möglichkeit, es zu datieren. Es ist ein winziger Splitter, von dem ich mir sicher bin, dass er sich zufällig bei eurer vorsichtigen Ausgrabung abgelöst hat.« Sie betonte den letzten Teil des Satzes zusätzlich und entlockte den beiden Tauchern verlegene Blicke.

Ein Ton ertönte aus dem Laptop und Maddys Gesichtsausdruck hellte sich auf. »Ich habe eine Übereinstimmung bei der Bildersuche.«

Alle drei drängten sich um den Bildschirm, wo ihnen das Bild einer Statue den Atem raubte. Es gab zwei Bilder, eines ein Gemälde und eines ein Foto. Beide Statuen schienen aus Bronze zu sein, aber einer von ihnen – der auf dem eigentlichen Foto – fehlte der Kopf. Madison deutete auf das andere Bild, das Gemälde, bevor sie es vergrößerte, um mehr Details auf dem Kopf zu sehen. Die Figur war ein erwachsener Mann mit einer klassischen römischen Nase und kurzem, gewelltem Haar, der auf einem Pferd saß. Sein Ausdruck war etwas streng.

»Ich würde sagen, das ist unser Freund hier.« Sie betrachtete den Bronzekopf auf dem Tisch, während auch Hunt und Jayden Vergleiche anstellten.

»Die Merkmale und Proportionen scheinen genau zu passen«, sagte Hunt.

»Was ist also mit dem auf dem Foto passiert?«, wollte Jayden wissen.

»Hat den Kopf verloren«, scherzte Hunt.

Maddy lehnte sich vor und verengte die Augen, um den Text auf dem Bildschirm zu lesen. »Hier steht, dass diese Statue früher auf den Azoren stand und nach Westen zeigte, seltsamerweise mit einer Inschrift in der Inka-Sprache, *cati*, das grob übersetzt *geh da lang* heißt.« Sie hielt inne, um die Reaktionen ihres Publikums zu beurteilen, aber Hunt und Jayden schienen in Gedanken versunken. Nach einer Pause fuhr sie fort. »Die vollständige Statue von Pferd und Reiter wurde entdeckt, als die Portugiesen 1427 die Azoren gesichtet haben. Sie brachten sie zum König von Portugal, aber die Statue zerbrach und die Stücke gingen danach verloren.« Sie sah zu ihnen auf und lächelte. »Außerdem gibt es hier eine Verbindung zu den Inka, was merkwürdig ist.«

Hunt war der Erste, der die Gedanken aussprach, die durch ihre Köpfe wirbelten. »Wie kommt also der Kopf einer Statue von den Azoren in eine überflutete unterirdische Kammer der Großen Pyramide von Gizeh?«

Bevor ihm jemand antworten konnte, hörten sie eine Stimme am Eingang des Zelts.

»Dr. Chambers, die Testergebnisse sind hier. Darf ich reinkommen?«

Maddy drehte sich im Stuhl um und rief zum Zelteingang: »Ja, bitte tu das«, bevor sie in gedämpftem Ton zu Hunt und Jayden sagte: »Sieht so aus, als würden wir gleich herausfinden, wie alt dieses Ding ist.«

»Was vermutest du?«, fragte Hunt, während ein junger Mann eine kleine Plastikbox und mehrere Seiten Ausdrucke hereintrug.

Maddy zuckte mit den Schultern. »Sieht entfernt römisch aus. Wenn das stimmt, dann ist vor etwa 2000 Jahren keine schlechte Vermutung.«

Jaydens Augen weiteten sich. »Das Ding, das wir gefunden haben, ist 2.000 Jahre alt?«

Maddy winkte ab, aber bevor sie antworten konnte, sagte der Labortechniker: »Ratet noch mal.« Er deutete auf den Bronzekopf. »Die Metalllegierung dieses Stücks ist ungefähr 11.000 Jahre alt, plus minus 1.000. Wir werden später genauere Ergebnisse haben, aber so schnell ist es das Beste, das wir herausfinden konnten.«

»Das ist großartig, danke.« Maddy entließ den Labortechniker und er verließ das Zelt. Ihr Mund öffnete sich vor Überraschung. »Elftausend Jahre alt?« Sie alle starrten auf den Bronzekopf.

»Das war gut neuntausend Jahre vor den Römern, mindestens«, sagte Hunt.

»Aber ist das nicht ein wenig merkwürdig«, schaltete sich Jayden ein. »Ich meine, wann war das Bronzezeitalter?«

Maddy dachte eine Sekunde nach, bevor sie antwortete: »Von etwa 2.000 v. Chr. bis etwa 800 v. Chr., unser Artefakt ist also auch noch älter als das. Und das um mindestens 7.000 Jahre.«

»Welche antiken Zivilisationen lebten vor 11.000 Jahren?«, überlegte Hunt laut. Er sah Maddy an, aber zu seiner Verwunderung war es Jayden, der antwortete.

»Ich kenne eine. Ist ein bisschen albern, aber es passt zum Zeitrahmen.«

»Spuck's aus! Welche ist es?«, fragte Maddy interessiert.

Jayden zuckte mit den Schultern, während er antwortete, als wäre er überrascht, dass er der Einzige war, der es wusste. »Ich nehme an, ihr zwei schaut nicht oft den Discovery Channel.«

Hunts Augen weiteten sich. »Oh-oh, ich weiß, was du sagen willst. Und es passt.« Er nickte weise.

Maddy verschränkte die Arme. »Würden die Herren mich bitte einweihen?«

Hunt und Jayden schwiegen für ein paar Sekunden, als ob keiner von beiden derjenige sein wollte, der den Namen aussprach. Schließlich murmelte Hunt: »Atlantis.«

KAPITEL 6

Madisons Lachen hallte durch das Forschungszelt. »Atlantis? Wie viele Biere habt ihr getrunken?«

Jayden zuckte mit den Schultern. »Es passt zum Mythos. Das ist alles, was ich meine.«

Hunt hielt einen Finger hoch. »Vergessen wir Atlantis für eine Sekunde und schauen uns an, was wir wissen.« Er deutete auf den Bronzekopf. »Das Stück, das aus einer überfluteten Kammer geborgen wurde, ist etwa elftausend Jahre alt.«

Maddy nickte und nahm den Faden auf. Sie zeigte auf den Laptopbildschirm. »Und die Möglichkeit besteht, dass dies der fehlende Kopf einer Ganzkörperstatue von Pferd und Reiter ist, die auf den Azoren stand, wo sie nach Westen gezeigt hat, als die Portugiesen sie entdeckt haben.«

»Mit einer Inschrift, die lautet: *Geh da lang*«, fügte Jayden zu.

Maddy dachte darüber nach, bevor sie antwortete: »Lasst uns schauen, was westlich der Azoren liegt …« Sie rief eine Weltkarte über den Webbrowser des Laptops auf. »Hinter dem Atlantik von den Azoren aus, ist die nächste große Inselgruppe, auf die wir treffen, die Bahamas.«

»Also«, Hunt nippte an seinem Bier, »wenn wir für eine Sekunde mal so tun, als würden wir an den Mythos Atlantis glauben – ein Mythos, der von Plato im antiken Griechenland begonnen wurde, bedeutet die Inschrift dann, dass die Portugiesen oder wer auch immer dort vor ihnen war, nach der verlorenen Stadt gesucht haben?«

»Ich würde sagen, das tut es«, sagte Madison und Jayden nickte zustimmend.

»Wenn wir also die Azoren besuchen«, fuhr Hunt fort, »könnten wir versuchen, den Ort der Statue zu finden, und sehen, ob wir dort weitere Hinweise finden. Oder wir folgen der zeigenden Statue direkt zu den Bahamas, wo …«

Der Rest von Hunts Worten ging im Geräusch abgefeuerter Schusswaffen in der Nähe unter. Auf der Stelle ließen sich er und Jayden zu Boden fallen und Hunt streckte einen Arm aus, um Maddys Knöchel zu greifen und sie daran zu erinnern, auch nach unten zu gehen. Sie hörten Rufe, die aus nicht allzu weiter Entfernung kamen, obwohl die Worte über den Schusswechsel nicht zu verstehen waren. Hunt drehte sein Gesicht am Boden zur Seite und schaute hinüber zu Maddy. Ihre Augen waren vor Angst geweitet.

»Sagt dir das etwas? Vielleicht die örtliche Polizei?«

»Nein, ich war über Jahre hier auf mehreren Ausgrabungen und es gab noch nie Schüsse.«

»Dann bereiten wir uns besser vor.« Hunt ging hinüber zum Zelteingang und schloss den Reißverschluss. Er sah zu Jayden. Keiner von ihnen trug Feuerwaffen. Er sprach Maddy an: »Hast du irgendwelche Waffen?«

Sie schüttelte den Kopf. »Waffen auf einer archäologischen Expedition?«

Hunt zuckte mit den Schultern. »Du bist eine Frau, die an entfernten Orten arbeitet. Sie würden sich jetzt als nützlich erweisen, so viel ist sicher.«

»Waffen würden es viel schwieriger machen, eine Genehmigung zu bekommen …« Während sie das erläuterte, ging Jayden zu dem Bronzekopf, für den sie ihr Leben riskiert hatten. Er ließ eine Hand darauf ruhen. »Was, wenn sie deswegen hier sind?«

Maddy hörte mit dem Reden auf und betrachtete das Artefakt.

»Versteck ihn«, schlug Hunt vor.

»Wo?« Jayden sah sich in dem Forschungszelt um, während die Schüsse und Rufe näherkamen. Maddy deutete auf einen kleinen fahrbaren Wagen, der zum Transport der Grabungswerkzeuge genutzt wurde. »Wir könnten es darin verstecken, denke ich. Helft mir, ihn auszuleeren.« Sie und Jayden rannten zu dem Wagen, während Hunt schnell das Zelt durchstreifte.

»Wo sind deine Werkzeuge? Hammer, Brecheisen, so was in der Art?«

Maddy deutete auf die Zeltwand. »Das Zeug ist in einem anderen Zelt oder liegt einfach draußen herum, wenn es benutzt wird.«

»Ich schätze, dann müssen wir improvisieren.« Hunt hielt an einem Stapel Computerkabel an und durchsuchte sie. Er entwirrte schnell einige von ihnen und wählte eines aus. Als Maddy und Jayden den Wagen geleert hatten, hatte Hunt ein Ende des Kabels um eine Stützstange am Eingang des Zeltes gewickelt. Als der Statuenkopf im Wagen lag, hatte Hunt das andere Ende des Kabels an einer Stange auf der anderen Seite des Eingangs etwa dreißig Zentimeter über dem Boden direkt hinter der Plane festgebunden.

Weitere Schüsse ertönten und eine Woge Sand spritzte gegen die Zeltwand. Hunt zog sich zurück und winkte Jayden und Maddy zur Mitte des Raumes, wo sie sich zwischen Stapeln von Kisten hinknieten. Während sie sich versteckten, hob Hunt eine Back-up-Batterie auf, die dazu benutzt wurde, temporär die Computer mit Strom zu versorgen, falls der Generator ausfiel. Wortlos hob er sie hoch und übte die Bewegung, mit der er sie als tödliches Geschoss werfen würde, falls es dazu kommen sollte. Jayden wühlte ebenfalls durch eine Kiste und fand eine weitere, mit der er dasselbe tun konnte.

Aber dann verklangen die Schüsse und sie hörten eine Stimme, die in Englisch aus einem Megafon sprach. »Alle draußen legen sich auf den Boden. Jetzt! Alle in den Zelten: Kommt jetzt mit erhobenen Händen raus. Jeder, der in einem Zelt gefunden wird, wird auf der Stelle erschossen.« Um zu beweisen, dass die Aussage keine leere Drohung war, zerfetzte eine Salve von Maschinengewehren den oberen Teil des Forschungszeltes und öffnete es zur trockenen Luft und zum hellen blauen Himmel.

Die Megafonstimme dröhnte erneut. »Du da, steh langsam auf und fang an, alle gefundenen Artefakte auf den Boden direkt dort zu stapeln. Los! Los jetzt!«

Maddy atmete scharf aus, während sie Augenkontakt mit Hunt aufnahm, der mit seinen Händen eine beschwichtigende Geste machte. *Bleib hier.* Aber innerlich war Hunt besorgt. Er hatte genügend Artefaktdiebstähle gesehen, besonders im Irak während seines Dienstes in der Operation Bulldog Mammut, aber das war mehr eine Plünderung unbeaufsichtigter Wertsachen gewesen, kein bewaffneter Überfall wie dieser. Es bereite ihm Unbehagen, weil es ihn an etwas erinnerte.

Draußen ertönte wieder die verstärkte Stimme. »Das kann nicht alles sein. Wenn ihr uns anlügt, werdet ihr den ultimativen Preis zahlen!«

Alle Augen im Forschungszelt waren auf den fahrbaren Wagen gerichtet, der nun den Bronzekopf enthielt. »Das ist es, was sie wirklich wollen«, sagte Hunt.

»Woher weißt du das?«, flüsterte Maddy zurück.

»Sie wussten, dass es eine überflutete Kammer gibt. Sie haben sich so gut über diesen Ort informiert, dass sie wussten, dass sie Tauchausrüstung mitbringen müssen. Es liegt nahe, dass sie sich auch damit beschäftigt haben, was da unten ist.« Hunt blickte auf den Wagen, der den Bronzekopf verdeckte.

Plötzlich hörten sie Schritte, die sich dem Zelt näherten. Zwei Stimmen begannen sich draußen zu unterhalten. »Sie sagen, das wäre alles, aber er ist nicht da.«

Eine andere Stimme, tiefer und ruppiger als die erste, antwortete: »Dann müssen wir die Zelte durchsuchen.«

Eine Pause, dann: »Es gibt viele, das wird dauern.«

»Wir haben bereits elftausend Jahre gewartet. Was sind schon ein paar Stunden mehr? Sagt den Männern, sie sollen jedes Zelt auf links drehen. Der Befehl lautet, jeden zu töten, der sich darin versteckt.«

»Ja, Sir!«

Das Geräusch von Stiefeln, die außerhalb des Forschungszeltes über den Sand stampften, deutete darauf hin, dass das Gespräch beendet war.

Hunt wandte sich an Maddy und flüsterte: »Ich nehme an, es gibt keine Falltür in diesem Zelt, die in die Pyramide führt, oder?«

Sie lächelte, schüttelte jedoch den Kopf. »Tut mir leid, es ist nur ein Zelt auf dem Sand.«

Jaydens Augen leuchteten auf. »Auf dem *Sand.* Schnell, gebt mir etwas zum Graben.« Obwohl nicht wie feiner Sandstrand, war der Boden unter ihren Füßen weich und bröckelig.

Maddys Antwort war hastig. »Wie ich schon sagte, all die Ausgrabungswerkzeuge sind in einem anderen Teil. Dieses beinhaltet lediglich Computer und Elektronik.«

»Wir müssen improvisieren.«

Hunt sah sich um. Er entdeckte nichts Offensichtliches, mit dem er ein Grabgerät bauen konnte, dann wandte er sich den Kisten zu, zwischen denen sie sich versteckten, und begann die Deckel zu öffnen, in jeder herumzuwühlen und die nutzlosen Sachen herauszuwerfen. Nach ein paar Sekunden zog er seine Hände aus einer Kiste. In jeder hielt er eine Steckdosenleiste. Er begann das Ende einer Leiste in den Boden zu rammen und damit ihre Eignung als Grabungsgerät zu testen.

»Die Schaufel des armen Mannes«, flüsterte er, nachdem er ohne große Anstrengung ein Loch von dreißig Zentimeter Tiefe ausgehoben hatte. Er warf eine Leiste zu Jayden und die andere zu Maddy, bevor er sich eine dritte aus der Kiste zog. Dann machten sich alle drei daran, das Loch zu vergrößern, das er begonnen hatte. Er mahnte sie, leise zu graben, da die Luft vor dem Zelt durch gelegentliche Megafonbefehle und vereinzelte Schüsse durchbrochen wurde.

Nach einigen Minuten warf Hunt seine Steckerleiste hin. »Ich denke, das sollte reichen.« Er ging zu dem fahrbaren Wagen und nahm den Bronzekopf heraus. Er trug ihn zu dem Loch, das sie gegraben hatten, und rollte ihn sanft auf den Boden.

»Nun bedecken wir ihn wieder.« Die drei nutzten ihre Hände, um das Loch wieder zu füllen und das Artefakt zu bedecken. Dann glätteten sie den Sand und stellten sicher, dass er mit dem Rest des Bodens eben war, und liefen schließlich über den Fleck, damit er nicht zu offensichtlich geglättet aussah.

Kaum waren sie fertig, hörten sie Schritte, die sich schnell ihrem Zelt näherten. Hunt deutete auf den Eingang. Jayden ging leise auf die eine Seite, während Hunt Maddy sagte, sie solle sich auf den Boden legen. Er fand eine Plane und bedeckte sie damit. Dann lief er wie Jayden auf die andere Seite des Eingangs und wartete. Er holte Luft und versuchte leise zu sein, während sich die Schritte dem Forschungszelt näherten.

Hunt signalisierte Jayden, darauf zu warten, bis derjenige, der das Zelt betrat, über das Kabel stolperte, bevor sie ihren Zug machten.

Eine Stimme sagte: »Du nimmst das dort, ich überprüfe dieses hier.« Dann entfernten sich Schritte in die entgegengesetzte Richtung, während der andere weiter auf das Forschungszelt zuging. Hunt machte sich bereit aufzuspringen. Die Schritte stoppten draußen vor dem Zelt und Hunt sah den Schatten eines Händepaares nach dem Reißverschluss greifen. Jayden spannte sich an, als der Unbekannte den Reißverschluss der Eingangsklappe öffnete. Sobald diese geöffnet war, war der erste Teil des Eindringlings, der das Zelt betrat, die Mündung eines Sturmgewehrs.

Hunt nahm Augenkontakt mit Jayden auf und hielt eine Hand hoch. *Warte.*

Doch der Eindringling war ebenfalls vorsichtig. Hunt beobachtete, wie die Mündung der Waffe von links nach rechts und wieder zurück schwang, zweifellos ein Hinweis auf die Blickrichtung ihres Trägers. Hunt konnte nur hoffen, dass er nicht hinuntersah. Aber die nächsten Schritte des Eindringlings gaben ihm seine Antwort.

Der Schütze betrat nun das Zelt in zügigem Tempo und stolperte über das Kabel, das Hunt auf Schienbeinhöhe gebunden hatte. Er und Jayden sprangen sofort auf ihren Feind, wobei Hunt mit beiden Händen den Lauf des Gewehrs packte und es von ihnen weg richtete, während Jayden gegen den Möchtegern-Schatzräuber kämpfte.

Jayden traf mit einem rechten Haken den linken Wangenknochen des Eindringlings und schlug ihn damit so benommen, dass er geradezu harmlos wurde. Aber als Hunt ihm das Gewehr entriss, legten sich die Finger des Angreifers um den Abzug und lösten einen Schuss aus. Die Kugel drang harmlos durch die Decke des Zeltes, aber Hunt wusste, dass der Schuss wahrscheinlich Verstärkung herbeirufen würde.

Er fragte sich, mit wie vielen Schlägern sie es zu tun hatten. Er kniete nieder und blickte durch den Zelteingang hinaus. Er konnte vier Plünderer – feindliche Kämpfer, wie er sie in Gedanken nannte – dabei sehen, wie sie sich durch die Ausgrabungsstätte bewegten. Aber er vermutete, dass es noch mehr sein mussten. Jemand würde in den Zelten sein oder außerhalb seines Sichtfeldes. Er überprüfte das Magazin der Waffe – sie war geladen, aber er hätte mehr Munition bevorzugt, eine Menge mehr –, wenn er gegen mindestens vier bewaffnete Verbrecher vorgehen sollte. Also ging er zu dem gefallenen Räuber und durchsuchte seinen Körper, während Jayden dessen Arme auf dem Rücken hielt, obwohl er bewusstlos wirkte. Es könnte nur gespielt sein.

Hunt fühlte die Formen von Munitionsclips an einem Gürtel unter dem Hemd des Mannes. Er nahm den Gürtel ab und legte ihn um seine eigene Taille. Jetzt fühlte er sich besser vorbereitet, aber dennoch – er wusste, dass er äußerst vorsichtig sein musste. Diese Männer hatten offensichtlich keinerlei Skrupel. Die Strafen für Artefaktdiebstahl in Ägypten waren streng. Sie riskierten den Tod oder lebenslanges Gefängnis, um diese Artefakte zu stehlen.

Sein Unterbewusstsein schrie noch einmal fragend: *Was könnte so wichtig sein, dass sie das tun wollten, was sie auf diese Weise motivieren würde?*

Hunt hatte keine Ahnung, aber er wollte es herausfinden. Zuerst jedoch mussten er und seine Freunde aus diesem Schlamassel herauskommen. Er entfernte sich von dem Plünderer, nachdem er dessen Munition genommen hatte, aber nach reiflicher Überlegung beschloss er, den Rest des Körpers zu durchsuchen. Er wurde mit einer 9mm-Pistole belohnt, die in einem Knöchelholster unter der schwarzen Hose des Mannes steckte. Hunt entfernte auch diese und reichte sie Jayden.

»Wie kommt es, dass du die Automatikwaffe bekommst?«

Hunt runzelte die Stirn. »Ernsthaft?«

»Schere-Stein-Papier darum.«

Hunt wusste, dass sein Freund inmitten von brenzligen Situationen anfällig für leichtfertige Momente war, um die Anspannung zu lösen. Sein Humor hatte sich während ihrer Zeit bei der Marine bezahlt gemacht, sowohl innerhalb als auch außerhalb von Kampfgebieten, besonders auf langen Treks, wo er die Monotonie unterbrochen hatte. Aber Hunt war nicht in der Stimmung zu lachen, dafür war keine Zeit. Er zerbrach sich den Kopf nach einer Lösung für die Klemme, in der sie sich befanden. Er glaubte dem Mann, der gesagt hatte, dass sie erschossen würden, wenn sie in einem Zelt gefunden wurden. Diese Plünderer waren nicht empfänglich für Vernunft, dafür reagierten sie sehr schnell und würden viel eher den Abzug betätigen, als die Lage zu diskutieren.

Er dachte darüber nach, den untauglichen Gegner als Geisel zu nehmen. Sie konnten ihn mit vorgehaltener Waffe vor das Zelt und ins Freie führen und dann ihre Freilassung verlangen. Aber Hunt konnte nicht sicher sein, dass man sie nicht trotzdem töten würde. Nicht jede Verbrecherorganisation legte hohen Wert auf das Leben ihrer eigenen Leute, wenn sie in die Ecke getrieben wurde. Nein, es war zu riskant. Aber das Risiko im Forschungszelt zu bleiben, war ebenfalls zu hoch. Wenn dieser Mann nicht mehr rauskam, würden andere zur Untersuchung geschickt, und die wären vorsichtiger.

Hunt dachte noch immer über diese Optionen nach, als die verstärkte Stimme noch einmal brüllte, diesmal aus der

Mitte der Ausgrabungsstätte. Hunt vermutete, dass der Kerl etwa zwanzig Meter vor dem Zelteingang war.

»Wir werden euch *eine letzte Warnung* geben. Tretet aus den Zelten. Jeder, der sich in einem Zelt befindet, wird sofort erschossen. Einige alte Objekte zu beschützen ist nicht euer Leben wert. Gebt sie uns und geht heim zu euren Familien. Seid vernünftig.«

Hunt erstarrte, als er den letzten Satz hörte. *Seid vernünftig.* Nicht nur die Worte selbst, sondern auch genau dieser Satz in Kombination mit dieser Stimme. Er war sicher, dass er sie schon einmal gehört hatte.

»Daedalus, sind Sie das?« Hunts Ruf erschreckte Jayden, dessen Gesichtsausdruck sich schnell von Schock zu überraschter Erkenntnis wandelte.

»Wer spricht da? Komm heraus!« Die Stimme kam aus dem Megafon.

Zu Jayden sagte Hunt mit leiser Stimme: »Sieht so aus, als ob unser alter Freund wieder seine alten Tricks abzieht.«

KAPITEL 7

Hunt ließ sein unbefugt angeeignetes Maschinengewehr im Zelt fallen und hob dann seine Hände, bevor er hinausging. Jaydens gedämpfte, vor Angst heisere Stimme rief ihm nach: »Bist du verrückt geworden, Carter?«

Aber Hunts Stimme strahlte Selbstvertrauen aus, als er sich an den Anführer der Eindringlinge wandte. »Lange nicht gesehen, Daedalus. Wie lange ist es her, fünfzehn Jahre?«

Der Mann, den Hunt ansprach, senkte sein Megafon und sprach direkt zu ihm. »Nicht lange genug, Carter Hunt. Nicht lange genug.«

Hunt schüttelte langsam und auf übertriebene Art seinen Kopf. »Führen Sie immer noch das Kommando über Ihre verabscheuungswürdige Organisation, die während des Chaos des Irakkriegs unbezahlbare Artefakte aus irakischen Museen gestohlen hat?«

Daedalus nickte. »Treasure, Inc. hat alle notwendigen Genehmigungen, um hier zu operieren, genauso wie es im Nahen Osten der Fall war. Kümmern Sie sich nicht um Dinge, die Sie nichts angehen.« Er strich sich über die dichten schwarzen Stoppeln seines Bartes, während er Hunts Reaktion beobachtete, die voller Abscheu und Ekel war.

»Sie sind nicht nur ein Dieb und Verbrecher, Daedalus, sondern auch ein Lügner. Sie hatten in Ihrem ganzen Leben noch keine Genehmigung. Sie haben keinen Respekt vor anderen und denken, dass Sie über jeder Notwendigkeit stehen, irgendeine Art von Genehmigungsverfahren durchlaufen zu müssen. Sie täuschen mich nicht.«

»Ich schätze, Sie haben sich noch nie die öffentlichen Aufzeichnungen im ägyptischen Kulturministerium angesehen.«

Hunt lachte laut auf, während hinter ihm Jayden das abgeworfene Maschinengewehr aufhob. »Ja, Genehmigungen für ein paar Tontöpfe oder Amphoren beantragen und dann herumzulaufen, um alles in Sichtweite mitgehen zu lassen, während man behauptet, legal dazu berechtigt zu sein, täuschen auch wirklich alle, Daedalus.«

»Warum arbeiten Sie nicht für mich, Carter Hunt? Sie scheinen ein Händchen dafür zu haben, genau zu wissen, wo man wertvolle Artefakte findet. Ein echter Geschichtsfan, ja?«

»Ich wäre lieber arbeitslos.«

Daedalus' Augen verengten sich ein wenig, aber er kehrte bald zu seinem normalen, hochmütigen Ausdruck zurück. Für einen Mann unbestimmten Alters war er in ausgezeichneter körperlicher Verfassung, wie Hunt sehen konnte. Er wusste, dass er griechischer Herkunft war, aber nicht viel mehr. Und es war ihm auch nicht wichtig. Was ihn betraf, wusste er alles, was er über diesen Mann wissen musste. Der Kerl stahl auf der ganzen Welt wertvolle Artefakte, um sich zu bereichern, und das alles unter dem Deckmantel einer legitimen internationalen Import-Export-Firma namens Treasure, Incorporated. Er war seit mindestens zwanzig Jahren in dem Job und zeigte angesichts dieses dreisten Jobs in der ehrwürdigen Großen Pyramide von Gizeh keine Anzeichen, sich zur Ruhe zu setzen.

»Wie Sie wollen, Mr. Hunt. Ich werde Ihnen einfach erlauben, zu gehen, wenn Sie mir zeigen, was Sie in der Pyramide gefunden haben.«

»Wir haben nichts gefunden.«

Daedalus' Augen verengten sich. »Da haben meine Taucher etwas anderes gesagt. Wo ist der Bronzekopf?«

Hunts Herz sank. Seine Informationen waren gesichert. Er musste mehr Zeit schinden, bis … bis was? Er wusste es selbst nicht. Bis die Polizei auftauchte? Bis er einen Plan hatte? »Wir haben ihn während des Kampfes mit deinen Tauchern fallen gelassen. Er ist zurück in den Abgrund gesunken. Ich bin sicher, Sie können ihn mit ein paar Tauchgängen finden.«

Wieder strich sich Daedalus über die Stoppeln an seinem Kinn, während er nachdachte, diesmal deutlich amüsiert. »Ich bin mir sicher, wir können ihn finden, indem wir ein paar Zelte auf den Kopf stellen. Etwas sagt mir, wir sollten mit dem anfangen, aus dem Sie gerade gekommen sind.« Er hob das Megafon und schrie hinein, diesmal in Griechisch, seiner Muttersprache. Ein paar Sekunden später trabten zwei Männer an, ihre Maschinengewehre auf Hunt gerichtet.

»Durchsucht dieses Zelt«, befahl Daedalus. Seine beiden bewaffneten Handlanger nickten und näherten sich dem Forschungszelt, einer von ihnen hielt die Mündung seines Gewehrs auf Hunt gerichtet, während der andere das Gewehr hin und her schwang, als er sich dem Zelt näherte.

***

Jayden lag angespannt in Bauchlage an der Seite des Zelteingangs, das Maschinengewehr auf die Tür gerichtet Er konnte sich nur vorstellen, wie verrückt Maddy werden musste, weil sie keine Ahnung hatte, was geschah – er bezweifelte, dass sie den Austausch draußen überhaupt hören konnte –, aber er bewunderte ihre Geduld, denn bisher war sie ruhig geblieben. Aber dann begann er sich zu sorgen, dass sie nicht genug Luft unter der Plane bekam. Was, wenn sie durch den Sauerstoffmangel ohnmächtig geworden war?

Während er die Mündung der Waffe weiterhin auf den Zelteingang gerichtet hielt, trat er vorsichtig zu ihr zurück, besonders vorsichtig, um nicht über eine Kiste oder ein Computerkabel zu stolpern. Er konnte Schritte hören, die sich dem Zelt näherten.

»Maddy! Alles in Ordnung?«

»Mir geht es gut! Was ist passiert?«

»Böse Männer werden mit Waffen ins Zelt kommen. Bleib hier, bewege dich nicht, bis wir es dir sagen.«

»Verstanden.«

Jayden entfernte sich von der Plane und passierte den Flecken Erde, wo sie den Bronzekopf vergraben hatten, und kroch zur Seite des Zeltes hinter einen Haufen von Kisten, die Computerteile enthielten.

Hunts Stimme ertönte vom Eingang des Zeltes. »Ich sage Ihnen, hier drin gibt es keinen Bronzekopf oder andere Artefakte. Das ist das Computerzelt. Da betreiben die Eierköpfe ihre Forschungen, was so viel bedeutet, wie Zeug zu googlen und sich für weitere Forschungsgelder zu bewerben, damit sie immer wieder hierherkommen können, um weitere Grabungen durchzuführen. Super langweilig.«

»Halt die Klappe und geh da rein«, kam die schroffe Antwort aus dem Megafon. Hunt kam stolpernd in das Zelt, die Hände über seinem Kopf. Er blickte geradeaus, aber seine Augen huschten umher, bis er Jaydens unbewegliche Form zu seiner Linken entdeckte, die Schusswaffe bereit. Er achtete darauf, keine Reaktion zu zeigen, und ging weiter, bis er vollständig im Zelt war, dann stand er mit erhobenen Händen an seinem Platz. Hinter ihm folgte ein Schütze nahöstlicher Herkunft, sein Blick huschte durch das Zelt, bemerkte aber Jayden nicht, der sich hinter den Kisten flach auf den Boden gepresst hatte.

Der Mann nahm eine schnelle Beurteilung des Raumes vor und wirbelte dann herum und rief seinem Chef zu: »Hier ist eine Menge Zeug drin. Schicken Sie zwei weitere Männer zur Suche.«

Hunt starrte geradeaus und zuckte zusammen. Bei mindestens drei Suchenden war es unvermeidlich, dass sie Jayden und Maddy finden würden. Und vielleicht sogar den Bronzekopf. Draußen vor dem Zelt hörte er Daedalus zwei Namen durch das Megafon rufen. Sekunden später rannten weitere Stiefel auf das Forschungszelt zu.

Zwei Männer, ebenfalls nahöstlicher Herkunft, betraten das Zelt. Obwohl sie mit Pistolen bewaffnet waren, steckten diese in ihren Holstern. Sofort begannen sie Kisten zu öffnen und auf der Suche nach Artefakten, besonders dem Bronzekopf, zu durchwühlen. In der Zwischenzeit hielt der Kerl mit dem Sturmgewehr dieses weiterhin auf Hunts Rücken gerichtet, während er selbst im Zelteingang stand.

Als die Suche sich fortsetzte, wurden die beiden Männer immer frustrierter, stürzten Kisten um und schmissen die Ausrüstung auf den Boden, traten sie davon und fluchten, während sie sich von Kiste zu Karton zu Kiste bewegten. Einer der Männer kippte einen Tisch voller Computerausstattung um und ein Drucker landete auf der blauen Plane auf dem Boden. Ein kurzer, weiblicher Schrei ertönte.

Hunt atmete scharf ein. Maddy! Er sah, wie die beiden Sucher erstarrten und ihre Hände zu den Pistolen wanderten und diese zogen.

»Nicht schießen!«, rief Hunt. »Sie ist unbewaffnet. Nicht schießen!«

Er hörte schnelle Schritte hinter sich und spürte dann den Aufprall eines gestiefelten Fußes in seinem Rücken, der ihn gegen den umgekippten Tisch schleuderte. Er fiel darüber und landete auf der blauen Plane. Hunt überlegte, den Schwung zu nutzen, um sich wegzurollen und Widerstand zu leisten, aber sein geschultes Urteilsvermögen überwand den Impuls. Das war die Art von rücksichtsloser Aktion, bei der Menschen ums Leben kamen. Er war nicht Rambo, das wusste er.

Hunt blieb still liegen, streckte seine Arme aus und spreizte seine Hände, um zu zeigen, dass er unbewaffnet war. Der Mann mit dem Maschinengewehr bewegte sich durch das Durcheinander, bis er seine Waffe auf die Plane richten konnte. Er knurrte bedrohlich: »Sie da unter der Plane, kommen Sie raus, langsam. Irgendwelche krummen Dinger und Sie sind tot.«

»Hör auf ihn, Maddy«, sagte Hunt. Er wusste, dass sie keinerlei Erfahrung im Kampf oder angespannten Situationen wie dieser hatte, und er hatte Angst, dass sie irgendetwas versuchen könnte, aus dem er sie nicht raushauen können würde. Es gefiel ihm auch nicht, ihren echten Namen zu nutzen, aber er entschied, dass es unter den Umständen das Beste war.

Die Plane kräuselte sich und ein weißer Arm schob sich darunter hervor, gefolgt von Maddys Schulter und Kopf. Sie zog sich heraus, bis nur noch ihre Füße unter der Plane waren, und lag unbeweglich mit dem Gesicht zum Boden da.

»Dr. Chambers, nehme ich an?« Daedalus Stimme erklang unverstärkt vom Zelteingang.

»Ja, das bin ich. Dies ist meine Ausgrabung. Wer sind Sie und was wollen Sie?«

»Ich suche nach einem Bronzeartefakt, dem Kopf einer Statue. Haben Sie ihn gesehen?«

Maddy antwortete, ohne zu zögern. »Das habe ich nicht.«

»Sie verstehen die Konsequenzen für sich und Ihr Team, sollte ich herausfinden, dass Sie mich angelogen haben?«

»Was lässt Sie glauben, dass Sie hier über dem Gesetz stehen?« Offenkundiger Trotz schlich sich in Maddys Stimme.

Hunt mischte sich ein. »Er verdient Geld damit, Artefakte zu stehlen, die in Museen gehören – die der Allgemeinheit gehören – und sie stattdessen einem wohlhabenden privaten Sammler ohne Skrupel auf dem Schwarzmarkt zu verkaufen.«

»Ah, Mr. Hunt, aber Treasure, Inc. ist so viel mehr als nur das. Schade, dass Sie das nicht verstehen.« Daedalus' Stimme war ruhig und emotionslos.

Hunt bestand darauf: »Ich verstehe, dass Sie seit über zwei Jahrzehnten unbezahlbare Schätze plündern, Daedalus. Das muss so eine Art Sucht für Sie sein.«

Daedalus wirkte unbeeindruckt. »Treasure, Inc. ist im Kern ein Import-Export-Unternehmen. Ich führe lediglich Waren mit potenziellen Käufern zusammen. Aber ja, ich bin gewissermaßen stolz auf meine gute Arbeit, wie jeder Geschäftsinhaber, nehme ich an. Wenn Sie das also eine Sucht nennen wollen, melden Sie mich bitte für Ihr Zwölf-Schritte-Programm an, Mr. Hunt.«

»Sie und Pablo Escobar müssen an der gleichen Business School studiert haben«, entgegnete Hunt.

Während des Austauschs fuhren Daedalus' Männer damit fort, das Zelt zu durchsuchen, Kisten, Ausrüstung und Tische umzudrehen, den ganzen Ort zu durchwühlen. Daedalus verschränkte seine Arme und beobachtete alles mit einem selbstgefälligen Gesichtsausdruck. Hunt brauchte alle Kräfte, die er besaß, um seine Nervosität in Schach zu halten, als die Männer über den Bereich, in dem der Kopf begraben war, hin und her liefen. Sie hielten dort jedoch nicht inne, und sobald er diese Angst überwunden hatte, tauchte eine neue auf.

Jayden.

Er kauerte noch immer auf der anderen Seite des Zeltes, aber einer der Handlanger näherte sich nun seiner Position. Hunt betete stillschweigend, dass sein Partner nichts Überstürztes tat, vor allem nicht sein neu erworbenes Maschinengewehr abzufeuern. Den gesamten Standort einbezogen, waren sie hoffnungslos unterlegen. Aber gerade, als der Mann im Begriff war, Jayden zu erreichen und ihn zweifellos zu entdecken, gab Daedalus einen weiteren Befehl: »Wir haben hier genug Zeit verschwendet. Riaz, Binra. Schnappt euch das Mädchen. Jetzt!«

KAPITEL 8

Auf dem Boden im Zelt hob Maddy ihren Kopf, um Daedalus anzuschauen, aber ihr Blick auf ihn wurde durch ein Paar Stiefel blockiert, die auf sie zukamen.

»Daedalus, was tun Sie da?«, wollte Hunt wissen.

»Eine kleine Versicherung«, antwortete Daedalus und hob seine Stimme über das Gerangel, das folgte, als zuerst Riaz und dann Binra Maddy packten und sie grob auf die Füße zogen. »Vielleicht kann Dr. Chambers uns zu dem führen, was wir suchen, auch ohne das Bronzeartefakt.«

»Was suchen Sie?«, rief Hunt.

Er zwang sich, die Beherrschung nicht zu verlieren. Wenn Daedalus seine verlieren sollte, könnte er sie alle in einem Wutanfall niederschießen lassen. Er hatte solch verabscheuungswürdiges Verhalten von dem Mann und seinen Angestellten bereits erlebt. Hunt schob die Flashbacks aus dem Irak beiseite, obwohl er fast den Rauch brennender Museen und für immer verlorenen Schätzen roch, die niemand bekommen sollte, wenn Treasure, Inc. sie nicht kriegen konnte.

Daedalus sah amüsiert aus, als er Hunt antwortete: »Wieso? Wissen Sie das nicht? Ich schätze, dann sollte ich Sie in Ihrer Unwissenheit schmoren lassen. Sie haben keine Ahnung, was der gefundene Bronzekopf bedeutet, oder?«

»Warum sagen Sie es mir nicht? Vielleicht können wir ohne all die Gewalt helfen, das zu finden, was Sie suchen.«

Daedalus starrte Hunt für einen Moment wütend an. »Ah ja, Sie sind Geschichtsstudent, nicht wahr, Mr. Hunt? Nun …« Er hielt inne, um zuzusehen, wie seine zwei Handlanger Maddy zum Zelteingang zerrten, weg von der Stelle, an der Jayden noch immer versteckt lag.

»Ich denke, dass alle in diesem Raum – einschließlich Ihres Assistenten auf dem Boden dort drüben mit einem meiner Maschinengewehre, welches zu benutzen er nicht wagen wird, da sonst das Mädchen stirbt – wissen, dass wir nach der verlorenen Stadt Atlantis suchen.«

Hunt spürte, wie er keine Luft mehr bekam, während er den Doppelschlag verarbeitete. Sie hatten ihr Überraschungsmoment verloren, und der Bronzekopf, für den er und Jayden ihr Leben riskiert hatten, war tatsächlich mit Atlantis verbunden. Es kostete Hunt alles, was er hatte, um das Gefühl der Niederlage nicht in seine Stimme kriechen zu lassen. »Jayden, versuch' nichts. Steh langsam auf, Hände in die Luft.«

Daedalus grinste. »Hört sich an, als würden Sie bereits für mich arbeiten! Vielleicht haben Sie ja doch eine Zukunft bei Treasure, Inc.«

Hunts Augen brannten wie Feuer. »Die einzige Zukunft, die ich bei Ihrer Firma habe, ist es, Sie für immer aus dem Geschäft zu drängen. Wenn ich das zu meinem Lebenswerk machen muss, Daedalus, dann werde ich das tun. Merken Sie sich meine Worte.«

Daedalus versteifte sich, aber er antwortete nicht. Stattdessen dreht er sich weg, um zuzusehen, wie Jayden auf die Füße kam, die leeren Hände in der Luft. »Nun, kommen Sie hier herüber … Jayden, oder? Ihre Ahnen hätten diesem Namen sicherlich nie zugestimmt«, fügte er hinzu, in dem Versuch, Jaydens asiatisch-amerikanische Herkunft zu beleidigen.

Jayden sagte in weiser Voraussicht nichts, befolgte aber den Befehl und schlurfte langsam in die Mitte des Zeltes, die Augen nach unten gerichtet, die Hände nach oben.

In der Zwischenzeit schrie Maddy: »Sie können das nicht tun! Sie haben nicht einmal die Erlaubnis, sich auf dieser Stätte aufzuhalten. Sind Sie verrückt? Die Polizei wird hier sein. Dies ist eine staatlich geförderte archäologische Ausgrabungsstätte.«

Das selbstgefällige Grinsen auf Daedalus' Gesicht weckte in Hunt das Verlangen, ihm die Zähne auszuschlagen, aber er riss sich zusammen, während sein Erzfeind antwortete: »Ich habe mehrere enge Freunde bei der Polizei in Kairo. Ich kann Ihnen versichern, dass meine Anwesenheit hier nicht negativ aufgenommen würde.« Zu seinen Mitarbeitern sagte er dann: »Bringt sie ohne Verzögerung zum Gelände. Kein Trödeln. Ich werde euch dort treffen.«

Die Mitarbeiter nickten und fingen an Maddy aus dem Zelt zu zerren, die um sich trat und schrie.

»Was geht hier vor, Daedalus?«, fragte Hunt. »Alle Artefakte, die sie gesammelt hat, sind hier vor Ort. Wozu brauchen Sie sie?«

»Alle Artefakte, bis auf eines. Der Bronzekopf«, sagte Daedalus. »Sie ist also unsere kleine Versicherungspolice. Falls Sie den Kopf haben und lügen, steht es Ihnen jederzeit frei, Ihre Meinung zu ändern – sogar jetzt auf der Stelle – und Sie erhalten Ihre Freundin zurück. Sicherlich werden Sie sie vermissen«, sagte er höhnisch, während er ihre geschmeidige Gestalt begutachtete, als sie durch die Zelttür geschafft wurde. Sie flehte Hunt lediglich mit den Augen an.

»Auf der anderen Seite«, fuhr Daedalus fort, »wenn Sie wirklich nicht wissen, wo der Bronzekopf ist, dann wird sich Dr. Chambers als äußerst wertvoll auf unserer Suche erweisen.«

»Mach dir keine Sorgen, Maddy. Wir finden dich!«, rief Hunt, als sie von den beiden Schlägern aus dem Zelt geführt wurde. Aber in Wirklichkeit hatte er keine Ahnung, wie er sie finden sollte. Daedalus war in Ägypten aufgewachsen. Zweifelslos war hier auch seine Leidenschaft für historische Artefakte herangewachsen. Er kannte das Land unendlich viel besser, als Hunt und Jayden zusammen. Was sollte er also tun?

Aber Daedalus hatte eine letzte Frage an ihn. Er hielt seine Hände in einer verhöhnenden *Was-nun?*-Geste hoch. »Wie sagen Sie in Ihrem lachhaften Land? Der Ball ist in Ihrem Feld, Mr. Hunt. Mein Team wird fortfahren, diese Stätte zu erforschen und sie nach dem Bronzeartefakt zu durchsuchen, von dem ich glaube, dass Sie es heute aus der überfluteten Kammer geborgen haben. In der Zwischenzeit werden wir mit … ähm … Dr. Chambers an unserem Ziel *arbeiten*. Guten Tag, der Herr. Falls wir uns wiedertreffen, hoffe ich, dass Sie etwas für uns haben. Denn ansonsten werden Ihnen die Konsequenzen nicht gefallen, das kann ich Ihnen versichern.«

Daedalus lief hinüber und hob das Sturmgewehr auf, das Jayden liegen gelassen hatte. Damit auf Hunt und Jayden zielend spazierte er aus dem Forschungszelt.

Hunt und Jayden sahen einander an, nun allein im Zelt. »Vielleicht sollten wir die Polizei rufen«, schlug Jayden vor.

»Maddys Team hat gesehen, wie man sie fortgebracht hat, ganz abgesehen davon, dass sie all ihrer Artefakte mit vorgehaltener Waffe beraubt wurden. Die kümmern sich darum.«

»Was ist dann also unser Plan?«

Hunt dachte über die Frage nach, während er sich in dem geplünderten Forschungszelt umsah. Geräte, die mit großem Aufwand beschafft und aufgebaut worden waren, um die verlorenen Lehren der Geschichte aufzudecken, lagen nun in Trümmern. Er konnte es nicht ertragen, es machte ihn wütend, und dennoch wusste er, dass so das Standardvorgehen seiner Gegner war.

»Treasure, Inc. sucht nach Atlantis.« Er hielt inne, als ob er darüber nachdachte.

»Ja, das hat Daedalus gesagt«, betonte Jayden.

Hunt sprach weiter. »So wie ich das sehe, haben wir zwei Optionen: Nummer eins, wir versuchen herauszufinden, wo Maddy festgehalten wird, und stürmen dann den Ort, um sie lebend da rauszuholen.«

Jayden schüttelte langsam den Kopf. »Mir gefällt die Aussicht darauf nicht besonders.«

»Mir auch nicht.« Hunt hielt einen Finger in die Höhe. »Oder wir finden das, was Treasure, Inc. sucht, bevor sie es tun. Dann bieten wir es ihnen im Austausch für Maddy an.«

»Was, Atlantis? Willst du sagen, wir finden die verlorene Stadt Atlantis, und dann geben wir sie ausgerechnet den Leuten, die wir verabscheuen?«

»Wir müssen ihnen nicht die eigentliche Stadt geben, die vielleicht nicht einmal existiert. Aber wir haben den Bronzekopf. Wir könnten ihnen den geben.«

Wieder schüttelte Jayden Kopf, diesmal energischer. »Es gefällt mir immer noch nicht. Sobald sie haben, was sie wollen, haben wir keinen Einfluss mehr auf sie. Was hält sie davon ab, Maddy in dem Moment zu töten?«

Hunt zuckte mit den Schultern. »Du hast recht. Es gibt's nichts, was sie davon abhält, das zu tun, und tatsächlich haben ihre bisherigen Aktionen gezeigt, dass es durchaus wahrscheinlich ist, dass sie genau das tun *werden*.«

»Dann sind wir also wieder dabei, Atlantis zu finden?«

»Wir müssen es nicht wirklich finden, Jayden. Wir müssen nur den Fußspuren von Treasure, Inc. folgen. Ich denke, die Chancen stehen gut, dass sie Maddy mitbringen, da sie die archäologische Expertin ist. Wir müssen nur herausfinden, wo sie hingehen werden.«

Jayden nickte. »Maddy hat darüber gesprochen, dass die Statue nach Westen gedeutet hat.«

»Ja!« Hunts Augen hatten einen Glanz angenommen, eine Kombination aus Aufregung und Entschlossenheit. »Und wir haben überlegt, ob der *Westen*, auf den die Statue gezeigt hat, die Bahamas-Inseln sein könnten. Das heißt, wir nehmen entweder …«

»Die Azoren oder die Bahamas sind die wahrscheinlichsten Orte, zu denen Daedalus Maddy mitnehmen wird«, schloss Jayden für ihn. Hunt nickte zustimmend.

»Hier sind wir näher an den Azoren.«

»Dann also die Azoren«, sagte Jayden. »Lass uns gehen, bevor unsere Freunde sich dazu entschließen, zurückzukehren.«

»Wir müssen uns nur zuerst etwas schnappen.« Hunt blickte auf die Stelle, wo sie den Bronzekopf versteckt hatten.

Jaydens Augen weiteten sich. »Jetzt? Was, wenn Daedalus draußen Wachen aufgestellt hat?«

»Ich nehme an, in zwei Stunden wird das gesamte Gelände von der Polizei überrannt. Ich bin mir sicher, Daedalus hat seine Leute hier rausgeholt. Und da die Leiterin der Expedition entführt wurde und vermisst wird, könnte es eine Weile dauern, bis wir wieder Zugang zum Gelände bekommen. Deshalb würde ich sagen, jetzt ist die beste Gelegenheit, es auf unseren verlängerten Urlaub zu den Azoren mitzunehmen.«

Jayden ging zurück zu der Stelle, wo sie das Artefakt vergraben hatten, und griff sich auf dem Weg eine Stromleiste. »Schnappen wir uns unsere zuverlässigen Grabungswerkzeuge und machen uns an die Arbeit, nicht wahr?«

Ein paar Minuten später konnten sie das wertvolle Artefakt wieder sehen. Hunt leerte einen Seesack voller verworrener Kabel und legte den Bronzekopf hinein.

»Was jetzt?«, fragte Jayden und wischte sich den Staub von der Hose. »Wir spazieren einfach hier raus?«

Hunt runzelte die Stirn. »Wir sollten den Kamelführer eine Stunde vorher anrufen, wenn wir abgeholt werden wollen.«

»Solange können wir nicht warten. Was sind also unsere Optionen?«

Hunt dachte nach, bevor er antwortete. »Vielleicht können wir mit jemandem mitfahren. Na komm, wir müssen einfach improvisieren.« Er schnappte sich den Seesack mit dem Bronzekopf, ging auf den Eingang zu und spähte hinaus, während Jayden zu ihm herüberkam. »Ich sehe keinen von Daedalus' Männern. Lass uns loslegen. Lauf locker, aber beweg dich nicht zu schnell.«

Hunt und Jayden verließen das Zelt und machten sich auf den Weg über das offene Gelände der Ausgrabungsstätte. Vor ihnen ragte die große Pyramide empor. Hunt konnte nicht umhin, darüber nachzudenken, welche anderen Geheimnisse oder weiteren seltsamen Kammern sie enthielt, die unter der eigentlichen Struktur verborgen waren. Es half ihm, sich von der Realität abzulenken, dass er gerade ein im Wesentlichen unbezahlbares Artefakt in seinen Händen trug, das umso wertvoller dadurch wurde, dass es möglicherweise zur verlorenen Stadt Atlantis führen könnte.

Hunt lächelte tatsächlich ein wenig, als er das Gelände durchschritt, das nun leer war, nachdem all die Mitarbeiter in den Zelten Schutz gesucht oder das Gelände bereits verlassen hatten. Er steckte mitten in einem historischen Geheimnis, und die Rettung seiner Freundin würde nun davon abhängen, wie gut er seine Fähigkeiten und sein Wissen einsetzte. Sicherlich keine Situation, um die er gebeten hatte, aber dem Mythos Atlantis nachzujagen, um Maddy zu retten, war etwas, auf das er vorbereitet war – und wozu er sich befähigt fühlte.

Jaydens Stimme unterbrach seine Gedanken. »Hey, ist das nicht Maddys Auto da drüben?« Er zeigte auf einen silbernen Mercedes-SUV, der in einer Reihe mit Dutzend anderen Fahrzeugen an einem Platz stand, den man zum Parkplatz erklärt hatte.

»Das ist es. Hoffentlich hat sie die Schlüssel drin gelassen.« Sie gingen hinüber zum SUV und Hunt zog am Türgriff der Fahrerseite. Die Tür ließ sich öffnen. »So weit, so gut.« Aber das Lächeln verging ihm, als er die Schlüssel weder auf dem Sitz liegen, in der Zündung stecken oder auf der Ablage liegen sah. Nach einer etwas längeren Suche kam er zu dem Schluss, dass sie sie mitgenommen hatte.

Jayden sah sich hastig um und wandte sich dann Hunt zu. »Ich kriege den Wagen ohne Schlüssel zum Laufen, aber ich werde ein paar Werkzeuge brauchen.«

Hunt hob die Augenbrauen und griff zu seinem Hosenbund, wo er am Gürtel üblicherweise ein Leatherman-Multifunktionswerkzeug trug. Er entfaltete eine Zange aus dem Werkzeug und reichte sie Jayden. »Ich halte Wache.«

Jayden stieg auf den Fahrersitz und schloss die Tür, während Hunt versuchte, so lässig wie möglich zu erscheinen und sich an das Auto zu lehnen, während er die Umgebung im Auge behielt. Wieder wandte sich sein Geist dem Geheimnis zu, das vor ihnen lag, und den spärlichen Hinweisen, die der Bronzekopf, der nun in der Tasche zu seinen Füßen lag, über den Verbleib der verlorenen Stadt geben könnte … und dem riesigen Schatz, den sie laut den Legenden bewahrte.

Keine fünf Minuten später wurde seine Träumerei durch das sanfte Schnurren des zum Leben erwachten SUV-Motors unterbrochen, als Jayden das Gaspedal betätigte. Das getönte Fenster fuhr leise hinunter, um Jaydens grinsendes Gesicht zu enthüllen. »Spring rein!«

Hunt nahm die Tasche hoch. »Ich steige ein, solange du versprichst, mir nie zu verraten, wo du gelernt hast, wie man das macht.«

»Abgemacht!«

Polizeisirenen drangen zu ihnen, als Hunt zur Beifahrerseite herumrannte und mit der Tasche einstieg.

Jayden legte den ersten Gang ein. »Wohin?«

Mit einem schelmischen Grinsen im Gesicht sagte Hunt: »Auf zu den Azoren.«

KAPITEL 9

Azoren, São Miguel

»*Atlantis Rent-A-Car*, ist das nicht angemessen?«, bemerkte Jayden, als sie auf einen Mietwagenstand im Flughafen Ponta Delgada zuliefen. Offiziell war die Neun-Insel-Kette der Azoren ein Teil von Portugal, wurde aber als autonome Provinz regiert und lag nur ungefähr vier Flugstunden von Boston entfernt, aber fast zwölf von Ägypten.

»Ich nehme an, es ist kein Geheimnis, dass die Azoren eine der am häufigsten vorgeschlagenen letzten Ruhestätten für Atlantis sind«, sagte Hunt und streckte seine Beine nach dem langen Flug. »Ganz zu schweigen von der portugiesischen Regierung, die diese Inseln als *die Überreste von Atlantis* anerkennt. Man sagt, dass die Azoren eigentlich die Berggipfel des ehemaligen Atlantis sind, während alles andere überflutet wurde.«

»Du mietest das Auto«, sagte Jayden. »Und ich hole uns Espresso.«

»Abgemacht.« Keiner von ihnen hatte auf dem Flug viel geschlafen. Beide hatten sich über die Azoren und den Atlantismythos informiert und während des Fluges Maddys Freunde und Kollegen angerufen, um sicherzustellen, dass sie wussten, dass Maddy entführt worden und dass die örtlichen Behörden alarmiert worden waren. Dennoch hatte es keine Spur von der Archäologin gegeben, seit sie gewaltsam aus ihrem Forschungszelt gezerrt worden war. Auch gab es kein Wort von Treasure, Inc. oder irgendwelche Nachrichten über den Überfall auf die Ausgrabungsstätte.

Ein paar Minuten später saß Hunt hinter dem Steuer eines gemieteten Jeep Compass, mit Jayden auf dem Beifahrersitz und dem Seesack, der den Bronzekopf enthielt, zu seinen Füßen. »Der Motor ist so leise, dass ich nicht sagen könnte, ob er überhaupt läuft«, scherzte Hunt, als der Wagen vom Parkplatz auf die Straße rollte.

»Gut, man weiß nie, wann wir das Überraschungsmoment vielleicht brauchen werden.« Jayden lächelte, während er die geschäftige Umgebung des Flughafens in Augenschein nahm. Sie fuhren nun durch das Zentrum der Azoren, wussten jedoch von ihren Nachforschungen, dass ein Großteil der Inselkette idyllisch und abgelegen war. Er blickte kurz auf die Navigationsapp seines Smartphones. »Fahr hier rechts ab und dann auf die Autobahn.«

»Verstanden.« Hunt folgte den Anweisungen und nachdem er auf die Autobahn gefahren war, geriet er wieder ins Grübeln. Er machte sich keine Illusionen darüber, dass ihre Mission einfach sein würde. Tatsächlich konnte er sich gerade noch davon abhalten, Jayden zu sagen, dass er glaubte, dass es womöglich alles vergeblich war. Aber zur selben Zeit konnte er auch an keine Alternativen denken.

»Wir fahren also geradewegs ins Herz, richtig?«, fragte Jayden und meinte damit die Region in den Azoren, die sich in ihren Nachforschungen als am häufigsten mit Atlantis verbundene Gegend herausgestellt hatte.

Hunt stimmte zu. »Lagune der Sieben Städte, wir kommen.«

Nach einer langen Fahrt, während der Jayden ein paar weitere erfolglose Versuche gestartet hatte, über das Telefon Informationen über Maddys Aufenthaltsort herauszufinden, bogen sie auf eine kleinere, einspurige, asphaltierte Straße, die sich einen Berg hinaufwand. Der Verkehr nahm ab und die Aussicht wurde mit jedem zurückgelegten Kilometer eindrucksvoller.

Weit unter ihnen kamen zwei Seen in Sicht. Sie schmiegten sich in den Krater eines ruhenden Vulkans, während grüne Berge am Rand hoch über ihnen aufragten. Einer war größer und von bläulicher Färbung, der andere kleiner und grüner. Sie waren durch einen Fluss miteinander verbunden. Hunt parkte den SUV und beide Männer stiegen aus, um einen Blick auf die Aussicht zu werfen.

»Also, soweit ich weiß, soll dies einer der beliebtesten Orte für Atlantis sein, aber es gibt auch eine damit verbundene Legende. Wie ging die nochmal?«

Hunt antwortete, während er auf die Seen hinaussah: »Die Geschichte, die ich gelesen habe, besagt, dass in grauer Vorzeit – frag mich nicht, wie lange genau das her ist – ein König hier mit seiner Tochter gelebt hat. Er liebte sie, war aber viel zu besorgt um sie, du weißt schon, wie einer dieser modernen Väter, der die Tür mit einer Schrotflinte in der Hand öffnet, wenn er weiß, dass davor das Date seiner Teenagertochter steht.«

Jayden lachte. »O ja, von der Sorte habe ich ein paar getroffen. Erzähl' weiter ...«

»Also lebte er glücklich mit ihr, bis sie, wie vorherzusehen war, ein Teenager wurde. Dann fing sie an, sich aus dem Haus zu schleichen ...«

»Oh oh, ich glaube, ich weiß, was jetzt kommt ...« Jayden starrte hinter den Gläsern seiner Oakley-Sonnenbrille auf die Seen.

»Ja, sie begann in den Wäldern rund um das Haus spazieren zu gehen, bis sie eines Tages diesen Flöte spielenden Typen traf. Sie beobachtete ihn eine Weile und nach nicht allzu langer Zeit stellte sie sich ihm vor. Eins führte zum anderen, und bevor man sich versah, verliebten sie sich ineinander.«

»Die Natur nimmt ihren Lauf. Aber etwas sagt mir, dass dies keine glückliche Geschichte ist.«

»Nun, nach einer Weile konnte sie es nicht mehr ertragen, ihrem Zuhause fernzubleiben, und dachte sich, dass ihr Vater es schon verstehen würde, also tauchte sie mit ihrem neuen Freund daheim auf.«

»Oh oh.«

»Wie du dir bestimmt vorstellen kannst, war er nicht ganz so verständnisvoll, wie sie sich erhofft hatte, und obwohl der junge Mann höflich um die Hand seiner Tochter bat, reagierte der König damit, dass er den Jungen wegschickte und den beiden verbot, sich je wiederzusehen.«

»Das habe ich von Weitem kommen sehen.«

»Genau, also schleicht sich das Mädchen ein letztes Mal hinaus, um sich von ihrem Freund zu verabschieden.«

»Awwwww.«

»Ja, sie umarmten sich und weinten und zwei Seen formten sich aus ihren Tränen.« Hunt deutete hinunter zu den zwei Seen. »Einer blau, weil die Augen der Prinzessin blau waren, und einer grün, weil die Augen ihres Liebhabers grün waren. Der grüne See ist flacher, ich nehme an, weil er nicht so viel wie sie geweint hat.«

Jayden schüttelte den Kopf. »Wow, das ergibt wirklich Sinn. Aber sag mir, Hunt«, er drehte sich seinem Freund zu. »Wie bringt uns das alles der Lösung des Geheimnisses von Atlantis näher?«

»Darüber habe ich nachgedacht.« Hunt strich sich über die schwarzen Stoppeln auf seinem Gesicht. »Es hat mit der Statue zu tun, von der unser Kopf stammt. Zumindest hoffe ich das.«

Jayden schien einige Augenblicke in Gedanken versunken zu sein, bevor er sprach: »Also, die Statue war ein Pferd und sein Reiter, richtig?«

»Richtig.«

»Aber als die Portugiesen zum ersten Mal hier ankamen, haben sie versucht, sie ihrem König zu bringen, aber sie haben es vermasselt und die Statue ist in mehrere Stücke zerbrochen …«

»Und so haben wir den Kopf bekommen«, sagte Hunt.

Jayden blickte zum tiefen Vulkankrater und zu den Seen darunter. »Auch wenn die Statue nicht mehr hier ist, wo *war* sie?«

»Das ist genau das, was uns die alte Geschichte hoffentlich herauszufinden hilft. Den Aufzeichnungen zufolge, die ich gelesen habe, stand die Statue auf der Spitze eines Berges auf San Miguel. Nun, wenn die zwei Liebhaber zwei Tränenflüsse geweint haben, die *abwärts* liefen, um diese beiden Seen zu formen, dann müssen sie ja hoch oben angefangen haben, richtig?«

Jayden zuckte mit den Schultern. »Macht Sinn.«

Hunt sah sich einmal im Kreis um. »Ich sehe keinen höheren Punkt als den, an dem wir uns genau jetzt befinden, siehst du einen?«

Jayden blickte sich ebenfalls um, bevor er seinen Kopf schüttelte.

Hunt fuhr fort. »Also muss es hier sein.«

»Wo?«

»Genau hier, irgendwo. Schauen wir uns um, oder?«

Jayden wirkte befremdet. »Was? Du meinst, wir schauen uns einfach ziellos um? Du willst mich doch verarschen.«

Hunt sagte: »Wir sind am höchsten Punkt dieses Kraters. Es wäre sinnvoll, wenn eine Statue – was damals ein markantes Wahrzeichen gewesen wäre – so hoch wie möglich platziert würde, um maximale Sichtbarkeit und Wirkung zu erzielen. Außerdem passt es zur Geschichte.« Hunt konnte das Unverständnis in Jaydens Gesicht sehen, also fügte er hinzu: »Ich erwarte nicht wirklich, etwas nach so langer Zeit zu finden. Aber wir haben hier oben einen herrlichen Blick auf die umliegende Landschaft. Wenn Daedalus Maddy hierher bringt – und wir wissen, dass sie von diesem Ort weiß – werden wir sie kommen sehen.«

Das schien Jayden wachzurütteln. »Dann lass uns mal loslegen. Willst du erst mal zu Fuß gehen oder langsam herumfahren?«

»Lass uns die Gegend hier zuerst zu Fuß erkunden und dann sehen wir weiter. Warte mal, ich habe etwas mitgenommen, das uns die Suche womöglich erleichtern könnte. Es ist hinten im SUV.« Hunt ging hinüber zum Fahrzeug und öffnete die Heckklappe. Er zog zwei Geräte heraus. Jedes bestand aus einer Plastikscheibe am Ende einer Metallstange und einer Elektronikbox und einem Griff am anderen Ende, sowie Kopfhörern, die mit einem Spiralkabel befestigt waren.

»Metalldetektoren, cool!«, sagte Jayden.

»Die Statue war aus Bronze, also …«, erklärte Hunt. Er nahm ein paar Klappspaten heraus und warf Jayden einen zu. »Für den Fall, dass wir ein Signal bekommen. Es sieht nicht so aus, als ob es hier oben eine Menge Müll wie Flaschendeckel oder alte Dosen und so ein Zeug gibt, also sollten wir eine schöne saubere Suche haben. Lass uns aber sichergehen, dass sie funktionieren.«

Jayden holte einen Schlüsselbund hervor, aber Hunt winkte ab. »Eigentlich sollten wir besser etwas nehmen, was wie das Metall ist, das wir finden wollen.« Er sah zum SUV.

Jayden lächelte. »Ah, wie der Kopf. Macht Sinn.« Er holte den Bronzekopf aus dem Auto und nahm ihn aus der Tasche.

Dann legte er ihn auf den Boden und fuhr mit seinem Detektor darüber. »Ja, nettes Signal«, bestätigte er Hunt, der ebenfalls mit seinem Gerät herüberkam.

»Merk dir also, wie es klingt, aber denk daran, dass es sich ein paar Meter tief vergraben ein wenig anders anhören wird. Wahrscheinlich graben wir eh allen Signalen nach, die wir bekommen. Ich wollte nur eine Grundlage haben. Lass uns loslegen!«

Die beiden Ex-Marines einigten sich darauf, das Gebiet in zwei Abschnitte aufzuteilen. Sie begannen nach einem Gittermuster vor- und zurückzulaufen. Dabei trugen sie die Kopfhörer, um zu hören, wann der Detektor ein Signal fand. Für etwa zehn Minuten wurden die Detektoren hin- und hergeschoben, doch keiner von ihnen erhielt ein Signal.

»Wie ich mir gedacht habe«, sagte Hunt, »es ist eine saubere Gegend. Lass uns weitersuchen.«

Ein paar Minuten später hielt Hunt inne, als er einen schrillen Piepton hörte. »Ich habe etwas«, sagte er zu Jayden und nahm seinen Kopfhörer ab. Er stach mit dem Spaten in die Erde und begann zu graben. Als Jayden zu ihm herüberkam, um nachzusehen, was er gefunden hatte, zog ein enttäuschter Hunt eine *Especial*-Bierdose aus dem Boden.

»Schätze, es ist doch nicht alles so unberührt«, sagte Jayden.

»Viel besser als damals, als ich das am Santa-Monica-Strand ausprobiert habe.«

»Da war ich. Wahrscheinlich hast du ein paar meiner alten Dosen ausgegraben! Hey, vielleicht sollten wir eine Mittagspause einlegen«, schlug Jayden vor. »Ich habe unten in der Stadt einen kleinen Fischladen gesehen, der recht anständig aussah. Vielleicht könnten wir …«

»Warte mal. Da kommt jemand.« Hunts Blick war nach unten auf die Straße gerichtet, die sie hierhergeführt hatte. Ein Fahrzeug war auf dem Weg nach oben.

»Packen wir die Ausrüstung weg.«

Sie gingen zum SUV und verstauten die Detektoren und Schaufeln darin. Dann schloss Hunt die Heckklappe, holte eine digitale Kompaktkamera heraus und begann Fotos von der Umgebung zu machen.

Jayden setzte noch eine Spitze drauf und stellte sich vor die Aussicht. »Mach ein paar Bilder für meine Mutter, ja? Ich bin doch im Urlaub.«

Hunt lachte, als er ein paar Bilder schoss, während das Fahrzeug – sie konnten nun sehen, dass es ein SUV-Hybrid war – zu ihnen hochfuhr. Aber noch während er zusah, bemerkte er, wie sich Jaydens Gesicht in eine Maske des Schreckens verwandelte.

»Was ist los? Wer ist es? Ist es Daedalus?«

»Nein. Ich meine, ich weiß nicht, wer es ist. Aber schau!« Er zeigte hinter Hunt, der sich umdrehte. Dort auf dem Boden lag der Bronzekopf.

»Mist!«

Hunt ging zu ihm, aber die Räder des SUV knirschten bereits im Kies, als er auf den Aussichtspunkt fuhr. Es war keine Zeit mehr, das Artefakt aufzuheben und es zurück zu ihrem Fahrzeug zu bringen, ohne gesehen zu werden.

»Mach etwas, Carter. Sie sind hier.«

Hunt beäugte den Bronzekopf, während er so auf dem Boden saß, etwa drei Meter vom Rand des Kraterhügels entfernt. Mit dem Gefühl, dass er diese Tat noch bereuen würde, aber nicht wissend, was er sonst tun sollte, gab Hunt dem schweren Kopf einen festen Tritt, der ihn näher zum Rand rollen ließ.

»Mach weiter«, rief Jayden. »Ich glaube, wer auch immer das ist, hat es noch nicht bemerkt.«

Hunt ging so lässig wie möglich zum Bronzekopf hinüber. Dann stieß er ihn noch einmal an und diesmal schickte er ihn über den Rand des Kraters. Er tat sein Bestes, um sich zu merken, wo genau er über den Rand des Kraters gerollt war, sodass sie ihn aufspüren konnten, wenn sie wieder allein waren. Gleichzeitig wollte er keinen Verdacht oder gar Interesse erwecken, indem er zu sehr auf eine bestimmte Stelle fixiert wirkte. Die Kamera vor sein Gesicht haltend, drehte Hunt sich um und begann wieder zurück zu Jayden zu schlendern.

»Es ist ein Mietwagen«, sagte Jayden mit leiser Stimme.

»Bedeutet das etwas?« Hunt tat weiterhin so, als ob er Touristenbilder schoss.

»Nur, dass es wahrscheinlich kein Einheimischer ist.«

Das Fahrzeug hielt so an, dass Hunt mit dem Rücken zu ihm stand und Jayden es direkt vor sich hatte. »Vierköpfige Familie, zwei Kinder auf dem Rücksitz. Ich glaube, wir sind sicher.«

Die Vordertüren öffneten sich und ein großer Mann mit einem fröhlichen Auftreten stieg zusammen mit einer Frau in einem knallbunten Sommerkleid aus. Beide waren sonnenverbrannt. Die Frau sagte den Kindern, sie sollten drinnen warten, ohne Zweifel, um sicherzustellen, dass diese Fremden auf dem Vulkankrater keine schlechten Menschen waren.

Hunt legte die Kamera nieder und er und Jayden gingen hinüber und stellten sich mit falschen, aber amerikanisch klingenden Namen vor. Das Paar stellte sich als die Willinsons aus St. Louis, Missouri vor und beruhigte damit Hunt auf der Stelle, da sie mit Treasure, Inc. oder Maddys

Verschwinden garantiert nichts zu tun hatten. Die Mutter öffnete die Hintertüren und dann rannten die Kinder in der Gegend herum und erkundeten sie lautstark.

»Das ist also der höchste Punkt der Insel laut meinem Reiseführer«, sagte die Frau und nahm die majestätische Aussicht wahr. Hunt erzählte, deshalb seien er und Jayden auch hierhergekommen.

»Man kann wirklich den Unterschied zwischen dem grünen und dem blauen See von hier oben sehen«, sagte der Ehemann. Dann fügte er hinzu: »Dort ist die Brücke, Schatz, – siehst du? – die die beiden Seen teilt.«

»Brücke?«, fragte Hunt und blinzelte nach unten.

Der Familienvater wandte sich ihm zu. »Ja, es gibt eine Brücke, direkt zwischen den beiden Seen. Wir sind vorhin darübergefahren. Schon da unten sieht man den Unterschied in der Wasserfarbe ziemlich auffällig. Man kann bis zum Grund sehen, viele große Felsbrocken da unten.«

Hunt und Jayden wechselten einen Blick. »Interessant«, sagte Hunt. »Vielleicht schauen wir uns das mal an.«

»Das sollten Sie«, ergriff die Frau das Wort. »Sie werden ein paar tolle Bilder machen. Schön, Sie kennenzulernen, ich werde jetzt unser kleines Picknick vorbereiten.« Sie entschuldigte sich und ging zu ihrem Mietwagen. Nach etwas Small Talk, bei dem es um die besten Restaurants in der Stadt ging, entschuldigte sich auch der Mann und Hunt und Jayden sahen hinab auf die legendären Seen.

»Sieht so aus, als müssten wir die Metalldetektion aussetzen, bis diese Leute verschwinden. Sollen wir uns die Brücke ansehen?«, fragte Jayden.

»Weswegen?« Hunt war zum einen davon genervt, dass ihre Suche abgebrochen worden war, und zum anderen, dass der Bronzekopf jetzt irgendwo unten am Hang lag

»Ich weiß nicht, der Typ hat gesagt, er konnte Felsen da unten im Wasser sehen. Erinnert mich an die geflutete Pyramidenkammer, in die wir getaucht sind.«

Hunt dachte für einige Augenblicke darüber nach, erschien aber ungerührt. »Ich denke, das Erste, was wir tun sollten, sobald wir die Gelegenheit dazu haben«, sagte er und sah zu der Familie hinüber, »ist, diesen Hügel hinunterzuklettern und den Kopf zurückzuholen.«

Der Drang, zum Rand zu gehen und nach unten zu schauen, war für Jayden schwierig zu unterdrücken, aber Hunt überzeugte ihn, abzuwarten, während sie vorgaben, weitere Touristenfotos zu machen. Die Zeit schien sehr langsam zu vergehen, aber keine halbe Stunde später packte die Familie ihre Sachen in den Mietwagen und verabschiedete sich lautstark, bevor sie wieder den Berg hinunterfuhren. Sobald ihr Fahrzeug außer Sichtweite war, gingen Hunt und Jayden auf die Suche.

KAPITEL 10

»Ich sehe ihn nicht.« Jayden ging bis zum Rand des Kraters und stellte sich neben Hunt.

»Ich auch nicht.«

»Bist du dir sicher, dass du ihn hier runtergetreten hast?« Jaydens Blick überflog den steilen Hang unter ihnen. Schroffe Vegetation bedeckte den Berg, nur hier und dort standen verstreut ein paar kleine immergrüne Bäume in der abschüssigen Landschaft.

»Ja, da, siehst du?« Er deutete auf eine Schleifspur, die sein Schuh hinterlassen hatte.

Jayden sah sich die Stelle an und trat dann noch näher an den Rand und suchte weiter nach Anzeichen des Bronzekopfes. »Wir werden da runtergehen müssen, denn ich sehe ihn nicht.«

Hunt stimmte zu, bevor er hinzufügte: »Siehst du die Pflanze dort? Sieht so aus, als wäre sie erst vor kurzem zerquetscht worden, könnte also sein, dass der Kopf da runtergerollt ist.«

»Können genauso gut da anfangen«, stimmte Jayden zu. Sie begannen, sich den steilen Hügel hinunter zu wagen. Soweit sie erkennen konnten, gab es keine vertikalen Abschnitte und sie konnten nach unten schauen, während sie sich bewegten, ohne den Blick zur Wand drehen zu müssen wie beim Klettern. Dennoch war es kein Spaziergang.

»Pass auf Schlangen auf«, sagte Hunt.

»Was? Hier gibt es Schlangen?« Jayden sah sich nervös um.

»Ich weiß es nicht. Sieht so aus, als könnte es welche geben.«

Jayden machte ein Spuckgeräusch. »Gott, Hunt, ich muss nach einem Bronzekopf suchen, und jetzt willst du, dass ich auch noch Ausschau nach Schlangen halte?«

»Nun ja, du wirst mir nichts nützen, wenn du von einer giftigen Schlange gebissen wirst.«

Sie setzten ihren langsamen und vorsichtigen Abstieg am Hügel fort. Nach einer Weile wurde das Gelände weniger steil, was das Gehen erleichterte. Dafür wuchsen hier dornige Sträucher, was es schwieriger machte, den Boden zu sehen.

»Autsch, verdammt! Dieses Gestrüpp tut weh.« Jayden hielt inne, um sich einen Dorn aus dem Arm zu ziehen, welcher einen Tropfen Blut hinterließ.

»Ich denke, du wirst es überleben«, sagte Hunt und trat ein paar Büsche aus dem Weg. Er betrachtete den verbleibenden Hang hinunter zu den Seen. »Ich glaube nicht, dass er bis zum Wasser gerollt ist.«

»Das ist gut. Weil ich nämlich nicht glaube, dass es Glück bringen würde, zweimal nach demselben Kopf tauchen zu müssen.«

»Da unten sieht es anders aus. Siehst du die Steine?«

Jaydens Blick folgte bis zu der Stelle, auf die Hunt zeigte. Eine niedrige, bröckelnde und bewachsene Felsformation bildete einen Bruch am Hang, kurz bevor sie bis zum Wasser abfiel. »Das würde doch einen hübschen kleinen Kugelfang für unseren rollenden Kopf bilden, würde ich annehmen.«

Hunt und Jayden liefen den Rest des Hanges bis zur Kante der Steine hinunter und begannen sich umzusehen. Es gab noch immer eine Menge Pflanzen, die aus dem Weg getreten werden mussten, aber nachdem er die Steinwand gesehen hatte, war sich Hunt immer sicherer, dass der rollende Kopf unmöglich darüber hinausgeschossen sein konnte. Es sei denn, er war seitlich vorbeigerollt. Eine Vorstellung, über die er lieber nicht weiter nachdachte, während er den See unten betrachtete.

»Er muss hier irgendwo sein«, sagte Hunt, die Augen zum Boden gerichtet.

»Äh, ja, in der Hinsicht … die Hälfte davon ist zumindest hier.« Jayden zeigte auf etwas und Hunt keuchte.

Der Kopf war auf dem Weg nach unten zerbrochen, und die Hälfte davon – die obere Hälfte – lag zu Jaydens Füßen. Hunt hob die leere Bronzeschale auf. Ein verwirrter Ausdruck machte sich auf seinem Gesicht breit, während er untersuchte, was von dem Artefakt übriggeblieben war. »Seltsam, es scheint zu leicht zu sein, auch wenn es nur die Hälfte ist.«

»Lass uns die andere Hälfte suchen. Sie muss hier irgendwo sein.« Hunt behielt die zerbrochene Hälfte und fuhr fort, mit Jayden den Boden abzusuchen.

Jayden konnte nicht anders, als seinen Freund zu necken, während sie sich umschauten. »Also, wie fühlt es sich an, ein uraltes Artefakt zu zerstören? Toller Schachzug, wirklich.«

Hunt schüttelte den Kopf. »Es ist ja nicht so, dass ich ihn zerbrechen wollte. Tatsächlich ist es nur mein besonderes Glück … whoa!«

»Was?«

»Ich habe es gefunden. Aber schau dir das an.« Er kniete sich hin und hob die andere Hälfte des Kopfes auf und befreite sie dabei von Unkraut.

»Was ist das da drin? Dieses grünlich-blaue Zeug?«, fragte Jayden, die Stimme kaum mehr als ein Flüstern.

Hunt ließ die leere, kaputte Hälfte fallen, die er bereits gefunden hatte, um sich auf die Neue zu konzentrieren. Er fuhr mit den Fingern über die bläulich-grüne Substanz, die im Kopf offenbart worden war. »Es sieht aus wie eine

Amethystdruse. Der ganze Kopf sieht aus, als wäre er mit einer Art wertvollem Kristall gefüllt.«

»Lass mal sehen …« Jayden bückte sich und hob die hohle Hälfte des Kopfes auf. Dann setzte er sie auf den vorstehenden Amethyst der Hälfte, die Hunt hielt.

»Passt perfekt«, bemerkte Hunt. »Das muss definitiv schon vorher in dem Kopf gewesen sein. Vielleicht Quarz?«

Jayden verdrehte die Augen. »Denkst du?«

»Die Frage lautet«, sagte Hunt und ignorierte den sarkastischen Ton, »warum ist das überhaupt in dem Statuenkopf?«

Beide hielten inne, um sich umzuschauen. Wurden sie beobachtet? Aber da waren keine Leute in Sichtweite und schon gar keine in Hörweite. Keine Boote auf den Seen oder irgendwelcher Verkehr auf der Brücke. *Die Brücke*, dachte Hunt. Er erinnerte sich daran, wie die Touristen darüber gesprochen hatten, dass sie die beiden Seen voneinander trennte. Er sah hinüber. *Teilt die beiden Seen. Einer grün, einer blau … einer grün, einer blau …*

»Erde an Carter, was ist los?«

Er starrte auf den kristallgefüllten Kopf, während er antwortete: »Dieser Kopf ist mit einem blaugrünen Stein gefüllt.«

»Ja, das kann ich sehen.«

»Ein See ist grün. Einer ist blau.«

Jayden sah kurz zu den Seen, dann wieder zurück zu Hunt. »Carter, hast du dir auf dem Weg nach unten den Kopf angeschlagen? Geht es dir gut?«

»Hör mir doch zu. Wenn man Grün und Blau miteinander mischt, was bekommt man dann?«

Jayden zuckte mit den Schultern. »Eine Art Blaugrün.«

Hunt zeigte auf das Mineral im Inneren des Statuenkopfes. »Also so etwas, richtig?«

»Ja. Und?«

»Findest du nicht, dass es ein krasser Zufall ist, dass dieser Statuenkopf, der sich mal auf genau dieser Insel befunden hat, mit einem Stein gefüllt ist, der die exakte Farbe der beiden Seen hat, wenn sie zusammenkommen?«

Jayden schaute auf die zwei Seen und besonders auf die Stelle unter der Brücke, wo eine helle blaugrüne Linie einen See vom anderen abgrenzte. »Derjenige, der diese Statue geschaffen hat, hat den Stein als farbkodierten Hinweis da hineingelegt?«

Hunt hielt seine Hände in einer *Warum-nicht?*-Geste hoch. »Selbst nach all diesen Jahren ist die Farbe erstaunlich ähnlich.« Er betrachtete das Wasser unter der Brücke.

Aber Jayden war immer noch nicht überzeugt. »Oder es ist jetzt die gleiche Farbe, aber war es vorher nicht. Woher sollen wir das wissen?«

»Die Legende der Tränen ist ziemlich alt.«

»Wie alt? Elftausend Jahre?« Jayden verschränkte die Arme.

»Ich weiß es nicht. Es ist eine Legende. Aber dieser Ort – die Sieben-Städte-Seen werden oft als möglicher Ruheort von Atlantis erwähnt.«

»Und mit all der Aufmerksamkeit, glaubst du, dass noch nie jemand einen Blick unter die Brücke geworfen hat? Ich meine, komm schon, Carter, wie hoch sind die Chancen?«

Aber Hunt ließ sich nicht davon abbringen. »Es wird nicht viel Mühe kosten, selbst einen Blick darauf zu werfen. Lass uns zuerst einmal über die Brücke gehen und schauen, wie sie aussieht. Wir sind von hier aus recht nah dran.«

Jayden stimmte zu und sie machten sich auf den Weg, die restliche Strecke den Hang hinunter zum See selbst, dem tiefblauen, zu gehen. Ohne größere Schwierigkeiten konnten sie am Ufer entlang bis zur Brücke gehen. Teile des Ufers waren grasbewachsen, während Kiefern auf anderen wuchsen, zwischen denen sie sich ihren Weg bahnen mussten.

Niemand war auf der Brücke, als sie dort ankamen. Hunt fühlte sich etwas verdächtig, wie er mit dem zerbrochenen Bronzekopf herumlief, der mit einer Art Edelstein oder Mineral gefüllt war, aber er hatte keine Tasche, in den er ihn legen konnte. Als sie die Brücke erreichten, änderten sich die Wassertiefe und Farbe auf der Stelle. Das tiefe Blau wurde zu bläulichem Grün oder Cyan. Beim Anblick des grünen Sees konnten sie sehen, dass er weniger tief war und etwas mehr Wellenbewegungen hatte.

Hunt und Jayden liefen über die gewölbte Holzbrücke, die niedrig über dem Wasser verlief, bis sie auf halbem Weg an ihrem höchsten Punkt ankamen. Sie sahen hinunter in kristallklares Wasser.

»Es ist genau so, wie der Typ gesagt hat«, gab Jayden zu. Große Felsformationen erstreckten sich in den Tiefen darunter.

»Da unten muss es viele Höhlen und Hohlräume geben«, bemerkte Hunt. »Aber lass uns mal eine Minute darüber nachdenken. Wer auch immer die Statue erbaut hat, die die portugiesischen Entdecker hier vor all den Jahren gefunden haben, hat sich die Mühe gemacht, einen mineralischen Edelstein irgendeiner Art in den Kopf der Statue einzubetten, der am Körper eines Mannes befestigt war, der ein Pferd reitet.«

»Und das Ganze war an einer Basis mit der Aufschrift *Geh da lang* befestigt«, ergänzte Jayden.

»Manche sagen, dass die Inschrift in Inka geschrieben stand.«

»Was haben also die Azoren mit den Inkas zu tun?«

Hunt starrte ins Wasser, während er antwortete: »Ich hasse es, das zu sagen, aber vielleicht sollten wir in die Stadt zurückfahren, Tauchausrüstung mieten und hierher zurückkommen, um es herauszufinden.«

Zwei Stunden später

»Ich bin so erschöpft von unserer kleinen Einkaufstour und der Wanderung hierher zurück, dass ich nicht mal Lust aufs Tauchen habe«, schnaufte Jayden, während er den großen Rucksack abstreifte.

»Denk daran, wie erfrischend es sein wird, wenn wir in dieses kühle, frische Bergseenwasser eintauchen«, erwiderte Hunt, während er einen Atemregler an einer Tankflasche befestigte.

»Ich dachte, Tränen wären warm.«

»Wow, ich bin beeindruckt. Ich hätte nicht gedacht, dass du der Legende so viel Aufmerksamkeit schenkst.«

»Ich überrasche die Leute gern ab und zu.«

Die beiden bereiteten ihre Ausrüstung vor und sahen sich um. Die friedvolle Umgebung war wirklich ruhig, sie waren die einzigen Menschen, die meilenweit in Sichtweite waren. Auf der Wanderung vom nächsten Parkplatz zur Brücke hatten sie Angst gehabt, dass es hier Touristen geben würde und sie zu viel Aufmerksamkeit erregen würden. Aber jetzt zumindest waren sie die einzigen hier.

»Lass uns einfach hinuntergehen und umschauen. Es muss nicht lange dauern«, sagte Hunt und kletterte über das Brückengeländer. Er setzte sich rückwärts zum Wasser auf das Geländer.

»Wie ein Rückwärtseinstieg vom Boot«, klärte Jayden ab.

»Du hast es verstanden. Gib ein wenig Luft in deine Weste, damit du nicht zu schnell sinkst, du willst keinen dieser Felsen treffen.«

»Verstanden.« Hunt hörte das Zischen der Luft, als Jayden einen Knopf drückte, um Luft aus seiner Flasche in die Tarierweste zu geben.

Hunt ließ sich rückwärts mit einem Platscher ins Wasser fallen. Jayden folgte eine Minute später.

»So klar, dass mir schwindlig wird«, kommentierte Jayden, nachdem er sein Gesicht aus dem Wasser gehoben hatte.

»Lass uns abtauchen«, sagte Hunt und ließ die Luft mit einem Zischen aus seiner Weste. Sie begannen den Abstieg in den See. Es war schwer zu sagen, wie tief es eigentlich war, da der Boden ein unordentlicher Felsbrockenhaufen war, ähnlich wie in der Pyramidenkammer, allerdings auf einer flachen Ebene statt einer steilen Neigung.

Der Abstieg dauerte nur ein paar Sekunden, bis sie die glatten Kanten der ersten Brocken erreichten. Eine dünne Lage grüner, schleimiger Algen bedeckte sie. Als Hunt aufsah, konnte er die Unterseite der Brücke aus verzerrter, wässriger Perspektive sehen. Er fühlte ein Klopfen an seinem Bein und sah, wie Jayden auf einen Spalt zwischen zwei großen Felsbrocken zeigte.

Hunt nickte und folgte Jayden, während sie mit dem Kopf voran in die Spalte schwammen. Sie öffnete sich zu einer kleinen Höhle. Jayden hielt ein paar Meter weiter im Eingang inne und wartete darauf, dass Hunt aufholte. Ein paar aufgeschreckte Fische schossen aus dem Durchgang hinaus, durch den sie hineingekommen waren. In dem Bewusstsein, dass sie sich nun in einer geschlossenen Umgebung ohne direkten Zugang zur Oberfläche befanden, überprüfte Hunt seine Anzeigen, welche ihm sagten, dass er genug Luft übrighatte und sich in nur sechs Metern Tiefe befand. Als Hunt sich umsah, entdeckte er Licht von der gegenüberliegenden Seite der Höhle einströmen.

Jayden und er bewegten sich Seite an Seite durch die Felshöhle und beobachteten den Boden und die Wände. Nichts Ungewöhnliches war zu sehen, nur Naturfelsen und etwas Blattstreu und Zweige von der umgebenden Vegetation des Sees. Sie verließen die Höhle, nur um eine andere Öffnung zwischen Steinen ein paar Meter tiefer zu sehen.

Hunt deutete darauf und Jayden nickte, bevor er darauf zu schwamm. Wieder kamen sie in eine Höhle und schwammen hindurch. Wie die Letzte beinhaltete auch diese nichts Ungewöhnliches. Sie stöberten weiter durch die Felsbrocken und schwammen die nächste Stunde über und durch sie hindurch, ohne etwas Bemerkenswertes zu finden. Hunt begann die Kälte des Bergsees zu spüren, als er seinen Luftdruckmesser überprüfte. Es wurde Zeit, wieder nach oben zu steigen.

Er zeigte Jayden die Anzeige seines Messgeräts und deutete mit dem Daumen zur Oberfläche, das Signal zum Aufsteigen. Jayden nickte und die beiden machten sich langsam auf den Rückweg. Hunt überprüfte sofort die Brücke auf Anzeichen von Menschen, war aber erleichtert zu sehen, dass sie allein waren.

»Keine Spur von Atlantis«, meinte Jayden.

Hunt drehte sich für die Schwimmstrecke zum Ufer auf seinen Rücken. »Es war auf jeden Fall viel einfacher, hineinzugehen, als raus, oder?«

»Ja, es ist schön, die Schwerkraft auf seiner Seite zu haben.«

Hunt stimmte zu und sah am Berghang hinauf, der über dem See thronte, während er rückwärts zum Ufer paddelte. Er bewunderte die grüne Vegetation entlang der Kraterwand und dann die wenigen Farbstiche, wo weiter oben Wildblumen wuchsen – rot, gelb … und oben am Rand, nahe der Stelle, wo sie vorhin das Auto geparkt hatten, eine Explosion von Cyan.

»Hey, Jayden, wie viel, glaubst du, hat sich die Gegend hier verändert, seit man die Statue aufgestellt hat?«

»Was meinst du damit, diesen See?«

»Der See, der Krater, die Tierwelt, die Bäume und Pflanzen – denkst du, dass sie noch immer von derselben Art an ungefähr demselben Ort sind?«

»Du denkst wirklich über seltsame Dinge nach. Ich nehme an, es wird größtenteils gleich sein, warum?«

»Auf dem Weg zurück in die Stadt, um die Tauchausrüstung zurückzugeben, sollten wir noch einmal auf dem Gipfel des Kraters anhalten.«

KAPITEL 11

»Du magst die Metalldetektoren einfach, nicht wahr?«, fragte Jayden, als er die beiden Schaufeln aus dem geliehenen SUV nahm, während Hunt die Detektoren herausholte.

»Es gibt Schlimmeres, was man tun könnte, aber ich denke wirklich, dass es einen Versuch wert ist.«

Jayden sah ihn skeptisch an. »Also lass mich das klarstellen. Du glaubst, irgendetwas ist mit der Farbe Blaugrün, oder Cyan, was auch immer? Weil in der Statue ein cyanfarbener Stein war und dies cyanfarbene Blumen sind …« Er wedelte mit dem Arm in Richtung eines ausschweifenden Busches mit blaugrünen Blüten, der ein paar Meter von ihnen entfernt stand. »Und das bedeutet, dass wer auch immer diese Statue hier hingestellt hat, irgendeine farbcodierte Geheimnachricht beigelegt hat?«

Hunt setzte den Kopfhörer des Metalldetektors auf. »Es klingt ziemlich verrückt, wenn man es so ausdrückt, das gebe ich zu, aber grundsätzlich, ja. Und jede Art von Blau ist extrem selten in Pflanzen, besonders in Blumen.«

»Aber diese Büsche gab es damals womöglich hier nicht einmal.«

»Aber vielleicht doch. Wir wissen es nicht, also können wir uns genauso gut ein paar Minuten Zeit nehmen und schauen, ob wir ein Signal bekommen.«

Zum zweiten Mal an diesem Tag machten sie sich mit ihren Metalldetektoren auf den Weg über den Kratergipfel. Gemeinsam liefen sie um den großen blühenden Busch, ohne ein Signal zu bekommen. Während sie herumgingen, hörten sie plötzlich leise Schritte und dann Atemgeräusche.

Hunt erstarrte, entspannte sich aber wieder, als er einen räudigen, wilden Hund um den Busch schleichen sah.

»Sieht wie ein Kojote aus«, meinte Jayden.

»Könnte sein«, sagte Hunt. »Kojoten sind Rudeltiere und dort kommt noch einer.« Ein zweiter Hund lief auf sie zu, die Nase am Boden. Er zeigte weder ein bedrohliches Verhalten, noch wirkte er zurückhaltend oder misstrauisch gegenüber den Menschen. Beide Tiere schnüffelten im Gebüsch herum und hielten immer ein paar Meter Abstand zu den Menschen, scheinbar ohne sich dabei zu viel Mühe zu geben.

Sie standen da und warteten eine Minute lang, ob noch mehr Hunde kamen. Als ein Dritter auftauchte, aber das Verhalten der ersten beiden imitierte, sagte Hunt zu Jayden, dass sie sich wieder an die Arbeit machen sollten. »Vielleicht sollten wir das erledigen, bevor zu viele von ihnen hier auftauchen«, stimmte Jayden zu.

Dann begab sich Hunt in die Dornensträucher, entschlossen, den Boden abzusuchen, den die dornigen Reben verdeckten.

»Du bist vollkommen durchgeknallt, Carter, das weißt du, oder?«, spottete Jayden von einer Stelle, die man inmitten der weitläufigen, cyanfarbenen Blätter nicht sehen konnte. »Ich meine wirklich, ist das deine Vorstellung von Urlaub, weil …«

Aber Hunt unterbrach ihn mit einem Ruf. »Hey! Ich habe was!«

»Ja, ich weiß, du hast eine Meise, Hunt, denn …«

»Ich meine es ernst. Ich habe ein Signal. Komm hier rüber und hilf mir graben.«

Bis Jayden sich zu Hunts Position durch den Busch gekämpft hatte, hatte dieser bereits er ein fünfzehn Zentimeter tiefes

Loch gegraben, wobei er darauf geachtet hatte, nicht zu übermütig zu sein, damit er nicht etwas Zerbrechliches zerstörte, falls da etwas war.

»Wahrscheinlich nur wieder eine alte Bierdose«, sagte Jayden, während er beim Graben half und den Dreck wegschaufelte, den Hunt aus dem Loch gehoben hatte.

»Immer optimistisch, nicht wahr?«, sagte Hunt.

»Realistisch.«

»Wer würde in einem dornigen Busch wie diesem Bier trinken?«

»Du würdest das wahrscheinlich tun. Aber ich weiß es nicht, vielleicht ist diese Hecke ja neu oder …«

»Whoa, warte mal! Hier ist es.« Hunt legte seine Schaufel zur Seite. »Was haben wir hier?«

Etwas Festes lag im trockenen Boden. Ein spitzes Objekt. Hunt griff in das Loch und wischte etwas Schmutz weg, wobei er einen Schimmer von goldfarbenem Metall in der Form eines Fingers enthüllte. Um sie herum konnten sie die wilden Hunde hören, aber sie arbeiteten weiter daran, den Gegenstand aus der Erde zu befreien.

»Es ist mehr als nur das«, sagte Hunt und Aufregung erfasste seine Stimme. In der Zeit, in der Hunt arbeitete, begann Jayden vorsichtig mit einer Handschaufel ein Stück vom goldenen Finger entfernt zu graben, um zu sehen, wie weit sich das Objekt womöglich erstreckte.

»Ich habe hier auch etwas«, sagte er und ließ die Schaufel fallen, um den Dreck mit den Händen von was auch immer er entdeckt hatte zu wischen. »Gleiche Farbe.« Sie fuhren fort, die Erde abzuwischen und wenn nötig vorsichtig mit den Handschaufeln zu graben. Während sie arbeiteten, deckten sie immer mehr von dem goldenen Objekt auf, sowie etwas Schwarzes.

»Was auch immer es ist, es wirkt ziemlich fest«, sagte Hunt. Nach einigen weiteren Minuten Mühe, konnte Hunt den Fund endlich aus dem Loch heben.

»Wow!«, rief Jayden, als Hunt das Objekt wie ein Baby im Arm hielt.

»Kommt dir das bekannt vor?«, fragte Hunt.

Jayden wirkte verwirrt. »Moment mal, wir sind nicht mehr in Ägypten, oder? Wir sind auf den Azoren!«

»Soweit ich weiß«, scherzte Hunt und sah sich um. Die Hunde lauerten noch immer in der Nähe, aber er sah keine Anzeichen von Menschen. »Also erkennst du dieses Ding?«

Es war die Statue eines Mannes mit einem Hundekopf. Um seinen Hals lag, jedoch an der Statue selbst befestigt, ein Ankh aus schwarzem Onyx.

»Es ist Anubis«, sagte Jayden. »Der ägyptische Gott der Toten, richtig?«

Hunt nickte, während er ihm das Kunstwerk aushändigte. »Ja. Manche nannten ihn *den Wächter der Waage* und vermuteten, dass es seine Hauptaufgabe war, über die Toten zu wachen. Es hat mit dem Glauben zu tun, dass man nach seinem Tod die Götter trifft, welche sein oder ihr Herz auf eine Waage legen. Im Ägyptischen Totenbuch werden Zeremonien dargestellt, in denen das Herz gewogen wird und in denen Anubis darüber urteilt, ob man es verdient hat, ein ewiges Leben zu führen.«

»Also richtete dieser Typ hier über das Schicksal jeder Seele.«

»Richtig. Aber ich frage mich … was er hier macht, ein ägyptischer Gott auf den Azoren, einer portugiesischen Inselkette.«

»Es war nicht immer portugiesisch.«

Hunt dachte einen Moment darüber nach, während er die Anubis-Statue betrachtete. »Stimmt. Es waren aber die

Portugiesen, die die Statue von Pferd und Reiter mitgenommen haben. Wer auch immer sie also dahin gestellt hatte – vielleicht die Ägypter – hat Anubis hier hinterlassen.«

»Die Ägypter scheinen mit Atlantis verbunden gewesen zu sein.«

Hunt stand wieder auf und bereitete seinen Metalldetektor vor. »Mal sehen, ob es hier noch andere Funde gibt.« Mit der goldenen Statue unter einem Arm hielt Hunt die kreisförmige Scheibe des Detektors über das gleiche Loch, aus dem die Anubis-Figur gekommen war, aber es gab keine Signale mehr. Dann fuhren er und Jayden damit fort, mehr von der umgebenden Gegend abzusuchen. Sie gingen sogar tief in den dornigen, cyanfarbenen Busch, aber die Detektoren blieben weiterhin still.

»Sieht so aus, als wäre Anubis alles an diesem Ort«, schloss Hunt und hob die goldene Statue hoch.

»Ich frage mich, ob es wirklich Gold ist, was meinst du?«, fragte Jayden.

Hunt wog den Fund in einer Hand. »Fühlt sich schwer genug an, aber wir müssen es testen lassen, um sicherzugehen. Der schwarze Stein sieht aus wie Onyx.«

Jayden nickte, während er das dekorative Ankh betrachtete. »Ich wünschte, Maddy könnte das sehen.«

Bei der Erwähnung ihrer Freundin wurde Hunt ernst. »Ich auch. Wir müssen sie finden. Ich frage mich wirklich wo sie jetzt steckt.«

Jayden sah von der Statue auf. »Ich wünschte, es gäbe irgendeinen Weg, das herauszufinden.«

Hunt hielt die Statue hoch. »Ich habe das Gefühl, dass uns diese Figur zu ihr führen könnte.«

KAPITEL 12

Der Raum war dunkel und kalt. Das war alles, was Dr. Madison Chambers wusste. Sie hatte keine Ahnung, wo sie war. Benebelt und mit anhaltenden Kopfschmerzen fand sie sich an einen Stuhl gefesselt wieder, der mit dem Betonboden verschraubt zu sein schien. Sie nahm an, dass sie sich in einer Art Zelle befand, aber sie konnte sich nicht sicher sein, so vollkommen war die Dunkelheit.

Obwohl ihre Hände hinter dem Stuhl und ihre Beine an die Beine des Stuhls gefesselt waren, hatte man ihr nicht die Augen verbunden, daher wusste sie, dass der Raum wirklich dunkel war. Sie hatte keine Ahnung, wie spät – oder gar welcher Tag – es war. Alles, was nach dem Forschungszelt mit Carter und Jayden passiert war, lag in einem verschwommenen Nebel für sie. Sie erinnerte sich daran, von Daedalus' Schlägern mit vorgehaltener Waffe aus dem Zelt gezerrt worden zu sein. Sie erinnerte sich daran, dass einige ihrer Kollegen an der Stätte auf sie zugekommen waren, um sie zu fragen, ob es ihr gut ging, bevor sie mit Warnschüssen in den Sand zu ihren Füßen vertrieben worden waren.

Und dann war sie grob auf die Rückbank eines Suburban gestoßen worden. Die zwei Schläger waren auf beiden Seiten neben ihr eingestiegen, während der Fahrer arabischer Abstammung, den sie nie zuvor gesehen hatte, fort von der Ausgrabungsstätte auf eine einsame Wüstenautobahn gerast war.

Aber wie lange war das her? Ein paar Stunden? Ein paar Tage? Sie versuchte ihren Körper zu bewegen, soweit ihre Fesseln es zuließen. Sie schien nicht körperlich verletzt zu sein. Keine großen Wunden oder irgendwelche gebrochenen

Knochen, soweit sie das sagen konnte. Das war immerhin etwas, aber alles in allem fühlte sie sich dehydriert, müde und hatte Kopfschmerzen. Sie brauchte Wasser, Paracetamol, Informationen … diese Grundbedürfnisse überwältigten sie und sie rief in die Dunkelheit.

»Hallo? Hallo, ist da jemand, bitte? Ich brauche Hilfe!«

Niemand antwortete ihr. Sie tat ihr Bestes, um ihre Atmung zu beruhigen, während sie auf irgendwelche Geräusche lauschte, aber sie hörte nur das ununterbrochene Summen dessen, von dem sie annahm, dass es sich um einen Deckenventilator oder eine Art elektrisches Surren handeln könnte. Sie schrie wieder um Hilfe, diesmal noch lauter, so laut sie konnte. Sie hatte Fernsehsendungen über entführte Menschen gesehen, die man jahrelang in Vorstadtvierteln festgehalten hatte, und wenn sie nur etwas mehr Aufmerksamkeit auf sich gezogen hätten … Sie versuchte, finstere Gedanken wie diese nicht in ihren Kopf eindringen zu lassen, aber allein in der Dunkelheit gefangen, nach den schrecklichen Ereignissen, die sich auf ihrer Ausgrabungsstätte entfaltet hatten – an einem Ort, der für sie immer Normalität und ein Gefühl des beruflichen Fortschritts dargestellt hatte –, begann sie vor Angst zu zittern.

Plötzlich hörte sie ein *Klick* und eine Reihe an der Decke montierter Leuchtstoffröhren erwachten zu Leben. Die Helligkeit blendete sie nach all der Zeit in der Dunkelheit und sie sah mit halbgeschlossenen Augen nach unten, in dem Versuch, ihre Augen an das grelle Licht zu gewöhnen.

Sie hörte eine Stimme. »Dr. Chambers, ich möchte Ihnen etwas zeigen.«

Daedalus.

Sie würde diese Stimme nicht vergessen, solange sie lebte. Sie sah zu ihrem Entführer auf. »Was *wollen* Sie von mir?«

»Nichts, was eine Weltklasse-Archäologin wie Sie mir nicht geben könnte. Eine verlorene Stadt. Atlantis.«

Trotz der furchtbaren Situation, in der sie sich befand, warf Maddy den Kopf zurück und lachte laut. Daedalus schloss die Tür des Raumes und stellte sich einige Meter vor ihr mit verschränkten Armen hin. »Ich warte gern. Ich weiß, dass dies eine emotionale Erfahrung für Sie sein muss. Ich finde es bedauerlich, aber leider sehe ich keinen anderen Weg. Also bitte, wann immer Sie bereit sind …«

Maddy lachte noch etwas mehr. Dann hob sie den Kopf und öffnete ihre Augen vollständig. Sie starrte Daedalus direkt an, der immer noch dasselbe Outfit trug, in dem sie ihn auf der Grabungsstelle gesehen hatte. Sie hoffte, das bedeutete, dass nicht allzu viel Zeit vergangen war. Sie wusste, je mehr Zeit nach einer Entführung verging, desto geringer waren die Chancen, dass das Opfer unverletzt gefunden wurde. Dann setzte die Wut ein und sie funkelte den Geschäftsführer von Treasure, Inc. zornig an.

»Ernsthaft? Darum geht das hier? Atlantis? Es ist ein *Mythos*, um Himmels willen, Daedalus. Fiktion, geschrieben von Plato, um eine Lernparabel zu schaffen. Es ist nicht real.«

Daedalus' Gesicht nahm einen nachdenklichen Ausdruck an. »Es gibt jene, die das behaupten, ja. Aber es ist auch wahr, dass es Geschichten mit ausgedachten Elementen gibt, die im Großen und Ganzen doch wahr sind.«

»Ich bin gerade nicht in der Stimmung für eine akademische Diskussion.«

»Das ist schade. Vielleicht ändern Sie Ihre Meinung, sobald Sie feststellen, dass Ihre Freiheit davon abhängt.« Daedalus drehte sich auf dem Absatz um und begann auf die Tür zuzugehen.

»Wo gehen Sie hin?«

»Um ein anregenderes Gespräch zu finden. Vielleicht schaue ich in ein paar Tagen noch einmal nach Ihnen, um zu sehen, ob Sie zugänglicher sind.«

Maddy erstarrte in ihren Fesseln. Sie konnte sich einfach nicht vorstellen, hier tagelang allein zu sein, auch nicht mit Essen und Wasser, und sie hatte keine Ahnung, ob das verfügbar sein würde. Sie war im Begriff, etwas zu sagen, das ihn wissen ließ, okay, sie würde kooperieren, als ein anderer Mann in den Raum kam. Er blickte kurz zu ihr, vermied aber Augenkontakt, bevor er Daedalus ansprach und ihm ein Tablet reichte, auf dessen Bildschirm sich etwas befand, das offensichtlich von großer Dringlichkeit war.

Daedalus nickte und der Bote ging, das Tablet bei seinem Chef zurücklassend. Daedalus ging zu Maddy hinüber und zeigte ihr den Bildschirm. »Was bedeutet das für Sie?«, fragte er ohne Umwege.

Maddy hielt den Atem an, als sie auf das Foto sah. Es waren Hunt und Jayden irgendwo draußen vor einem Busch. Aber das, was Hunt in seinen Händen hielt, war ohne Zweifel das Herzstück des Bildes.

»Carter hält Anubis«, sagte Maddy. »Den ägyptischen Gott der Unterwelt.«

Daedalus nickte. »Ja, ich bin mit der grundlegenden Mythologie um Anubis vertraut. Aber sagen Sie mir, Dr. Chambers, was hat es mit Anubis in Verbindung zu Atlantis auf sich? Und viel wichtiger, wo befinden sich Ihre Freunde?«

Maddy zögerte nicht, zu antworten. »Ich weiß nicht, wo sie sind. Aber ich kann etwas zur ersten Frage sagen.«

»Dann lassen Sie uns damit anfangen.«

Maddy zwang sich, ihre Gelassenheit zu bewahren und ihre Beherrschung bei diesem kriminellen Mastermind nicht zu verlieren. »Atlantis selbst, so wie Plato es beschrieb, war eine untergegangene Stadt. Ihre Bürger wurden angeblich dafür bestraft, dass sie sich von ihrer Gier haben überwältigen lassen und deshalb ihre Moral vernachlässigt haben. Also flutete Gott die Stadt. Die alten Ägypter haben die gesamte Stadt womöglich – falls sie wussten, wo sie war, oder dachten, dass sie das taten – als ein riesiges, versenktes Grab angesehen. Daher würde es dort eine Menge toter Menschen zu bewachen geben. Auf diese Weise könnte Anubis mit Atlantis in Verbindung gebracht werden.«

Maddy sah Daedalus an, um anzuzeigen, dass sie mit ihrer Argumentation fertig war.

Nach einer Weile nickte Daedalus langsam. »Ja, das habe ich mir gedacht. Aber nehmen wir an, Sie wissen tatsächlich nicht, wo Ihre Freunde sind …« Er sah sie skeptisch an, als er das sagte. »… wo würden Sie vermuten, Anubis-Artefakte in Verbindung mit Atlantis zu finden – in welchem Teil der Welt? Ägypten, nehme ich an?«

Maddy zuckte mit den Schultern, soweit die Fesseln das zuließen. »Das wäre die offensichtliche Wahl. Einerseits symbolisch und weil das genau da ist, wo wir gerade waren – übrigens, wo befinde ich mich? Bin ich immer noch in Ägypten?«

Daedalus nickte, schwieg aber.

Sie redete weiter. »Wir haben in der Großen Pyramide jedoch keine Anubis-Artefakte gefunden, davon abgesehen, dass ich sagen muss, dass das, was ich auf dem Foto sehen kann, nicht wirklich nach Ägypten aussieht.« Sie starrte erneut auf das Bild auf dem Tablet, auf den wuchernden cyanfarbenen Busch und das schroffe, abfallende Gelände, das sie in dem bisschen Hintergrund hinter Hunt und Jayden sehen konnte.

Daedalus' Gesicht wurde nachdenklich, ein Ausdruck, der ihm eine Aura der Vernunft gab, von der Maddy wusste, dass sie so unecht war wie eine Mumie in einem Kuriositätenladen in Kairo, die Kunden zur Tür hineinlockte. »Wonach sieht es für Sie aus, das ebenfalls ein Ruheplatz für Atlantis-bezogene Anubis-Artefakte sein könnte?«

Maddys Stimme verhärtete sich. »Das weiß ich nicht. Ich müsste etwas recherchieren an einem mit dem Internet verbundenen Computer.«

Daedalus nickte sehr langsam. »Vielleicht ließe sich das arrangieren. Denn es verwundert mich doch etwas, wie Ihre Freunde in der Lage waren, in solch kurzer Zeit ein scheinbar echtes Artefakt zu finden – natürlich entgeht mir nicht, dass es eine Fälschung sein könnte, um meine Aufmerksamkeit zu erlangen –, das mit Atlantis in Verbindung steht«, fügte er hinzu, bevor Maddy irgendetwas sagen konnte. »Dies wäre das *zweite* Atlantis-bezogene Artefakt, das diese beiden gefunden hätten, nach dem Bronzekopf in der Pyramide.«

»Carter hat einen Abschluss in Geschichte und schon immer ein Interesse in Archäologie und historischen Gegenständen gezeigt. Ganz zu schweigen davon, dass es *mein* Team und LiDAR-Daten waren, die zur Entdeckung des Bronzekopfes geführt haben, *falls* er tatsächlich einen Bezug zu Atlantis gibt.«

Daedalus warf ihr ein schwaches Lächeln zu. »Ja, ich nehme an, es ist auch Ihnen zu verdanken. Dies ist immerhin der Grund, warum ich ihre Grabungsstätte unter Beobachtung hielt und warum ich Sie hier bei mir, an meiner Seite, haben möchte.« Maddy erschauderte sichtbar bei der Behauptung, auf der Seite des Egomanen zu sein, aber er fuhr unbeeindruckt fort: »Dennoch scheint Mr. Hunts Glückssträhne weit über das hinauszugehen, womit die meisten Männer gesegnet sind. Vielleicht sollte er sein Glück einmal in Vegas versuchen. In jedem Fall wäre ich gern dazu bereit, Ihnen im

Gegenzug für Ihre Zusammenarbeit angenehmere Arbeitsbedingungen zu bieten. Ist das etwas, dem Sie zustimmen würden?«

»Ja.« Es war keine echte Wahl, die sie hier treffen konnte, dachte Maddy.

Daedalus grinste breit, auch wenn das Grinsen nicht seine dunkelbraunen Augen erreichte. »Exzellent. Ich werde Ihren Arbeitsbereich vorbereiten. Mein Mitarbeiter wird in Kürze herunterkommen, um Sie zu begleiten.« Er drehte sich auf dem Absatz um und begann auf die Tür zuzulaufen.

»Daedalus?«, rief Maddy. Er hielt inne und wandte sich um.

»Ja, Dr. Chambers?«

»Planen Sie, mich zu töten, nachdem ich Ihnen geholfen habe?«

Der Gründer von Treasure, Inc. starrte sie an, seine Augen bohrten sich in die ihren, bis sie wegschauen wollte. Sie hielt seinem Blick jedoch stand, eine Antwort verlangend, während sie ihm gleichzeitig zeigte, dass sie keine Närrin war. Dann zeigte er ihr ein Lächeln, von dem er zweifelsohne annahm, dass es ein überzeugendes Lächeln war, aber tatsächlich empfand es Maddy anders.

»Natürlich nicht, Doktor. Ist das eine Art und Weise, Geschäfte zu machen? Ich denke, sie werden feststellen, dass ich ein vernünftiger Mann bin. Vielleicht würden Sie nach Abschluss unserer Arbeit hier sogar in Betracht ziehen, für mein Unternehmen zu arbeiten. Sie hätten unvergleichliche Ressourcen und Zugang zu Technologien, die Ihnen bei Ihrer Forschung und Ihren Ausgrabungen zur Seite stehen würden.«

»Lassen Sie uns den Bogen nicht überspannen. Eins nach dem anderen, Daedalus. Aber vor allem müsste ich das Gefühl haben, dass ich nicht für einen hartgesottenen Verbrecher arbeite. Im Moment bitten Sie mich, Ihnen den Aufenthaltsort meiner Freunde zu verraten. Wenn ich das tue und ihnen dann etwas Schlimmes zustoßen würde, würde ich natürlich nie daran denken, mit Ihnen zusammenzuarbeiten.«

Daedalus machte ein belustigtes Geräusch, während er den Kopf schüttelte. »Ich kann Ihnen versichern, dass sie nicht zu Schaden kommen werden. Mein Interesse an ihnen reicht nur so weit, wie die Spur der Artefakte, die nach Atlantis führt. Das ist alles. Fürs Erste muss ich gehen. Wir werden uns bald wiedersehen.«

Dann drehte er sich um und verschwand in einem schwach beleuchteten Flur aus ihren Augen.

KAPITEL 13

Sao Miguel, Azoren

Hunt und Jayden saßen an einem Tisch unter einem Sonnenschirm inmitten des Außenbereichs eines geschäftigen Cafés.

»Schon eine Nachricht?«, fragte Jayden, als Hunt sein Smartphone zum zehnten Mal in ebenso vielen Minuten überprüfte.

Hunt schüttelte den Kopf. »Scheint so, als ob Daedalus den Köder noch nicht geschluckt hat.«

Jayden stellte sein Bock-Bier mit einem Knall auf den Tisch. »Vielleicht steht er nicht auf Hundemänner. Macht einfach nichts mit ihm.«

Hunt zupfte an seinem Churrascaria-Fleisch. »Anubis ist in historischen Kreisen sehr bekannt. Er müsste sich deutlich bewusst sein, dass jeder Antiquitätenhändler mehr als interessiert daran sein würde. Wenn man dann noch die Verbindung zu Atlantis erwähnt, würde ich meinen Hintern verwetten, dass …«

Er wurde durch das Zwitschern seines Smartphones auf dem Tisch unterbrochen. Er blickte auf den Bildschirm. »Unbekannte Nummer, die ihren Ursprung außerhalb der USA hat, das ist alles, was ich sagen kann.« Er hob das Telefon hoch und sah zu Jayden, der nickte. »Könnte sein, dass du nur vergessen hast, deine Telefonrechnung zu bezahlen, aber kannst du dir genauso gut anhören.«

Hunt hob das Telefon zum Ohr und entschied den Anruf nicht im Lautsprecher-Modus entgegenzunehmen, da sie sich inmitten eines überfüllten Cafés befanden. »Hallo«, sagte er und bot so keine wirklichen Informationen an.

»Mr. Hunt, wie geht es Ihrem alten Freund Anubis?«

Obwohl kein Name genannt wurde, war die Stimme unverwechselbar. *Daedalus.*

»Wo wir von alten Freunden sprechen, Daedalus, wie geht es Madison?«

»Dr. Chambers geht es gut, das kann ich Ihnen versichern. Sie denkt sogar über ein Stellenangebot von meiner geschätzten Organisation nach.«

»Geben Sie sie mir, lassen Sie sie mit mir sprechen.«

»Das Wichtige zuerst, Mr. Hunt. Bevor wir Ernst machen, lassen Sie mich direkt fragen: Ist die Anubis-Figur ein echtes Artefakt oder eine Fälschung?«

Hunt sah zu Jayden und gab mit leiser Stimme Daedalus' Frage wieder. Jayden nickte ruhig, während er sein Gebräu trank, bevor er sagte: »So echt wie es nur geht, Baby!«

»Woher wissen Sie das?«, fragte Daedalus.

»Wir wissen es tatsächlich nicht mit Sicherheit, aber wir haben sie im Boden mithilfe fachgerechter Ausrüstung und basierend auf vernünftiger Forschung gefunden. Sie scheint aus massivem Gold zu bestehen und zum Teil mit Onyx überzogen zu sein.«

Hunt stählte sich gegen eine skeptische Flut an Fragen von dem Schwarzmarkt-Antiquitätenhändler, wurde aber stattdessen mit einer neuen Richtung konfrontiert. »Tun Sie mir einen Gefallen und benutzen Sie etwas wie einen Schraubenzieher oder eine Messerklinge und brechen Sie ein kleines Stück Gold ab. Dann machen Sie eine Nahaufnahme von dem inneren Metall und senden es mir.«

Hunt stellte das Telefon stumm und wiederholte die merkwürdige Anfrage für Jayden, der damit antwortete, dass er den Rest seines Biers herunterstürzte und sagte: »Wenn es Maddy zurückbringt.«

Hunt griff hinunter zum Rucksack, den er erworben hatte, um das Artefakt zu tragen, da er sich nicht damit sicher fühlte, es im Mietwagen zu lassen. Er sah sich schnell um, bevor er die Tasche auf dem Tisch öffnete. »Ich nehme an, ein kleiner Splitter macht keinen großen Unterschied.« Er stellte den Ton des Telefons wieder an und sprach hinein.

»In Ordnung, Daedalus, ich werde das für Sie tun. Aber im Gegenzug werden Sie mich mit ihr sprechen lassen, richtig?«

»Sobald ich das Bild habe, ja. Sie haben einen Deal.«

Hunt nahm sein Leatherman-Multifunktionswerkzeug heraus und pulte eine der Klingen heraus. »Geben Sie mir eine Minute, um die beste Stelle am Artefakt zu finden, um ein Stück herauszunehmen«, sagte er ins Telefon. Jayden drehte die Figur um und gemeinsam untersuchten sie sie sorgfältig. Die Rückseite der Figur war ebenfalls mit schwarzem Onyx in der Form der Kette oder des Seils, das die Ankh-Kette hielt, wie auch einer Art Robe verziert.

Jayden schüttelte den Kopf, während sie sie anschauten. Er drehte die Ministatue zu sich und nickte zu den Sohlen der Füße. »Die sind aus demselben goldenen Metall, aber wenn er aufrecht steht, wird das Stück, das wir entnehmen, nicht sichtbar sein.«

Hunt nickte und sprach ins Telefon: »Alles klar, Daedalus, wir werden jetzt ein kleines Stückchen von unten nehmen, von dem Fuß dieses Dings. Ich werde Sie in die Warteschleife setzen. Geben Sie mir ein paar Minuten Zeit.«

»Soll ich etwas Fahrstuhlmusik für ihn summen?«, scherzte Jayden. Aber Hunt war bereits mit seinem Werkzeug beschäftigt, die Härte des Metalls zu testen, während er die Statue hielt. »Vorsichtig, brich nicht das ganze Bein ab.«

»Ich würde sagen, ich weiß, was ich tue, aber ich will es nicht heraufbeschwören.«

»Nur ein kleines Stück herauspulen, du schaffst das.«

Hunt konzentrierte sich auf seine Aufgabe. »Danke für den Vertrauensbeweis. Gold ist ein ziemlich weiches Metall, also wenn es echtes Gold ist …« Hunt hielt inne, während er die Spitze seiner Klinge in den Boden von Anubis' linkem Fuß grub, »… sollte es einfach …« Er runzelte die Stirn, als die Spitze seiner Klinge von der Sohle des Fußes des Hundemanns abrutschte. »… rauszuheben sein.«

»Lass es mich mal versuchen.« Jayden hielt eine Hand auf und Hunt gab ihm das Multifunktionswerkzeug. Jayden drehte die Figur in seine Richtung und versuchte dann sein Glück. Die Klinge rutschte ebenfalls von der Oberfläche. »Huch. Geht nicht.« Er gab das Werkzeug zurück an Hunt, der die Klinge zurückschob und ein anderes Werkzeug auswählte, das mehr einem Flaschenöffner ähnelte. Dann setzte er es wieder am Boden des Fußes an und übte Druck aus.

»Okay, ich habe einen Kratzer gemacht.« Er zog das Werkzeug zurück, während er seine Arbeit bewunderte.

»Mach weiter, jetzt bin ich auch neugierig, wie es drinnen aussieht. Das kann kein Gold sein.«

»Ja, merkwürdig. Es ist aber so schwer wie Gold. Nur härter. Allerdings nicht undurchdringlich. Ich habe es angekratzt, also … los geht's.« Wieder setzte er das Werkzeug an der Figur an. Diesmal griff er sie fester mit einer Hand, um sie zu fixieren, während er mit der anderen Hand ordentlich Kraft auf das Multifunktionstool ausübte.

Plötzlich flog ein Metallsplitter aus der Figur und klapperte über den Tisch. Jayden hob ihn auf, während Hunt die kleine Schramme in der Sohle von Anubis betrachtete. Er kniff die Augen zusammen, während er den Metallfuß anstarrte. »Es ist immer noch hauptsächlich Gold, aber kein massives Gold. Es ist mit kleinen Silberflocken gespickt.«

»Vielleicht ist es eine Art Legierung?«, wagte Jayden. »Gold gemischt mit irgendeinem anderen Metall?«

Hunt griff nach seinem Smartphone und aktivierte die Kamera. »Was auch immer es ist, lass uns ein Foto davon machen, damit Daedalus einen Blick darauf werfen kann.«

Er machte die beste Nahaufnahme, die er mit seinem Telefon hinbekam, sowie eine größere Aufnahme, die den fehlenden Splitter am Fuß zeigte, und schickte die Bilder dann per Nachricht an die Nummer, von der Daedalus sie angerufen hatte. Dann nahm er den Anruf wieder auf.

»Schauen Sie in Ihre Nachrichten, Daedalus. Bilder versandt.«

»Ich schaue nach«, kam die angespannte Antwort. Minuten vergingen, während derer Hunt und Jayden auf das Telefon starrten und Schlucke von Bier und Bissen von *Churrascaria* zu sich nahmen. Hunt war kurz davor, Daedalus zu fragen, ob er immer noch dran war, als eine Stimme aus dem Hörer sprach. Es war aber nicht Daedalus. So viel war klar, denn die Stimme war weiblich. Hunt riss das Telefon hoch.

»Maddy!«

»Ich bin es, Carter.«

»Hi Maddy!« Jayden lehnte sich über den Tisch, um mitzureden.

»Geht es dir gut?«, fragte Hunt.

»Mir geht es körperlich gut, ja.« Ihre Stimme klang jedoch gestresst, daran gab es keinen Zweifel.

Als ihm klar wurde, dass Daedalus die Unterhaltung jeden Moment abbrechen würde, kam er direkt zur Sache. »Wo bist du?«

»Ich weiß es nicht. Ich …«

Tatsächlich war die Stimme von Daedalus wieder in der Leitung. »Sie hatten Ihren Lebensbeweis, Mr. Hunt. Nun werde ich Sie bitten müssen, beim Geschäft zu bleiben.«

Bevor Hunt antworten konnte, hörte er Maddys Stimme: »Ich habe mir deine Bilder angesehen, Carter. Schöner Fund, übrigens. Er sieht echt aus. Neuere Steinzeit. Jetzt gib mir eine Schätzung bezüglich der Maße und des Gewichts.«

Carter tat dies und dann fuhr sie fort: »Okay, da es sich also nicht um massives Metall handelt, sondern mit Onyx gemischt ist, können wir das Gewicht nicht danach berechnen, wie es bei massivem Gold wäre. Dennoch erscheint es mir ein wenig leicht zu sein, selbst wenn man das Onyx berücksichtigt. Und dann zusammen mit dem Foto, welches Flecken eines silberfarbenen Metalls zeigt. Ich denke, es ist sicher anzunehmen, dass es aus einer Art Goldlegierung besteht. Möglicherweise Gold gemischt mit Messing oder Kupfer, oder sogar Zinn, oder …«

»Oder Orichalcum. Danke, Dr. Chambers, Sie können zurück an Ihren Arbeitsplatz gehen und dort auf weitere Anordnungen warten.«

Arbeitsplatz?, formte Jayden lautlos mit dem Mund.

»Was ist Orichalcum?«, fragte Hunt. Er hatte einer Idee, aber er wollte sichergehen, dass Daedalus wusste, wovon er sprach.

»Orichalcum soll eine alte Metalllegierung sein, die von den Atlantern beim Bau ihrer Gebäude verwendet wurde, insbesondere für das Innere von Poseidons Tempel. Es wurde auf der Insel abgebaut und galt als fast so wertvoll wie reines Gold.«

»Sind Sie schon mal darauf gestoßen?«

Daraufhin eine Pause. »Nein. Seine Existenz wird allgemein als Gerücht angesehen, ähnlich wie die verlorene

Stadt selbst. Es scheint, als wären Sie auf welches gestoßen. Sagen Sie mir … dieses Artefakt … wo haben Sie es gefunden?«

Jayden hörte die Frage über den blechernen Lautsprecher des Telefons und schüttelte den Kopf für Hunt. *Gib ihm nicht unseren Standort preis!* Hunt nickte. Er griff beim Sprechen in seinen Rucksack und zog einige seiner Forschungsnotizen heraus.

»Daedalus, ich bin kein Narr. Wenn ich Ihnen sage, wo wir sind, schicken Sie einfach ein Team rein, das uns die Anubis-Statue gewaltsam wegnimmt. Ich mache Ihnen aber einen Vorschlag: Ich gebe Ihnen Anubis und im Gegenzug geben Sie uns Maddy – *lebend und unverletzt.*«

Nach einer Weile antwortete Daedalus: »Von mir aus. Sagen Sie mir, wo Sie sind, und ich bringe sie zu Ihnen.«

Hunt lachte ins Telefon. »So nicht, Daedalus. Sie müssen wirklich glauben, dass ich in der Schule ein paar Klassen zurückgehalten wurde. Das ist das Gleiche, wie Ihnen unseren Standort mitzuteilen. Also, hier ist der Deal, und es ist ein fairer Deal, der uns beiden das gibt, was wir wollen, ohne unsere Sicherheit zu gefährden.«

»Ich bin ganz Ohr, Mr. Hunt.«

Carter schlug eines seiner Bücher auf, wo sich eine Karte befand, und nickte langsam vor sich hin. »Ich möchte Sie in einem überfüllten, beliebten Ort treffen. Wie wäre es mit den Bahamas?«

»Den Bahamas? Wo? Welche Insel?«

»Die Insel New Providence. Wir treffen uns in Nassau. Morgen. Wir werden Anubis für Sie haben.«

»Nassau, okay. Wo in Nassau?«

Hunt sah Jayden an und lächelte. »Treffen Sie mich in Atlantis. Bei Poseidon.«

KAPITEL 14

Nassau, Bahamas

Der riesige Manta glitt über Hunts Kopf, während eine aufgezeichnete männliche Stimme von den Menschen von Atlantis erzählte, Atlanter, wie sie genannt wurden, und wie fortschrittlich ihre Technologie für ihre Zeit gewesen war.

»Eines muss ich dir lassen, Hunt«, sagte Jayden und trat zur Seite, um einer Mutter mit Kinderwagen Platz am Aquarium in der überfüllten Lobby des Atlantis-Resorts zu machen. »Ich sammle ordentlich Vielfliegermeilen, wenn ich mit dir abhänge. Meine Kreditkartenboni werden durch die Decke gehen.«

Hunt riss sich vom Anblick des majestätischen Tiers los, um sich in der Menge umzusehen, die staunend die überdimensionale, weitläufige Innenarchitektur betrachteten. Ein riesiges Deckenfenster ließ strahlendes Sonnenlicht zwischen großen, in Efeu gehüllten Säulen ein, während die Gäste von der Veranda eines Meeresfrüchte-Restaurants eine Etage höher hinunterblickten.

»So dringlich die Situation mit Maddy auch ist, musst du zugeben, dass dieser Ort schon ziemlich cool ist.«

Jayden starrte zurück in das gigantische Aquarium und beobachtete eine Schule tausender Silberfische durch einen sorgfältig geformten Felstunnel schwimmen, der sich unter einer Statue befand, welche irgendeinen mysteriösen, antiken Gott darstellen sollte. Er trank von der Bahama-Mama-Mischung, die er vor ein paar Minuten an der Poolbar gekauft hatte. *Nur um sicherzugehen, dass ich unter den*

Touristen nicht auffalle, weißt du. »Daran könnte ich mich gewöhnen, schätze ich.«

Aber dann sah er, wie Hunt das Gewicht seines Rucksacks auf den Schultern verlagerte, und wurde an die Dringlichkeit ihrer Mission hier erinnert, der Grund, warum sie den ganzen Weg in solch kurzer Zeit auf sich genommen hatten. Um das Leben ihrer Freundin zu retten und als Bonus zu verhindern, dass unbezahlbare Artefakte in die Hände eines mörderischen Schwarzmarkt-Antiquitätenhändlers gerieten. Er hatte nicht mitbekommen, wie wichtig es ihm geworden war, Geschichte so zu bewahren, dass sie für alle zu sehen war. Er kam nicht umhin zu denken, dass Hunt da vielleicht an etwas dran war.

Hunt sah auf seine Omega-Tauchuhr, die er von seinem Großvater als Geschenk erhalten hatte, als er das College abgeschlossen hatte. »Wir sollten anfangen, uns zum Treffpunkt zu bewegen.«

Jayden und er liefen über den Marmorfliesenboden, bis sie einen Bereich betraten, der einem Einkaufscenter glich, mit Indoor-Bäumen und gedämpfter LED-Beleuchtung. Hochwertige Läden säumten die Seiten der Allee: Schmuck, Souvenirs, Bahama-typische Kleidung, Tauchausrüstung, Stände für Aktivitäten, die die Gäste ermutigten, Parasegeln, Jetski-Fahren, Schnorcheln oder Hochseefischen auszuprobieren … Es gab sicherlich keinen Mangel an Dingen, die man hier tun konnte, wenn es einem nicht an Geld oder Zeit fehlte, dachte Hunt. Er dachte auch flüchtig daran, mit Maddy an einem abgelegenen Strand auf einer der äußeren Inseln der Inselkette zu liegen … *Vielleicht, nur vielleicht, wenn das alles vorbei ist …*

»Da ist er!« Die nüchterne Dringlichkeit in Jaydens Stimme war unverkennbar, als er geradeaus ins große Foyer sah. Hunt schaute ebenfalls in die Richtung. Die Decke war hier mehrere Stockwerke hoch, wieder mit einem Deckenfenster, und ein Indoor-Wasserfall stürzte in einen luxuriös verzierten Springbrunnen voller Marmorstatuen von Meerjungfrauen und schiffbrüchigen Seeleuten. Und dort, gegen eine Wand gelehnt, befand sich eine gigantische Skulptur von Poseidon, dem Meeresgott, wie er in einem massiven Stuhl saß und seinen legendären Dreizack hielt. Eine dreiköpfige Familie stand davor, während ein Mann – Daedalus – ein Bild von ihnen machte.

»Noch eins, nur um sicherzugehen – sagt alle: Gepriesen sei der mächtige Poseidon!« Die Familie lachte und er gab ihnen die Kamera zurück, bevor sie davonschlenderten.

»Ich sehe Maddy nicht bei ihm«, sagte Hunt leise.

»Er hat uns gesehen.« Jayden nickte Daedalus beiläufig zu, der die Geste erwiderte.

»Das Spiel beginnt.«

Die beiden liefen hinüber zu Daedalus. Im Gegensatz zu ihrer eigenen Strandbekleidung – Surfer-Shorts und Tank-Tops vom Tauchladen, mit Flip Flops und Handtüchern über den Schultern – trug Daedalus teure Luxusstoffe, Lederschuhe und eine Menge Goldschmuck, darunter eine Schiffswrackmünze von dem berühmten Atocha-Wrack, das Mel Fisher in den Achtzigerjahren vor Key West entdeckt hatte, ein Medaillon, von dem Hunt zweifellos annahm, dass es authentisch war und keine Replik, wie sie die meisten Menschen trugen.

Hunt und Jayden liefen auf Daedalus am Fuß des Poseidon zu. Daedalus reichte Hunt eine einfache Kamera. »Wenn Sie so freundlich wären, Sir!«

Hunt zeigt dem Entführer seiner Freundin sein bestes Autoverkäuferlächeln und schoss das obligatorische Touristenfoto.

Er gab die Kamera an Daedalus zurück, während er leise fragte: »Wo ist sie?«

»Sie amüsiert sich mit zwei aufregenden Herren an der Bar … nicht Sie beide im Moment, fürchte ich. Aber das wird sich gleich ändern, habe ich recht?« Daedalus sah schräg über den Platz zu einer Indoor-Einrichtung namens »Die Sandbar«, die mit sprichwörtlichem Strandsand auf dem Boden und Tiki-Hütten-Ambiente lockte. Hunt stockte der Atem, als er Maddy dort in einem schwarzen Bikinioberteil und einem pinkfarbenen Sarong auf einem Bambus-Barhocker zwischen zwei von Daedalus' Schlägern sitzen saß. Beide trugen Khaki-Shorts mit halboffenen Hawaiihemden, damit man ihre haarigen Brustkörbe bewundern konnte, die mit schweren Goldketten geschmückt waren.

»Stehen Sie auf Rapvideos aus den Achtzigern, Daedalus?«, spottete Jayden.

Aber der Schwarzmarktmogul blieb unbeeindruckt. »Vielleicht wird sie später mit euch beiden wild werden, ja?« Er grinste lüstern, bis Hunt seinen Rucksack abnahm. Das Lächeln verschwand und Daedalus beobachtete ihn aufmerksam.

»Dafür sind Sie hergekommen. Sagen Sie Ihren Schwachköpfen, sie sollen sie uns überlassen und es gehört Ihnen.«

Daedalus breitete seine Hände in einer Geste der Vernunft aus. »Sie sehen, dass es ihr gut geht, Mr. Hunt. Ich habe sie Ihnen gebracht. Erlauben Sie mir, das Artefakt anzuschauen, um seine Authentizität zu überprüfen, und Sie dürfen sich an ihren Tisch setzen … allein.« Ein Paar zwanzigjähriger Turteltäubchen näherte sich Poseidon in diesem Moment, und die junge Frau, deren Saphir-Nasenring in den Oberlichtern glitzerte, kletterte auf das Knie.

»Sehen Sie«, sagte Daedalus, »jede Frau liebt einen Gott. Nun lassen Sie mich den sehen, den Sie mir mitgebracht haben. Lassen Sie mich Anubis sehen.« Sein Blick schien sich geradewegs durch Hunts Rucksack hindurch zu brennen. Das Paar machte seine Fotos und hüpfte lachend davon, ohne etwas von dem Drama mitzubekommen, das sich vor ihnen abspielte. Daedalus beobachtete Hunts Hände aufmerksam, als er den Reißverschluss des Rucksacks öffnete und eine in Stoff gewickelte Figur herausnahm. Daedalus streckte die Hände aus und Hunt reichte ihm das Objekt. Alle drei Männer waren still, während Daedalus den Gegenstand auswickelte. Bald konnte man seine goldene Pracht durch die Falten des Stoffes sehen.

»Es scheint zumindest das richtige Gewicht zu haben«, sagte Daedalus, während er die Figur weiter auspackte.

»Nehmen Sie es oder lassen Sie es, Daedalus. Wir haben gefunden, was wir gefunden haben, okay? Sie haben gesagt, Sie wollen es, hier ist es. Jetzt lassen Sie Maddy gehen!«

Hunt erwartete eine Art bittere Antwort, aber stattdessen wurde die Figur gänzlich von ihrer Umhüllung befreit. Daedalus durchbohrte sie mit Blicken, während er sie untersuchte. Er drehte sie langsam in seinen Händen und begutachtete sie ehrfürchtig, bis er sie auf dem Kopf hielt und sich den Boden ihrer Füße ansah.

»Hier ist also die Stelle, wo Sie die Probe entnommen haben?«

»Richtig«, bestätigte Hunt.

»Haben Sie sie?«

»Habe ich was? Den kleinen Splitter, der rauskam?«

Daedalus sah von der Statue auf, um mit Hunt Augenkontakt aufzunehmen. »Ja, das Stück, dass Sie herausgemeißelt haben – haben Sie es noch? Es kann für eine chemische Analyse des Materials benutzt und womöglich wieder angebracht werden, sodass die Statue wieder komplett ist.«

Hunt schüttelte den Kopf, bevor er zu Jayden sah. »Du hast das kleine Stück nicht aufgehoben, oder?«

»Machst du Witze? Ich kann von Glück reden, wenn ich meine Brieftasche nicht verliere, da werde ich nicht auf einen kleinen Kieselstein achten.«

Daedalus schürzte die Lippen für eine Sekunde, zuckte dann aber mit den Schultern. Eine weitere Gruppe schlenderte auf die Poseidon-Darstellung zu und einer von ihnen fragte Daedalus höflich, ob er aus dem Weg gehen könnte, während sie ein Bild machten. Hunt tat sein Bestes, um seine Befriedigung nicht zu zeigen, als Daedalus zur Seite ging und sich neben ihn stellte.

»Alles in allem gute Arbeit, Mr. Hunt. Ihre Fähigkeiten, Artefakte aufzutreiben, sind selbst für mich überraschend. Wenn Sie – Sie beide«, fügte er hinzu und sah zu Jayden, »eine Stelle als *berufliche* Schatzsucher haben wollen, lassen Sie es mich wissen.« Hunt und Jayden schnaubten über den Sarkasmus, mit dem Daedalus das Wort *beruflich* gesagt hatte. Aber der Treasure, Inc.-Gründer sah hinüber zum Tisch, wo Maddy mit seinen beiden Handlangern an der Tiki-Bar saß. Er hob eine Hand in die Luft und nickte.

»In der Zwischenzeit hoffe ich, dass Sie den Rest Ihres Aufenthalts auf dieser wunderschönen Insel mit Ihrer Freundin genießen werden. Ich hoffe, wir sehen uns wieder.« Daedalus starrte sie ganz kurz an, bevor er auf die Bar zuging.

»Komm schon!« Hunt sah, wie Maddy von ihrem Barhocker stieg und anfing, sich aus dem Tiki-Bereich zu entfernen. Sie ging auf ihrem Weg zu Hunt und Jayden an Daedalus vorbei. Hunt konnte sehen, dass Daedalus etwas zu ihr sagte und sie ihm als Antwort einen tödlichen Blick zuwarf. Dann rannte sie, umarmte Hunt und dann Jayden, während ihr Tränen in die Augen stiegen.

»Maddy, geht es dir gut? Hat man dir was getan?«

Sie sah in Hunts Augen. »Ich bin erschüttert, aber nein, sie haben mir nicht wirklich etwas angetan. Vielen Dank dir – euch beiden. Wenn ihr ihm nicht das Anubis-Artefakt angeboten hättet, weiß ich nicht, was passiert wäre.«

Bei der Erwähnung von Anubis verdunkelte sich Hunts Gesicht. »Wo wir davon sprechen, lass uns lieber verschwinden, bevor Daedalus es sich genauer ansieht.«

Maddys Augen weiteten sich. »Du meinst … es ist nicht echt? Du hast eine Fälschung gefunden?«

Hunt senkte die Stimme noch tiefer. »Lass uns sagen, wir haben etwas Echtes gefunden, aber was wir Daedalus gegeben haben, war nicht *so* echt.«

Jayden tippte beiden auf die Schulter. »Na los, wir verschwinden lieber.«

Das Trio begann auf einen Ausgang zuzugehen, über dem ein riesiger Torbogen hing, der mit Reben überzogen war, mit einem Schild, auf dem stand: ZUR MYSTERIÖSEN GROTTE. Als sie gerade im Begriff waren, unter dem Ausgang hindurchzugehen, hörten sie die wütende Stimme von Daedalus: »Das ist eine Fälschung! Mr. Hunt, bleiben Sie auf der Stelle stehen!«

Aber Hunt hatte nicht die Absicht zu warten. »Bewegt euch!« Er schob Maddy vor sich durch den massiven Torbogen, während Jayden vor ihnen lospreschte, als von hinten Schüsse erklangen. Wolken aus Gipsmehl lösten sich von den Wänden und Schreie von verängstigten Touristen brachen um sie herum aus.

KAPITEL 15

Sie rannten durch den nach oben ansteigenden Tunnel aus künstlichen Felswänden, die unregelmäßig geformt und durch verdeckte blaue LEDs schwach beleuchtet wurden. Strategisch platzierte Farne waren hier und da in die Wände und den Boden eingepflanzt worden. Andere Menschen füllten den Tunnel, manche von ihnen kamen dem fliehenden Trio entgegen, manche gingen in ihre Richtung, aber nur Hunt, Jayden und Maddy rannten, bis die Schüsse den Eingang des Grottentunnels erreichten.

Es folgte eine Massenpanik, in der alle im Tunnel wild durcheinander rannten, manche ließen sich einfach auf den Boden fallen und bedeckten ihre Köpfe in blinder Angst.

Hunt, Jayden und Maddy liefen schnell weiter, wobei jeder von ihnen gelegentlich innehielt, um jemandem aufzuhelfen oder ein paar Worte der Ermutigung zu sagen. Dann sahen sie Tageslicht. Der Tunnel weitete sich, während er steiler wurde, bis er auf den letzten Metern zu einer Steintreppe wurde. Jayden wunderte sich laut darüber, wie hoch sie gestiegen waren.

Oben auf der Treppe führte der Tunnel in ein Außengelände, das der üppigen Landschaft einer tropischen Grotte nachempfunden war. Eine Reihe von Wasserbecken mit schwarzen Böden und Wasserfällen, die sich in jeder Richtung von einem zum anderen ergossen. Hunt war sich nicht sicher, welchen Weg sie gehen sollten, nur dass sie in Bewegung bleiben mussten, also zeigte er geradeaus auf den größten Pool.

Ein großer Wasserfall ergoss sich auf der einen Seite in das flache Becken, das etwa ein Dutzend Menschen beinhaltete, die meisten von ihnen mit Drinks in den Händen, während sich ein weiterer Wasserfall auf der anderen Seite nach unten stürzte. Die Schreie derjenigen, die sich noch im Tunnel befanden, der zur Grotte führte, hallten hinter ihnen wider, als sie ins Wasser wateten. Hunt sah zu einer künstlichen Felswand hoch, die mit nassen Pflanzen geschmückt war. Sie mochte erklimmbar sein, aber es würde nicht schnell gehen und sie wären leichte Beute an der Wand.

»Sie haben uns fast, geht weiter. Versucht so gut es geht in der Menge unterzutauchen.« Als ob er die Aussage untermalen wollte, angelte er sich einen schwimmenden Strohhut, den jemand verloren hatte, und setzte ihn auf. Dabei fiel ihm schnell auf, dass es komisch aussah, wie sie voll bekleidet in einem Pool standen, also zog er sein Hemd aus, bevor er den Hut wieder aufsetzte. Jayden zog sein Hemd ebenfalls aus und schlug Maddy vor, dasselbe zu tun. Er grinste sie spitzbübisch an. »Sie werden aber dieses Bikinioberteil mit Sicherheit erkennen.«

»Ich wäre ansonsten oben ohne.«

»Hier, zieh das drüber.« Hunt reichte ihr das T-Shirt, das er gerade ausgezogen hatte. Es war neu, in Nassau erstanden und verkündete: *Besuche die Bahamas und vergiss die Dramas.* Maddy zog es schnell über, machte es nass und rollte es dann hoch, um es über dem Bauchnabel zusammenzubinden, sodass es eher wie eine modische Wahl aussah, statt etwas, dass sie hastig als letzte Möglichkeit angezogen hatte. Maddy war still, aber Hunt wusste, dass sie zu Tode erschrocken sein musste.

Sie hörten Rufe der verängstigten Besucher nahe des Grotten-Eingangs und wussten, dass das Treasure, Inc.-Team nahe sein musste. »Weiter geht's, los, hier lang!« Hunt führte sie zur linken Seite des Pools. Er war sich nicht sicher, warum, nur das es weiter entfernt von ihren Verfolgern war, die nun jeden Moment auftauchen mussten. Aber während sie sich ihren Weg durch die wenigen verbliebenen Menschen am Ende des Pools suchten, bemerkte er seinen Fehler.

»Wir fallen hier wirklich auf, zwei Männer und eine Frau, selbst mit unserer Outfitänderung«, wies Jayden ihn hin.

Hunt sah sich um und stellte fest, dass Jayden recht hatte. Alles, was Daedalus und seine Schläger tun mussten, war zu ihnen hinüber zu schauen und sie wären entlarvt. Aber ein Rückzug zur Rechten käme Selbstmord gleich, wenn sie einfach so direkt auf sie zugingen. Wieder schaute er auf die senkrechte Felswand des Grottenbeckens. Es wäre ein harter Aufstieg und sie würden wie bunte Hunde auffallen. Hinter ihnen war ein bepflanzter Bereich, der an die Seite eines Gebäudes grenzte, aber er bedeckte den Boden nicht genug, um sie zu verbergen. Hunt sah in die einzige Richtung, die ihnen noch blieb, und fluchte leise, während er seinen Kopf schüttelte.

Eine hölzerne Wand, anderthalb Meter hoch, mit einem geschlossenen Tor in der Mitte versperrte ihnen den Weg in diese Richtung. Ein Schild verkündete in roten Blockbuchstaben auf Englisch und Spanisch: GEFAHR! BETRETEN VERBOTEN! ZUTRITT NUR FÜR AUTORISIERTES PERSONAL!

Sie hörten Schreie aus dem Grottenbecken hinter ihnen. »Kommt!« Hunt ging zu dem Tor in der Wand. Es hatte keinen Türgriff, nur ein rundes Schlüsselloch, das bündig in die Tür eingesetzt war. Er drückte und zog an dem Tor, aber es war abgeschlossen.

»Hoch und drüber, los geht's«, sagte Jayden und verschränkte die Finger seiner Hände, sodass Hunt sie als Stufe nutzen konnte. Er tat dies und sprang hoch und über die Wand.

»Wie sieht's aus?«, rief Jayden durch den Zaun.

»Wen interessiert das?«, entgegnete Maddy »Sie kommen!«

»Hier!« Jayden half Maddy auf dieselbe Weise wie Hunt und hoffte, dass es für sie ausreichte. Überraschenderweise zeigte sie sich gewandt und schnell und war im Handumdrehen über den Zaun.

»Hast du trainiert oder was?«, fragte Jayden.

»Kletterhalle, einmal im Monat.«

Jayden zog sich selbst hoch und über den Zaun und fiel mit einem Platscher auf die andere Seite. »Whoa!«

Sie standen immer noch in dem flachen Grottenbecken, aber nur drei Meter vor ihnen stürzte ein rauschender Wasserfall in einen anderen Pool tief unter ihnen. Hunt war kurz davor, sich eine passende Strategie für ihren nächsten Schritt zurechtzulegen, aber das Splittern des Holzes, als der Zaun nach einer Salve naher Schüsse zerbarst, machte daraus kurzen Prozess.

»Los geht's, sofort!« Hunt griff Maddys Hand in dem Wissen, dass sie selbst angesichts der Schüsse vor einem solchen Sturz zurückschrecken wurde. Er wusste, dass Jayden sich selbst behaupten konnte, und er hatte recht. Der trickreiche asiatisch-amerikanische Ex-Marine sprang den Wasserfall hinunter, ohne überhaupt nachzuschauen, was unten sein mochte. Er besaß die Geistesgegenwart, um seinen Körper mehr oder weniger seitwärts zu legen, da er nicht wusste, wie tief das Wasser unten sein würde. Tatsache war, dass, wenn sie die anderen Pools als Referenz nahmen, sie nur ein paar Handbreit Wasser erwarten durften, wenn sie landeten.

Hunt und Maddy sprangen eine Sekunde nach Jayden, sie hielten sich an den Händen, mit den Füßen voran. »Halt den Kopf oben!«, warnte Hunt, der nicht wollte, dass sie mit dem Schädel aufprallte, wenn sie landeten. Auf dem Weg nach unten hörten sie das Rauschen des Wasserfalls. Innerhalb von Sekunden war es vorbei.

Hunt sah kurz, wie Jayden im Wasser zur Seite rollte, dann traf er die Oberfläche und bereitete sich auf den harten Aufschlag vor … der nicht kam. Er war überrascht, als er nichts weiter als Wasser spürte. Tatsächlich musste er im Wasser treten, um nach oben zu gelangen.

»Geht's dir gut?«, fragte er Maddy. Die Archäologin war ebenfalls aufgetaucht und schnappte nun nach Luft, von der adrenalinreichen Erfahrung verwirrt und desorientiert. »Ja, ich denke schon.«

»Mir geht's auch gut, ich weiß ja, dass du dir Sorgen machst«, prustete Jayden einen Meter von ihnen entfernt. »Sieht so aus, als wären wir im tiefen Ende des Pools gelandet.«

Hunt sah sich in ihrer neuen Umgebung um, die gänzlich anders als die schwarzbodigen Grotten war, aus denen sie gerade gestürzt waren. Er hatte das merkwürdige Gefühl, dass unter ihm eine Menge Wasser war. Er konnte den Grund des Beckens nicht sehen, es sei denn, er war auf eine Weise bemalt, die ihn unsichtbar machte. Er steckte den Kopf unter Wasser und öffnete die Augen, aber alles, was er sehen konnte, waren einige verschwommene Schatten tief unter ihnen.

»Jayden, das ist seltsam. Es sieht aus, als wären wir in mindestens fünfzehn oder zwanzig Meter tiefem Wasser.«

Mit einem verwirrten Gesichtsausdruck tauchte Jayden seinen Kopf ebenfalls unter und sah sich um. »Ich sehe da unten Fische!«

Und dann dämmerte es Hunt, der seine Augen wieder unter Wasser öffnete, um zu bestätigen, was er längst wusste. »Das ist das riesige Aquarium, das wir unten gesehen haben, mit dem Manta!«

»Manta?«, stammelte Maddy. »Können die uns etwas tun?«

»Nein«, sagte Jayden, »aber die Riffhaie, die sie hier drin haben, könnten es.«

»Ich würde die Riffhaie ein paar Kugeln vorziehen«, sagte Hunt und erinnerte sie an ihre derzeitige Situation. Er wusste, dass ihnen ihr mutiger Zug etwas Zeit verschafft hatte, aber nicht viel davon. Sie mussten weiter. Aber wohin? Als er hochsah, sah Hunt die erste Hand über den Zaun greifen, über den sie geklettert waren. In ein paar Sekunden würden sie für ihre Verfolger leichte Beute sein.

Hunt sah sich in dem Becken um. Dieses wurde von einer drei Meter hohen Plexiglasverkleidung geschützt und abgesperrt. Das lag daran, dass die Oberfläche des Beckens auf selber Höhe mit einem Teil des Grottengeländes lag. Hunt konnte ein paar Touristen über die gepflegten Pfade außerhalb des Beckens gehen sehen. Dann hörte er das Geräusch von auf den Boden polternden Füßen, als ihr erster Verfolger auf der anderen Seite des Zauns landete. Er drehte sich um und blickte auf die Länge des Beckens, das in etwa oval geformt war. Sie waren in einem der schmaleren Enden gelandet. Hunt konnte innerhalb der hohen Wände keine anderen Menschen sehen. Er sah auf halbem Wege zur rechten Seite eine Art Plattform, die sich über der Wasseroberfläche des Beckens erstreckte, und schwamm darauf zu.

Jayden und Maddy schwammen ihm hinterher. Hunt machte sich Sorgen, dass ihr Herumspritzen sie zu einem einfachen Ziel machte, aber er war sich bewusst, dass sie keine andere Wahl hatten. Er konnte nur hoffen, dass sie die Plattform erreichten, bevor ihre Verfolger das Feuer eröffneten. Oder noch besser, Daedalus rief seine Hunde zurück, auch wenn das eher unwahrscheinlich schien. Hunt dachte kurz an die Anubis-Figur, die im Laden gekaufte Fälschung, aus der er einen Splitter vom Fuß gebrochen hatte, und an den echten Gegenstand, der sicher verstaut in seinem Hotelzimmersafe lag.

Die Arbeitsplattform war ein U-förmiger Laufsteg bestehend aus einem Metallgitter, das sich über dem Wasser erstreckte und in dessen Innerem sich ebenfalls Wasser befand. Hunt erkannte darin eine Tauchplattform und erinnerte sich plötzlich an die arbeitenden Taucher unten, die den Touristen aus dem Inneren des Beckens Präsentationen gegeben und dabei über das Meeresleben und die archäologischen Repliken im Inneren gesprochen hatten. Nun, da er den Arbeitsbereich mit dem Gedanken ans Tauchen im Kopf betrachtete, glaubte Hunt, Tauchausrüstung auf der Arbeitsplattform bereitliegen zu sehen.

Er konzentrierte sich auf das Schwimmen der letzten Meter zur Plattform und das Finden der Schwimmstufe, von der er wusste, dass sie dort sein sollte, wenn diese Plattform wirklich zum Tauchen benutzt wurde. Er fand sie in der Mitte der Struktur, am weitest entfernten Punkt auf dem Wasser. Hunt tippte seinen Freunden auf den Arm und zeigte zu den Stufen. Jayden kletterte hoch und reichte Maddy eine Hand, um ihr zu helfen. Der erste Schuss erklang, als Hunt auf das Metallgitter stieg. Er hörte jetzt in der Ferne Polizeisirenen, und hoffte, dass ihr Geräusch Daedalus und seine Männer verschrecken würde, aber er hatte kein solches Glück – ein zweiter Schuss erklang, und dieses Mal sah er Funken sprühen, die von einem lauten *Ping* begleitet wurden, als die Kugel vom Metall abprallte und ins Wasser fiel.

Maddy hob ihre Hände in die Höhe, überzeugt davon, dass ihnen die Flucht missglückt war. Die Schüsse hörten auf. Für wie lange, das konnte Hunt nur raten, aber er ging kein Risiko ein, da er nicht glaubte, dass ihr Schicksal freundlich wäre, wenn sie wieder in Daedalus' Hände geraten sollten, nachdem sie ihn mit einem gefälschten Anubis betrogen hatten. Er starrte auf den grauen Metallzylinder, der ein paar Meter entfernt auf der Plattform stand. Eine Tauchflasche, die bereits mit einem Atemregler verbunden war, und eine Tauchmaske, die an ihrem Riemen um das Ventil hing. Nur eine Ausrüstung, aber sie musste ausreichen.

Er bedauerte es, keine Zeit zu haben, um nachzusehen, ob die Flasche genügend gepresste Luft beinhaltete, indem er das Druckmessgerät prüfte.

Daedalus' Stimme dröhnte wieder einmal zu ihnen, diesmal vom Wasserfall oben. Es war ein wenig schwer, ihn durch den Lärm des herabstürzenden Wassers zu verstehen – Hunt nahm an, dass er nicht so viel Aufmerksamkeit mit einem Megafon erregen wollte. Unabhängig davon, was der Mann sagte, wusste Hunt, dass sie keine Zeit mehr hatten. Er ignorierte Daedalus' Worte und widmete seine Aufmerksamkeit seinem hastig Form annehmenden Aktionsplan.

Die Tauchflasche. *Benutze sie.* Das war das Einzige, woran er denken konnte – um jeglichem Schaden zu entkommen, indem sie hinunter in das Becken tauchten. Aber es gab nur eine Flasche und sie waren zu dritt. In einem Mikroblitz synaptischer Gehirnaktivität überlegte Hunt, Jayden und Maddy hierzulassen, während er den Tank schnappte und geradewegs nach unten tauchte. Er konnte dort Hilfe suchen, den Leuten durch das Glas zuwinken … aber er vertrieb den Gedanken fast so schnell, wie er ihm gekommen war. Wenn er das tat, dann würden Maddy und Jayden – besonders Maddy, da sie eine Expertin für Archäologie war – als Druckmittel von Daedalus genutzt. Sie würden seiner Gnade ausgeliefert sein. Nein, er musste sie irgendwie mitnehmen, es gab keine andere Möglichkeit.

All diese Gedanken kamen ihm, während Hunts Hände nach der Tauchflasche griffen. Wie in Zeitlupe spürte er, wie sein Mund sich öffnete, um Maddy und Jayden zuzurufen – Heimlichkeit spielte keine Rolle mehr – sich an ihm festzuhalten, dann schlossen sich seine Finger um das Ventil, drehten es auf, während er es mit sich ins Wasser zog, um sicherzugehen, dass die Luft strömte.

Er fühlte Maddys Hand von seinem Bein rutschen, als er ins Wasser platschte, und hoffte, dass Jayden es gelang, sie festzuhalten. Er wusste, dass Maddy eine zertifizierte Sporttaucherin war, andernfalls hätte er den Plan nie gefasst. Hunts Hände fuhren die Schläuche zum Ventil nach, während er kopfüber hinabsank, und erspürten die einzelnen Regler. Er fand das Mundstück und gab es Jayden, der eine Hand ausgestreckt hatte, um es zu erhalten. Gut, das bedeutete, dass er mit dem Plan einverstanden war. Nun zum schwierigen Teil …

Er griff das zweite Mundstück – jenes, welches man »Oktopus« nannte und das als Notfall-Back-up mit einem längeren Schlauch konzipiert worden war – und zog Maddy auf seine rechte Seite. Er spürte ihre Hand sich in seine krallen, während sie nach dem Mundstück griff. Als er fühlte, dass sie es von ihm nahm, zog er den Maskenriemen von seinem Handgelenk und schob ihn sich über den Kopf. Er atmete schnell durch seine Nase aus, um das Wasser aus der Maske zu drängen … dann konnte er sehen!

Unglücklicherweise war das Erste, was er sah, eine Spur von Blasen ein paar Meter vor ihnen, als eine Kugel durch das Wasser pflügte. Hunt drückte den Knopf an der Tarierweste, um sicherzugehen, dass die ganze Luft entwich. Glücklicherweise war es eine mit integrierten Gewichten, sodass er zu sinken begann.

Jayden half, strampelte mit den Füßen und paddelte, ohne sich an Hunt festzuhalten. Hunt schaute hinüber zu Maddy und sah, wie ihre Augen weit aufgerissen und voller Panik waren, wissend, dass sie nichts weiter als ein paar verschwommene Formen sehen konnte. Er hatte Angst, dass sie in Panik verfallen würde und nicht länger fähig wäre, vernünftig zu denken, aber bisher strampelte sie ebenfalls kräftig mit, wohl wissend, dass sie tiefer gelangen mussten, um vor den Kugeln der Schützen sicher zu sein.

Nach ein paar weiteren Tritten verspürte Hunt den starken Drang zu atmen, also griff er zu seiner Linken und tippte Jayden auf die Schulter. Auf der Stelle reichte ihm sein Tauchpartner den Regler. Es war merkwürdig, verbunden durch den Reglerschlauch miteinander zu schwimmen, aber so blieben sie wenigstens zusammen. Hunt nahm gierig vier Atemzüge aus dem Mundstück, bevor er es Jayden zurückgab. Sie würden die ganze Zeit, die sie unter Wasser waren, so Atemzüge austauschen müssen, während Maddy ihren eigenen Regler hatte.

Nach ein paar weiteren Tritten begann Hunt die herumschwimmenden Fische zu sehen – eine Schule silberner, sardinenartiger Fische, sowie große Barsche, die langsam herumschwammen.

Er streckte seinen Hals, um hochzusehen, aber er konnte oben niemanden entdecken. Danach widmete er sich wieder ihrer Umgebung. Zu ihrer Linken lag die Spitze einer künstlichen Felsspitze. Er versuchte, sich das Becken in Erinnerung zu rufen, wie er und Jayden es gesehen hatten, als sie vorhin mit den anderen Touristen draußen gestanden hatten. Er erinnerte sich an den Kunststeinbogen, einige kitschige, aztekisch anmutende Statuen und den riesigen Manta, aber kaum mehr.

Hunt blickte in die andere Richtung und sah einen Strom von Blasen hinter einem künstlichen Schiffswrack aufsteigen. Das deutete auf einen Taucher hin. Er kämpfte den Anflug von Adrenalin zurück, als er sich vorstellte, dass es einer von Daedalus' Männern aus der gefluteten Pyramide sein könnte, der sie gleich angreifen würde. Sie hätten keine Chance, so wie sie sich zu dritt eine Tauchausrüstung teilen mussten. Andererseits waren sie hier in voller Sicht der Öffentlichkeit mit unzähligen Touristen, die direkt vor dem Glas standen. Doch selbst das hatte die Kerle in der Grotte nicht davon abgehalten, auf sie zu schießen.

Aber als Hunt Jayden auf die Schulter tippte und dort hindeutete, kam der Taucher in Sicht, als er durch ein Loch in der Seite des Modellwracks schwamm. Er hielt die Arme ausgestreckt, während er die Leute auf der anderen Seite des Glases ansah. Hunt wusste, dass er durch ein Mikrofon in seiner Gesichtsmaske zu ihnen sprach und ihnen eine begleitete Unterwassertour durch das Becken gab, in der er über das Meeresleben sprach und Fragen der Besucher beantwortete.

Hunt wusste, dass diese Person ihr Ticket in die Sicherheit war. Er war sich nicht sicher, ob Jayden oder Maddy ohne Masken erkennen konnten, dass sie auf einen Taucher blickten, also trieb er sie auf den Mann zu.

Hunt beobachtete, wie der Unterwasser-Tourleiter seine Geschichte für die Zuschauer auf der anderen Seite des Glases herunterleierte, während sich ihm das schwerfällige Trio langsam und ungelenk näherte. Hunt hoffte, dass sich der Mann umdrehen und sie entdecken würde.

Ein hektisches Klopfen auf seiner Schulter verriet Hunt, dass Jayden den Taucher gesehen hatte. Hunt gab ihm das Okay-Zeichen, Daumen und Zeigefinger in einem Kreis. Ein paar Tritte brachten sie in Reichweite des Aquariumtauchers. Dann drehte sich der Unterwassermoderator seitwärts, während er auf ein Detail der Ausstellung zeigte, und erschrak gewaltig, als er den wahrscheinlich seltsamsten Anblick erspähte, den er je während seiner Arbeit in der Ausstellung gesehen hatte: Drei Menschen, die von einer Tauchflasche atmeten und von denen nur einer eine Maske trug.

Hunt sah, wie sich die Augen des Mannes auf die Größe von Untertassen weiteten. Dann bemerkte er eine weiße Schreibtafel, die an dessen Handgelenk befestigt war. Hunt deutete darauf in der Hoffnung, dass die konkrete Aufgabe den Mann davon abhielt, in Panik auszubrechen. Der Taucher verstand und reichte Hunt die Tafel mit dem beigefügten Stift.

Der Name eines Fisches war bereits auf die Tafel geschrieben worden, aber Hunt brauchte nur fünf einfache Worte. Er schrieb sie in eine Ecke der Tafel, während ein verwirrter Jayden und Maddy zusahen:

AMOKSCHÜTZE ÜBER UNS! RUF 911!

KAPITEL 16

Hunt beobachtete, wie der Aquariumtaucher schnell in seiner Maske sprach. Aus den Reaktionen auf den Gesichtern der Menge vor dem Glas konnte Hunt erkennen, dass seine Botschaft übermittelt wurde. Dann wandte sich der Taucher Hunt zu, griff ihn an der Schulter und deutete nach oben. Hunt sah reflexartig in die Richtung in der Hoffnung, dass es nicht Daedalus' Taucher waren, die nach ihnen kamen, aber der Mitarbeiter zeigte nur auf den Ausgang.

Hunt nickte und gemeinsam begannen die vier ihren Aufstieg, wobei der Aquariumtaucher Jayden sein zweites Mundstück anbot, was Hunt deutlich erleichterte. Etwa auf halbem Wege konnte Hunt eine Art Alarm irgendwo außerhalb des Aquariumgebäudes hören. *Gut*, dachte er, *leert den Ort.* Er wollte das alles in dem Becken nicht durchgemacht haben, nur um vor Daedalus' Männern aufzutauchen. Sie stiegen gleichmäßig auf und näherten sich derselben Plattform, durch die sie eingestiegen waren. Hunt verspannte sich und erwartete halb, eine Kugel als weißen Blasenstrahl durch das Wasser schießen zu sehen, bevor sie auf sein Fleisch traf, aber das geschah nicht.

Als er die Oberfläche durchbrach, ging Hunts Blick sofort nach oben zum Wasserfall, wo sie hinuntergesprungen waren. Aber die Gegend war nun frei von Schützen, frei von jeglichen Personen. Genauso sah es auf der Tauchplattform aus, von der sie in das Becken gesprungen waren.

Der Aquariumtaucher schob seine Maske hoch. »Geht es euch gut? Bringen wir euch zur Tauchplattform und holen euch raus.«

Niemand hatte etwas dagegen und gemeinsam schwammen die vier zur Plattform, wo sich nun eine Vielzahl von Mitarbeitern versammelt hatte, um ihnen zu helfen. Alle vier Taucher wurden schnell aus dem Wasser auf das Metallgitter gezogen. Hunt wusste, dass sie innerhalb der nächsten Sekunden eine Erklärung für ihre Taten abgeben mussten, sobald klar wurde, dass keiner von ihnen verletzt war.

Aber was sollten sie sagen?

Er wollte ihre Verwicklung nicht an der Suche nach Atlantis festmachen … besonders nicht im Atlantis Resort. Das würde ihn genauso wahrscheinlich zum Wahnsinnigen erklären, wie ihre Taten zu erläutern. Er wollte auch nicht preisgeben, dass er wusste, von welcher Organisation die Schützen kamen, dass er wusste, wer der Anführer war. Das würde ihn stundenlang an einen Verhörraum fesseln und sie könnten womöglich darin gehindert werden, das Land zu verlassen. In der Zwischenzeit wäre Daedalus immer noch auf freiem Fuß und würde sich von nichts abhalten lassen, um die Schätze von Atlantis zu erreichen.

Wenigstens hatten sie Maddy zurück. Hunt umarmte sie und sah ihr tief in die Augen. »Es tut mir leid, dass du das durchmachen musstest.«

»Danke, dass ihr mich gerettet habt«, war alles, was sie sagte.

Dann fingen die Fragen an. Ein Mann im Anzug ging auf Hunt zu und stellte sich als Direktor des Aquariums vor. Hunt gab ihm eine kurze Erklärung, dass er und seine Freunde im Grottenpool gestanden hatten, als die Schüsse erklungen waren, also waren sie über den Zaun und den Wasserfall hinunter ins Aquarium gesprungen. Jayden und Maddy unterstützten diese Geschichte mit gelegentlichen Einfällen oder gut platziertem Nicken.

»Wir haben lediglich getan, was wir tun mussten, um am Leben zu bleiben«, endete Hunt. »Wir sind alle zertifizierte Taucher, wir haben die Tauchausrüstung gesehen und sind einfach los!«

Der Direktor runzelte dabei die Stirn, zuckte aber dann mit den Schultern. »Wir sind auf jeden Fall froh, dass Sie alle unverletzt sind. Es würde uns freuen, wenn wir Ihnen als kleines Zeichen des Mitgefühls, dass Sie solch ein traumatisches Erlebnis durchstehen mussten, Ihren gesamten Aufenthalt erstatten dürfen. Ich hoffe, dies wird nicht negativ auf uns zurückfallen.«

»Oh nein«, versicherte Hunt. »Wir lieben diesen Ort, nicht wahr, Leute? Jetzt, wo hier keine Amokschützen mehr sind, meine ich. Wo wir davon sprechen, wurden sie festgenommen – die Schützen?«

»Leider nicht. Aber man hat gesehen, wie sie aus dem Resort geflohen sind. Die Polizei sucht nun nach ihnen. Sie werden hier sicher sein, wir haben nun bis auf weiteres rund um die Uhr Polizei vor Ort. Sind Sie nur zu dritt?«, fragte der Direktor und sah sie verwirrt an.

Hunt sah, wie er auf Maddy schaute, die zwischen ihm und Jayden stand, und ihm wurde klar, wie das aussehen mochte. Fast errötend sagte er: »O nein, meine Frau ist irgendwo unten am Strand. Sie wollte sich das Aquarium nicht ansehen, also bin ich mit den beiden gegangen. Sie sind die Unzertrennlichen.«

»Ich verstehe. Nun, dann werde ich dafür sorgen, dass alle *vier* von Ihnen entschädigt werden, ganz gleich.« Sein Blick hing noch etwas an Maddy fest, bevor er ihnen einen guten Tag wünschte und die Plattform verließ, um ins Hauptgebäude zu gehen.

Hunt und Jayden sprachen noch etwas mit den Tauchern

und stellten sicher, demjenigen überschwänglich zu danken, der ihnen unter Wasser geholfen hatte, und dann durften sie gehen. Nachdem man ihnen mit freundlicher Genehmigung Handtücher und trockene Outfits aus dem Souvenirladen gereicht hatte, verließen die drei das Aquarium und gingen zu dem Hotelzimmer, das Hunt und Jayden gebucht hatten. Sie liefen durch die große Lobby, die kunstvoll nach einem nautischen Thema gestaltet war, darunter ein Wandbild, das die legendäre Stadt Atlantis in ihrer Blütezeit darstellte. Maddy hielt davor inne und zeigte auf die Mitte.

»Das ist historisch korrekt. Seht ihr die konzentrische Ringstruktur? So hat Plato Atlantis beschrieben, als eine Stadt, die um ein Kanalsystem erbaut wurde, das zur inneren Insel führte, die der Regierungssitz war.«

»Woraus waren die Wälle geschaffen, die die Ringe ausgemacht haben?«, fragte Hunt.

Maddy lächelte, während sie ihm antwortete: »Wertvolle Metalle. Gold, Silber, Orichalcum. Das kann natürlich niemand mit Sicherheit sagen.«

»Könnte Kubikzirkonium sein«, sagte Jayden mit einem Schulterzucken.

»Unwahrscheinlich«, sagte Maddy. »Die sind im Labor hergestellt worden. Vor 11.000 Jahren existierte diese Technologie noch nicht.«

Hunt hielt einen Finger hoch. »Ah, aber die Atlanter waren für ihre Zeit angeblich fortschrittlich, oder? Der Grund, warum ich das erwähne, ist, weil dieses Orichalcum – es ist eine Legierung, richtig? Es existiert in der Natur nicht, also haben sie ihre eigenen Edel- oder zumindest Halbedelmetalle erschaffen, also warum keine Edelsteine?«

Maddy warf mit einem Lächeln ihre Hände hoch. »Hey, es ist Atlantis. Wer weiß, richtig? Wie kommt der Kopf einer

Statue, die von den Azoren kommt, welche gerüchtehalber die Geburtsstätte von Atlantis sind, in eine ägyptische Pyramide?«

»Und wie kam die Anubis-Statue, eine ägyptische Figur, auf die Azoren?«, fügte Jayden hinzu, während er das Wandbild studierte, mit seinem geschäftigen Hafen, in dem die hölzernen Schiffe im Wasser trieben und florierenden Handel betrieben.

»Wo wir von Anubis sprechen«, sagte Hunt und deutete nach oben, »wir sollten auf unser Zimmer gehen.«

Sie liefen zum Fahrstuhl und genossen die spektakuläre Fahrt in der Glaskabine, die einen freien Blick zum Strand und dem glitzernden blauen Atlantik dahinter offenbarte.

»Glaubt ihr wirklich, dass dort draußen irgendwo Atlantis ist?«, fragte Jayden.

Maddy zuckte mit den Schultern. »Könnte sein. Wir sind immerhin im Bermudadreieck. Das ist einer der möglichen Orte.« Sie drehte sich zu Hunt um. »Ist das der Grund, warum du diesen Ort für ein Treffen mit Daedalus ausgewählt hast?«

Hunt lächelte sie mit funkelnden Augen an, doch bevor er antworten konnte, erklang ein heller Ton und die Türen öffneten sich. Eine dreiköpfige Familie wartete darauf, einzusteigen, während sie auf ihrem Stockwerk ausstiegen. Sie liefen den geschmackvoll eingerichteten Flur entlang, an dessen Wänden maritime Kunst hing, und der mit einem sauberen, blauen Teppich mit goldenen, stilisierten Dreizacken ausgelegt war. Hunt hielt an der Zimmertür und steckte die Schlüsselkarte ein.

»Wow, schönes Zimmer!«, sagte Maddy beim Betreten. Die üppige Suite zeigte auf den Ozean hinaus und unter ihnen breitete sich eine labyrinthartige Reihe von Pools aus, die mit Seilbrücken verbunden und Palmen durchsetzt waren.

Aber Hunts Blick ruhte nicht auf dem Ausblick. Sein Blick schweifte vorsichtig durch das Zimmer und suchte nach Anzeichen eines gewaltsamen Eintretens. Er wusste, dass eine Organisation wie Treasure, Inc. die Möglichkeit besaß, ihre Zimmernummer herauszufinden. Es hätte ihn nicht überrascht, wenn der Raum verwüstet worden wäre, aber alles schien noch genauso, wie sie es verlassen hatten, abgesehen davon, dass die Betten gemacht waren und das Badezimmer mit frischen Handtüchern bestückt worden war, die man ausgerechnet zur Form eines Oktopus gefaltet hatte.

»Sieht aus, als hätten Daedalus und seine Schläger eiligst die Stadt verlassen müssen – sie kamen nicht in unser Zimmer«, sagte Hunt.

»Vielleicht sollten wir das Zimmer wechseln, nur um sicherzugehen«, sagte Jayden. »Und wo wir gerade von sichergehen reden, vielleicht sollten wir …«

Es gab keinen Grund, den Satz zu vervollständigen. Hunt schritt hinüber zum Safe und schloss ihn auf. Er seufzte erleichtert, als er sah, dass das Anubis-Artefakt – das Original – noch da war.

»Das ist gut«, sagte Maddy. »Aber, äh … Jungs? Mir fällt noch ein anderer Grund für einen Zimmerwechsel ein.«

»Und welcher wäre das?«, fragte Hunt.

»Nun ja, falls ihr beiden nicht plant, euch ein Bett zu teilen …« Sie betrachtete die zwei Betten. »Wir könnten aneinandergrenzende Zimmer nehmen.«

»Vorzugsweise auf einem anderen Stockwerk«, fügte Jayden zu.

»Okay, dann lasst uns unser Zeug nehmen und auschecken.«

Sie suchten ihr minimales Hab und Gut zusammen, welches aus zwei kleinen Taschen und dem Anubis-Artefakt bestand. Dann gingen sie hinunter zur Rezeption, wo der

Concierge ihnen mit dem gewünschten Zimmertausch helfen konnte, immer noch auf Kosten des Hotels. Nachdem das geregelt war, checkten die drei in ihre neuen Zimmer ein, Maddy in einem eigenen.

Während Jayden die Minibar durchstöberte, stellte Hunt das Anubis-Artefakt auf einen Tisch und strahlte mit dem Deckenlicht darauf. Frisch geduscht betrat Maddy in einem neuen Sommerkleid und Sandalen das Zimmer und schloss die Tür hinter sich ab.

»Danke, jetzt fühle ich mich deutlich sicherer«, sagte sie und sah aus dem Fenster, welches, wenn auch nicht so beeindruckend wie die andere Suite, immer noch einen fantastischen Ausblick auf den Ozean hinter der weitläufigen, gepflegten Anlage des Resorts bot. »Ich habe versucht, mir den lokalen Nachrichtensender auf meinem Fernseher anzusehen, um zu schauen, ob sie Daedalus schon erwischt haben, aber sie haben überhaupt nichts darüber gesendet.«

»Ich bin mir sicher, sie wissen, dass es nicht in ihrem besten Interesse hinsichtlich des Tourismus auf der Insel wäre, wenn sie so etwas in den Nachrichten bringen. Irgendwann wird es schon rauskommen, aber sie werden es so lange wie möglich unter Verschluss halten. Daedalus selbst könnte dabei sogar eine Rolle spielen. Ich habe diesen Ort auch ausgewählt, weil er hier keine Verbindungen hat, von denen ich wüsste.«

»Großartig.« Maddys Blick fixierte die Statue. »Hey, dann lasst mich mal diesen Kerl anschauen!« Sie ging zum Tisch und setzte sich vor das Artefakt. Aus dem kleinen Rucksack, den sie mitgebracht hatte, nahm sie ein Paar Latexhandschuhe und zog sie an. »Die hättet ihr eigentlich die ganze Zeit tragen sollen, wisst ihr«, sagte sie mit einem Stirnrunzeln.

»Entschuldige«, entgegnete Hunt. »Wir hatten nicht wirklich erwartet, viel zu finden.«

»Ja, als er mir den Metalldetektor gegeben hat, habe ich eigentlich gedacht, allerhöchstens ein paar Münzen zu finden.«

Maddy widmete sich wieder Anubis. »Macht euch keine Gedanken darum. Zum Glück scheint dieses Material, was auch immer es ist, eine Art Metalllegierung mit Onyx zu sein, nicht anfällig für Oxidation oder andere chemische Reaktionen.«

»Gibt es einen Weg, das Material zu datieren, um zu sehen, wie alt es ist?«, fragte Hunt. »Das würde uns ein paar Hinweise auf seine Herkunft geben.«

Maddy hielt ihr Smartphone hoch. »Ich kann das arrangieren, aber wir müssten das ganze Ding einsenden oder zumindest eine ordentliche Probe entnehmen.«

»Wir haben ihm bereits ein Stück aus seinem Fuß entnommen«, erinnerte Jayden.

Maddy hob das Artefakt hoch und betrachtete die Fußsohle, wo ein kleines Stückchen fehlte. »Das ist wirklich merkwürdig aussehendes Metall. Als mir Daedalus zuerst das Bild gezeigt hat, dachte ich, ihr würdet versuchen, ihn reinzulegen, mit Photoshop oder irgendwelchen digitalen Tricks.«

Jayden hielt seine Hände hoch. »So begabt sind wir nicht, um so etwas zu tun.«

»Vielleicht ist es ja wirklich Orichalcum«, scherzte Hunt.

»Oder zumindest eine unbekannte Legierung«, fügte Maddy hinzu und hob das Artefakt hoch. »Ich würde wirklich gern sein Inneres sehen.«

Jaydens Augen traten hervor. »Inneres? Ist es nicht massiv?«

Sie nickte. »Wahrscheinlich. Ich meine nur, dass wir so die Zusammensetzung des gesamten Artefakts sehen könnten.

Die ganze Statue nach dem winzigen Stück zu beurteilen, das ihr aus dem Fuß gepult habt, ist kaum schlüssig. Es hat Daedalus aber lange genug getäuscht.«

»Gibt es einen Weg, hineinzuschauen, ohne es aufzubrechen?«, fragte Hunt.

Maddy zuckte mit den Schultern. »Ein Röntgengerät könnte Aufschluss geben, aber selbst das könnte einige Dinge übersehen. Ich vermisse mein Feldlabor schon jetzt.«

»Vielleicht sollten wir es einfach aufbrechen«, sagte Hunt.

Die Archäologin sah ihn bei dem Gedanken entsetzt an. »Ihr wollt nicht warten, bis wir es röntgen können, um zu sehen, ob es sich lohnt, es aufzubrechen?«

Hunt und Jayden schüttelten beide den Kopf. »Es könnte einen Hinweis auf Atlantis beinhalten. Warum hat sich Daedalus so dafür interessiert?«

Maddy atmete bei der Erwähnung seines Namens scharf ein. »Er ist ein Artefakt-Jagdhund, der um alles herumschnüffelt, was von Wert sein könnte. Er hatte vielleicht keine Ahnung von der Bedeutung, die es haben könnte.«

»Dennoch«, fuhr Hunt fort und gestikulierte nun lebhaft, »kann es kein Zufall sein, dass wir es ausgerechnet auf den Azoren ausgegraben haben, nahe der Stelle, an der angeblich die Pferd- und Reiterstatue von den portugiesischen Entdeckern gefunden wurde.«

»Okay, okay«, sagte Maddy in einem verärgerten Tonfall. »Geh nach Westen. Nun, da wären wir. In einem anderen vermeintlichen Atlantis-Hotspot, den Bahamas. Also verstehe ich nicht, wie du dir da so sicher sein kannst …«

Ein plötzliches schepperndes Geräusch veranlasste Hunt und Maddy, ihr Gespräch abzubrechen und scharf nach links zu schauen, gerade rechtzeitig, um zu sehen, wie Jayden in der rechten Hand die Hälfte der Anubis-Figur hielt, während die andere Hälfte – von der Hüfte bis zum Hundekopf – neben einigen Bruchstücken, die davon abgesprungen waren, auf dem Tisch lag. Jayden sah mit einem dümmlichen Blick zu ihnen hinüber. »Ich habe mich darum gekümmert.«

Maddy sah schockiert aus. »Dich darum *gekümmert?* Oh ja, du hast dich darum gekümmert, sie liegt jetzt in Scherben!«

Hunt stand auf und ging zum Tisch, eine Hand hochhaltend. »Maddy, es ist in Ordnung. Was getan ist, ist getan. Du hast selbst gesagt, dass das Stück womöglich überhaupt keinen archäologischen Wert hat, und andererseits könnte es einen Hinweis auf eine der größten Schatzkammern enthalten, die die Menschheit je gekannt hat, sodass wir genauso gut einen Blick hineinwerfen und die Spekulationen damit beenden können. Weil …«

»Whoa!« Jayden klang begeistert. »Schaut euch das an!« Er streckte die Hand zum Tisch aus und hob die andere Hälfte der Statue auf.

»Da ist etwas drin«, sagte Hunt.

»Wartet, berührt es noch nicht, lasst es mich wenigstens dokumentieren.« Maddy aktivierte die Kamera an ihrem Smartphone und machte ein Foto von dem aufgebrochenen Inneren. In der Statue lag ein kleines, längliches, goldfarbenes Objekt, das sich in die ansonsten massive Konstruktion der Figur schmiegte. »Ein verschachteltes Objekt!«

»Kann ich es rausziehen?«, fragte Hunt.

»Das hat sie …«

»Jayden!« Hunt schnitt ihm das Wort ab.

»Lass mich es tun«, sagte Maddy und entlockte Jayden ein Grinsen.

Maddy ignorierte die Männer, während sie die zerbrochene obere Hälfte der Anubis-Figur ein paar Zentimeter über dem Tisch kopfüber hielt, ihre Hand ausgestreckt darunter.

Nichts passierte, das goldene Objekt blieb in der Figur verborgen.

Maddy sah zu Hunt. »Tu mir einen Gefallen und klopf oben – *sanft* – dagegen.«

Hunt warf Jayden einen vernichtenden Blick zu. Die Hand zur Faust geballt, klopfte er dreimal auf Anubis' Kopf. Nach dem dritten Klopfen rutschte das goldene Metall aus der Figur in Maddys Hand.

»Ich hab's.« Sie stand auf und legte das Metallstück sanft auf einem zusammengelegten Handtuch auf dem Tisch ab. Es war ungefähr rechteckig, hatte aber abgerundete Ecken und eine Aussparung, die mehrere Millimeter dick war.

»Sieht für mich wie massives Gold aus«, sagte Hunt.

Maddy hob es hoch und schätzte das Gewicht. Sie nickte, während sie eine Lesebrille aufsetzte und sich vorlehnte. »Ich schaue nach einer Inschrift …« Mit den latexbehandschuhten Händen drehte sie das Stück Gold um. »Hier habe ich etwas!« Sie griff in ihre Tasche und zog eine Lupe hervor.

»Warte mal«, bat Jayden. »Woher hast du das Feldkit-Zeug?«

»Ich trug meinen Rucksack, als Daedalus mich entführt hat. Er ließ seine Schläger meine Sachen durchwühlen, um nach Waffen oder Kommunikationsgeräten zu suchen, aber davon abgesehen war es ihm egal und er gab ihn mir zurück. Außerdem wollte er, dass ich für ihn arbeite und ihn zu seinen illegalen Grabungsorten führe.«

»Seine Rekrutierungsrichtlinien lassen etwas zu wünschen übrig«, sagte Hunt.

Maddy schnaubte. »Das könnte man so sagen, ja. Ich habe ihm gesagt, wo er sich das hinstecken könnte.«

»Also, was steht da?«, fragte Jayden und lehnte sich voller Ungeduld vor.

Maddy lehnte sich mit ihrer Lupe über das Stück Gold. »Es sind nur drei Zeichen … Buchstaben … sie sehen wie bekannte ägyptische hieroglyphische Symbole aus, von denen ich zufällig weiß, dass sie sich zu Buchstaben übersetzen lassen, einen Moment …« Sie nahm ihr Smartphone und nutzte es, um aufs Internet zuzugreifen. »Meine Universitätsseiten haben einen Standardschlüssel für Hieroglyphen, hier ist er … lasst uns nach einer Übereinstimmung suchen …«

Maddy vergrößerte den bebilderten Schlüssel auf ihrem Telefon und reichte es dann Jayden, während sie ihre Lupe wieder hochnahm. »Dieses Symbol hier …« Sie deutete mit der Spitze eines Stiftes auf das erste Zeichen. »… entspricht unserem Buchstaben M. Und dieser hier … der Buchstabe I. Und der letzte … ein N.«

»Min?«, sprach Hunt aus.

Jayden zeigte einen leeren Gesichtsausdruck, aber Maddy erschien nachdenklich. »Interessant …« Sie verstummte, in Gedanken verloren.

»Was ist interessant?«, fragte Hunt.

»Die Ägypter hatten einen Gott namens Min.«

»Passt«, sagte Jayden. »Sie standen wirklich auf Götter.«

»Für was war er – oder sie – Gott?«, fragte Hunt.

»*Er* war der Hüter der Entdecker und Bimini war für sie ein weit entferntes Gebiet, also macht es Sinn, dass er verehrt wurde.«

»Warte einen Moment«, sagte Hunt. »Wer hat etwas von Bimini gesagt? Wir sind auf Nassau. Bimini liegt auf den Bahamas, aber es eine völlig andere Insel.«

Maddy nickte wissend. »Hast du bemerkt, dass das Wort *Min* in Bimini enthalten ist?«

»Ich kriege Kopfschmerzen von dir«, sagte Jayden und starrte auf das Gold.

»Halt durch. Es ist nicht so kompliziert. Dann haben wir *ba*, was *Seele* bedeutet, und *ini*, was *Ehrfurcht* bedeutet. Also, jetzt alle zusammen …«

Hunt und Jayden sahen verwirrt aus. »Ba?« Hunt stockte.

»Das ursprüngliche Wort war *Bamininì*«, erklärte Maddy.

»Eine weitere ägyptische Verbindung«, sagte Jayden.

Hunt zeigte auf das Goldstück. »Dieses kleine in der Anubis-Statue versteckte Stück Gold wurde also da hineingesteckt, um … wer auch immer es findet … daran zu erinnern, dass Bimini irgendwie wichtig ist?«

Maddy war an der Reihe, mit den Schultern zu zucken. »So sehe ich das. Was das *wer* oder *was* betrifft … ich habe keine Ahnung. Aber da ist noch eine Sache. Die Form des Goldstücks – es ist eine sehr bekannte Form, erkennt ihr sie?«

Jayden furchte die Brauen. »Ich dachte, das wäre nur, weil diese Form besonders leicht in die Figur passt.«

Maddy schüttelte ihren Kopf. »Nein. Habt ihr mal von der Bimini Road gehört?«

Jayden schüttelte den Kopf, aber Hunt nickte. »Eine Spur von Steinen im flachen Wasser vor der Insel Bimini. Sie wird seit langem sowohl mit dem Atlantismythos als auch mit dem Bermudadreieck in Verbindung gebracht.«

»Richtig«, sagte Maddy. »Und die Steine – obwohl um ein Vielfaches größer– sind genauso geformt wie diese goldene Darstellung hier.« Sie hob das längliche Goldstück auf und hielt es ins Licht, während sie es zwischen den Fingern drehte.

»Nun, damit ist es beschlossen«, sagte Hunt und griff nach seinem Smartphone.

»Was ist beschlossen?«, fragte Jayden.

»Es ist Zeit für einen Ausflug nach Bimini.«

KAPITEL 17

Bimini-Insel, Bahamas

»Glaubst du, dass dieser Kerl weiß, wie man fliegt?«, rief Jayden vom Rücksitz des Wasserflugzeugs aus. »Ich bin aber froh, dass Carter vorn bei dir ist, Maddy. Ernsthaft, ich sitze in diesem Moment lieber neben diesem Haufen Tauchausrüstung, als mir seinen Quatsch anzuhören.«

»Das habe ich gehört.« Carter drehte sich auf dem Pilotensitz um.

»Nun kommt schon, ihr zwei«, schalt Maddy sie, die Augen hinter einer verspiegelten Sonnenbrille und unter einer Baseballkappe verborgen. Wie üblich trug sie ihr langes Haar in einem Pferdeschwanz, der hinten durch ihre Kappe gesteckt war. »Freut ihr euch gar nicht auf den Tauchgang? Ich meine, was wäre ein Trip auf die Bahamas ohne Tauchen, habe ich recht? Wenn wir uns dabei gleich noch die Bimini Road anschauen können, umso besser. Ich liebe es, wie alles zusammenpasst.«

»Ich liebe es, wie lebhaft du bist, wenn du im Urlaub um fünf Uhr morgens aufstehen musst!«, sagte Jayden. Nachdem sie entschieden hatten, die Gewässer rings um Bimini zu erkunden, hatte Hunt vorgeschlagen, ein Wasserflugzeug auszuleihen. Der Flug selbst war nur ein kurzer Sprung von Nassau gewesen, aber damit sie möglichst lange tauchen und das Mietflugzeug dennoch am Nachmittag am Flughafen von Nassau zurückgeben konnten, hatten sie früh losgemusst. »Versuche, meinen Kaffee nicht mit deinem verrückten Fliegen zu verschütten, Carter.«

Hunt hob eine Hand, um Jayden ein universelles Handsignal zu geben. »Du hast dich damals über dem Persischen Golf nicht beschwert.«

»Stimmt.« Jayden hatte nicht den Wunsch, die geheime Mission, die dazu führte, dass sich zwischen ihnen ein freundschaftliches Band gebildet hatte, noch einmal zu durchleben, aber von den Sticheleien abgesehen hatte er größtes Vertrauen in Hunts Flugfähigkeiten. Ebenso wusste er, dass Hunt auch in den schwierigsten Situationen auf ihn zählen konnte. Dies war nur ein abenteuerlicher Urlaubsausflug. Der Zusammenhang mit Atlantis machte es sicherlich aufregender, aber tief drinnen war das doch alles nur eine Rechtfertigung für ein kleines Abenteuer, oder nicht? Keiner von ihnen, die professionelle Archäologin inbegriffen, erwartete, dass wirklich etwas dabei herauskommen würde. Obwohl Treasure, Inc. davon überzeugt schien, dass es real genug war.

Jaydens Hand rutschte von einer der Tauchausrüstungstaschen, als Hunt durch eine Turbulenz flog, und er widmete seine Aufmerksamkeit wieder dem Tauchgang, den sie vorhatten.

Außerhalb der Flugzeugfenster herrschte ein sonniger Tag, das Meer war ruhig, während sie etwa dreißig Meter über dem Wasser flogen. Perfekte Voraussetzungen für einen Tauchgang in der Bimini Road.

Der Tauchplatz selbst war gut besucht. Eine flache Wasserstelle, nur fünf bis sieben Meter tief, je nach Gezeiten. Sie war etwas schwer erreichbar dadurch, dass es keine kommerzielle Fluglinie nach Bimini selbst gab, sodass ein Privatflug oder eine Bootsfahrt von Nassau oder Miami die bequemste Art des Zugangs war. Selbst das mit eingerechnet, fragte sich Hunt, was sie finden könnten, das an einer Stelle übersehen worden war, an der so viele getaucht waren, inklusive professioneller Schatzsucher mit modernster Ausrüstung wie Magnetometern, Unterwassermetalldetektoren und Bodenprofil-Scannern.

Die Koordinaten des Standorts waren am Flughafen in das GPS des Flugzeugs eingegeben worden, und bald informierte Hunt seine Begleiter, dass sie sich dem Ziel näherten. Er reduzierte die Flughöhe, bis sie nur wenige Meter über der Wasseroberfläche flogen, und senkte gleichzeitig die Geschwindigkeit. Jayden und Maddy beobachten das Wasser, während Hunt flog.

»Weißer Sandboden«, sagte Jayden. Dann: »Okay, jetzt sehe ich ein paar dunkle Flecke. Riffe.« Die dunkleren Stellen waren mit hellem Sand durchsetzt. Dann überquerten sie eine sonnenbedeckte, strahlend weiße Sandfläche, bis Maddy aus ihrem Fenster deutete.

»Da ist es!«

Jayden sah aus seinem Fenster und entdeckte eine dunkle Linie, die sich von ihnen wegschlängelte.

»Gerade Linien, sieht definitiv künstlich aus, wie ein Wrack, aber es ist zu groß, um ein Wrack zu sein.«

»Muss eine verlorene Stadt sein!«, schlug Maddy vor.

»Schauen wir es uns an.« Hunt steuerte das Flugzeug nach rechts und richtete es dann zur Vorbereitung auf eine Wasserlandung aus. Er flog niedrig über die Formation und folgte dabei einem Kurs von etwas, das nach dunkelfarbenen Steinen aussah – große Steine –, die in einer Linie lagen.

»In Ordnung, das ist die Bimini Road«, erklärte Maddy und streckte ihren Kopf, um aus dem Fenster zu sehen.

»Lass uns nachsehen, wie das allgemeine Muster aussieht«, sagte Hunt und drehte das Flugzeug leicht nach links, während er dem Unterwasserpfad der Steine folgte.

»Ich sehe das Ende da vorn«, sagte Maddy. »Das ganze Ding ist eine Art J-Muster. Hauptsächlich eine gerade Linie, aber dann an einem Ende gebogen.«

Sie flogen noch ein Stück, bis sie die hakenförmige Formation erreichten, und Hunt begann das Flugzeug in eine weitläufige 180-Grad-Wende zu führen.

»Warte, wenn das die Bimini Road ist, was ist dann das da drüben?« Jayden deutete aus dem linken Seitenfenster und Hunt warf einen Blick in diese Richtung.

»Sieht aus wie eine parallele Steinspur, nur viel kürzer. Ist wahrscheinlich eine Meile von der Hauptspur entfernt.«

»Vielleicht sollten wir lieber dort tauchen?«, schlug Jayden vor.

»Wir sollten mal drüberfliegen und schauen, wie es von Nahem aussieht«, sagte Hunt. Sie stimmten alle zu und er steuerte das Wasserflugzeug in Richtung des abgelegenen Abschnitts der Bimini Road.

»Auf einer Höhe von fünfzehn Metern sollten wir einen guten Blick auf die Struktur werfen können«, sagte Hunt. »Los geht's …«

Alle drei blickten aus den Fenstern, während Hunt direkt rechts eines linearen Pfades aus länglichen Steinen entlangflog, die eine Meile vom Hauptweg unter Wasser entfernt lagen. Wenn man auf die Steine hinabblickte, war es einfach, ihre individuellen Formen zu erkennen, und wie genau sie sich aneinanderfügten, sodass sie sich zu einer gepflasterten Straße unter den Wellen verbanden.

Maddy schoss Fotos, während sie der Struktur folgten. Sie hatten fast das Ende erreicht und Hunt bereitete sich darauf vor, das Flugzeug in Schräglage für eine Wende zu bringen, als Jayden ausrief: »Warte mal, kannst du zurückfliegen? Ich habe etwas gesehen.«

»Was ist es?«, fragte Hunt.

»Einer der Steine, über die wir gerade geflogen sind. Warte … wo ist das Goldstück, das wir von Anubis erhalten haben? Kann ich es sehen?«

Maddy griff in ihren Rucksack und reichte ihm das längliche Stück aus schimmerndem, goldenem Metall.

»Flieg zurück, okay?«, meinte Jayden.

»Mach ich.« Am Ende der Struktur zog Hunt das Flugzeug in einen engen Bogen und flog zurück zum Ende der parallelen, zweiten Spur. Als sie sie dieses Mal überquerten, hielt Jayden das Anubis-Goldstück vor das Fenster, während er auf die mysteriösen Steine hinuntersah. »Sollten jetzt direkt drüber sein«, sagte Hunt und sah ebenfalls runter.

»Da ist es! Maddy, mach ein Foto!« Sie schoss ein paar Schnappschüsse, während Jayden zwischen dem Goldstück in seiner Hand und einem der Bimini-Road-Steine hin und her blickte.

»Sie stimmen überein! Einer der Steine da unten, hat die *exakt* gleiche Form wie das Stück Gold, das wir von Anubis haben! Wie stehen die Chancen? Ich meine, es hat dieselbe kleine Hakenform da drin und alles!«

Maddy rief eines der Fotos auf, das sie gerade von dem infrage kommenden Stein gemacht hatte, und vergrößerte es auf dem Bildschirm ihrer Digitalkamera. Sie streckte die Hand über den Sitz nach hinten. »Darf ich das Stück bitte mal sehen?«

Jayden gab es ihr und sah dann wieder aus dem Fenster. »Ich sehe keinen weiteren, der genau dieselbe Form hat«, erklärte er.

»Und es ist dieselbe Form«, schloss Maddy, als sie von der Kamera aufsah, während sie das Goldartefakt hielt. »Ich würde sagen, dass es perfekte Zwillinge sind abgesehen natürlich vom Maßstab. Aber schwer zu sagen, welches zuerst da war, ohne beide zu datieren.«

Hunt legte die Maschine abermals in die Kurve. »Seid ihr beide bereit für einen Tauchgang, um euch das näher anzusehen?«

Sie stimmten zu und Hunt brachte das Flugzeug in den Landeanflug. Er bremste ab, während es an Höhe verlor, und die türkisfarbenen Wellen kamen mit jeder Sekunde näher. Dann berührten die Pontons die Wasseroberfläche, hüpften ein paar Mal, bis sie auf dem Wasser blieben und schwammen. Hunt verlangsamte die Geschwindigkeit, bis das Flugzeug zum Stillstand kam. Er steckte den Kopf aus dem Fenster und streckte seinen Hals, um zu sehen, wie weit sie von ihrem Ziel entfernt waren. Er drückte ein wenig auf das Gaspedal und das Flugzeug trieb träge über das Wasser, bis sie direkt über den Steinen waren.

»Ein bisschen weiter da lang.« Maddy deutete zum Ende der Unterwasserstraße und Hunt richtete das Flugzeug entsprechend aus.

»Das ist es, wir sind direkt darüber«, rief Jayden nach ein paar Minuten.

»Ich hätte ein paar Pillen gegen Seekrankheit mitbringen sollen«, sagte Maddy. »Ich fange bereits an, mich unwohl zu fühlen.«

Hunt schaltete die Triebwerke des Flugzeugs ab und eine wohltuende Stille breitete sich aus. »Du wirst dich besser fühlen, sobald du ins Wasser gehst. Lasst uns tauchen!«

Sie öffneten die Türen und begannen die Ausrüstung anzulegen. Als sie bereit waren, begann Hunt runterzuzählen. »Auf drei, zwei, eins … ins Wasser!«

KAPITEL 18

Vor Bimini, Bahamas

Das Sprichwort »Wasser so klar wie Gin« war ein Ausdruck, der unter Tauchern fast klischeehaft war, aber Hunt konnte nicht leugnen, wie passend er hier war. Als er nach dem Absprung vom Flugzeug hinuntersah, schreckte er zurück, weil der Meeresgrund so nah wirkte, dass man nur die Hand ausstrecken musste, um ihn zu berühren. Tatsächlich aber lag er sieben Meter unter ihnen.

Nach einer kurzen Überprüfung ihrer Ausrüstung ließen die drei Taucher die Luft aus ihren Tarierwesten entweichen und begannen ihren Abstieg zur Bimini Road, oder eher dem merkwürdigen parallelen Pfad, den sie gefunden hatten. Hunt hatte davon schon einmal gehört – wusste, dass er existierte, dass hier fotografiert und getaucht worden war, er aber nicht ansatzweise so viel Aufmerksamkeit wie die Hauptstraße bekam.

Als sie den Grund erreichten, sammelten sie sich auf einem der glatten, flachen Steine, um den Sand am Boden nicht aufzuwirbeln und so die Sicht im Wasser zu trüben. Der Stein ihres Interesses, der die gleiche Form wie das Anubis-Goldstück hatte, lag nur fünf oder sechs Steine zu ihrer Linken. Nachdem sie ihre Tiefenmesser und die Luftdruckmesser überprüft hatten, um sicherzugehen, dass sie funktionierten, machten sie sich an die Arbeit.

Zuerst fuhr Hunt mit seinen Fingern den Stein entlang, auf dem sie den Grund erreicht hatten, weil er dachte, dass es eine gute Idee wäre, festzustellen, wie sich die normalen

Steine anfühlen, bevor sie ihren Zielstein in Augenschein nahmen. Es fühlte sich wie Kalkstein an, der im Laufe der Jahrhunderte durch Wellenbewegungen glattpoliert worden war. Ihm war klar, dass viele Geologen und Ozeanografen die Atlantis bezogenen Geschichten zu den Steinen als Fiktion abgetan und behauptet hatten, dass Wellenbewegungen und Küstenerosionsmuster ausreichten, um die Form der Steine zu erklären. Auch ihre Mineralzusammensetzung entsprach, so behaupteten sie, jener der nahen Küstenlinie.

Hunt kam in eine aufrechte Position und stieß sich vom Felsen ab, um sich so zum Zielstein zu bewegen. Maddy und Jayden folgten ihm und schwammen zwei Meter über den glatten Steinen. Hunt fand es etwas merkwürdig, dass es in der Nähe der Bimini Road kein Meeresleben gab. Keine Fischschulen, nicht einmal Krabben, die über den Boden huschten. Er nahm an, dass es eine Myriade von Wesen geben könnte, die im Sand eingegraben waren, aber bei einer solch sonnigen, flachen Stelle mit Steinen hätte er vermutet, dass es mehr Anzeichen von Leben gäbe. Nur eine dünne Schicht grüner Algen wuchs hier und da auf den Steinen.

Jayden deutete aufgeregt auf den Zielstein, als er die markante Hakenform entdeckte. Er hatte das Goldstück nicht mitgenommen, da er Angst hatte, es zu verlieren, war sich aber sicher gewesen, dass er den infrage kommenden Stein auch ohne identifizieren konnte.

Und hier war er.

Hunt, Jayden und Maddy stoppten auf den Steinen, die den Zielstein umgaben. Die Steinspur war an den meisten Stellen entweder zwei oder drei Steine breit. Hier war sie drei Steine breit, mit dem Zielstein in der Mitte. Vom Aussehen her schien er dasselbe Material, Farbe und Textur wie die restlichen zu besitzen, sodass nur die leicht unregelmäßige Form ihn unterschied.

Hunt nahm ein Tauchermesser aus der Scheide an seiner Wade und grub die Spitze in den Felsen, auf dem er kniete, um dessen Beschaffenheit zu testen. Normaler Kalkstein, der unter ausreichendem Krafteinsatz splitterte, aber er fand nichts Ungewöhnliches daran. Jayden tippte ihm auf die Schulter und zeigte auf den Zielstein, um anzuzeigen, dass er dahin schwimmen wollte. Hunt nickte und die drei begaben sich hinüber. Mit seinen etwa zweieinhalb Metern Länge und anderthalb Metern Breite bot er genug Platz für die drei Taucher auf seiner Oberfläche.

Zusammen untersuchten sie vorsichtig die Oberfläche, konnten aber nichts Ungewöhnliches entdecken. Der Stein sah genauso aus wie alle anderen Bimini-Road-Steine.

Hunt überprüfte seinen Luftdruck und drängte die anderen, dasselbe zu tun. Sie hatten immer noch genug Zeit übrig. Maddy fotografierte den Stein mit ihrer in Plastik geschützten Kamera und machte ein paar Nahaufnahmen von der Oberseite. Innerlich war Hunt enttäuscht. Nichts an dem Stein schien im Vergleich zu den anderen besonders. Sie waren einen langen Weg für nichts gekommen. Vielleicht war die Form des Goldstücks aus der Anubis-Statue einfach nur Zufall?

Jayden und Maddy schwammen hinüber zu den Nachbarsteinen. Hunt griff zu seinem Tauchmesser und nutzte es, um es so tief wie möglich entlang der Steinkanten zu stecken. Er wollte herausfinden, wie dick die Steine waren. Waren es dünne Steine wie die eines Gehwegs oder reichten sie mehrere Meter tief? Er erhielt bald seine Antwort, als das Messer durch den Widerstand des Sandes glitt in … in was? Hunt nutzte seine freie Hand, um die Sandkörner aus dem Weg zu wedeln. In … offenes Wasser?

Nachdem er mit dem Messer noch etwas weiter gegraben hatte, fand er heraus, dass er an der Unterseite des Steines entlang kratzen konnte. Er war nur ein paar Zentimeter dick. Er testete verschiedene Punkte entlang der Steinkanten auf die gleiche Weise mit dem Messer und kam immer zum selben Ergebnis. Er konnte sich den Stein wie einen dünnen Deckel vorstellen, der auf dem Boden lag.

Aber dann begann er darüber nachzudenken, warum nie jemand welche der Steine mitgenommen hatte? Tausende Menschen waren an der Bimini Road getaucht und all diese Steine waren immer noch da. Selbst dieser abgelegene Abschnitt hatte im Laufe der Jahrzehnte wahrscheinlich Hunderte von Unterwasserbesuchern gesehen. Er konnte nicht glauben, dass keiner von ihnen abgetragen oder gleich ganz fortgebracht worden war, wenn sie so dünn … und damit beweglich waren.

Er blickte auf, um nach Jayden und Maddy zu sehen, welche langsam über einen Abschnitt etwas weiter entfernt schwammen. Hunt bewegte sich zum nächsten Stein. Er nahm sein Messer und wiederholte seine Arbeit, um die Dicke zu bestimmen. Dieses Mal aber traf die Spitze seines Messers nur auf weiteres Gestein, als er so tief wie möglich in den Sand neben der Kante des Kalksteins stieß.

Er lächelte in seiner Tauchermaske. Der Zielstein war anders! Dünner als der Rest. Er dachte darüber nach, während er langsam durch sein Mundstück atmete und zusah, wie die Luftblasen träge zur sonnenbeschienenen Oberfläche schwebten. *Ein Stein, der anders als der Rest war … wir wurden von einem Miniaturmodell hierhergeführt, das sich in einer Statue von Anubis befand – auch eine Miniatur –, welche wiederum auf den Azoren gefunden wurde …* Hunt grübelte über die Fakten nach, aber nach ein paar Minuten war er einer

Antwort noch nicht näher, was der dünne Stein bedeuten könnte. Er entschloss sich, wieder Hand anzulegen.

Wieder zurück steckte er sein Messer gegen den flachen Stein, bis er spüren konnte, wie es unter die Bodenkante glitt. Dann drückte er das Messer nach oben. Nichts passierte, also ließ er die Klinge seitlich über die Länge des Steines laufen und löste den Sand und das Sediment, das ihn dort festhielt.

Dann hatte Hunt eine Idee. Er klopfte mit dem Griff seines Tauchermessers gegen die metallene Tauchflasche und erzeugte damit einen durchdringenden Ton, der auf der Stelle die Aufmerksamkeit von Jayden und Maddy erregte. Er winkte sie herüber. Als sie ihn erreichten, hielt Hunt sein Messer hoch und deutete auf jenes, das Jayden an seinem Bein trug. Jayden sah verwirrt aus, also führte Hunt ihm vor, was er mit dem Stein gemacht hatte, um ihn hochzuhebeln. Jayden gab ihm das Okay-Zeichen und begann sich neben Hunt an die Arbeit zu machen. Hunt war sich nicht sicher, ob Maddy ein Messer dabeihatte, aber er war froh, als er sah, wie sie eines hochhielt und sich ihnen an der Seite des Kalksteins anschloss.

Zusammen klemmten die drei ihre Messer unter die Steinplatte und hebelten mit aller Kraft. Gerade, als Hunt dachte, dass seine Klinge abbrechen würde, spürte er, wie sich der Stein bewegte. Er signalisierte seinen Freunden, sich neu zu positionieren und es erneut zu versuchen. Sie wiederholten den Prozess und erneut bewegte sich die Platte, diesmal etwas höher vom Meeresboden.

Er hörte ein gedämpftes Grunzen und blickte nach rechts, wo Jayden einen Arm bis zum Ellbogen unter die Platte geschoben hatte. Sofort ballte Jayden die Finger seiner linken Hand unter der Platte und begann zu heben. Als sie sich vom Boden abhob, brach Hunts Messerklinge mit einem hörbaren *Knacks ab*. Er ließ den unbrauchbaren Rest des Messers fallen und ersetzte es mit seiner rechten Hand. Mit verdoppelten Bemühungen stemmte er die flossenbesetzten Füße gegen den Sandboden neben der Steinplatte und nutzte seine Beinmuskeln für das Heben.

Wir schaffen das.

Maddy gab auch nicht auf. Sie ließ ihr Messer fallen und griff ebenfalls den Stein mit beiden Händen, um ihre ganze Kraft hineinzulegen. Ein dichter Strom Luftblasen schwebte über ihnen, während ihrer heftigen Anstrengungen. Im Hinterkopf machte sich Hunt eine mentale Notiz, ihre verbleibende Luft zu überprüfen, sobald das Heben abgeschlossen war, da sie bei der harten Arbeit sehr schwer atmeten. Aber in diesem Moment gab es kein Halten. Die Neugier war zu groß. Was lag unter dieser Steinplatte? Die Tatsache, dass der Stein überhaupt bewegt werden konnte, war aufregend genug.

Also machten sie weiter, koordinierten ihre Anstrengungen, drückten mit den Beinen, während ihre behandschuhten Hände die Platte anhoben. Nach fünf anstrengenden Minuten hatten sie die Platte einen Meter vom Meeresboden gehoben. Hunt begann nun vorwärts statt nach oben zu schieben und sah nach rechts, während er in sein Mundstück schrie: »Hey, schau mal!« Die Worte selbst waren nicht wirklich zu hören, aber das Geräusch erregte die Aufmerksamkeit seiner Freunde. Sie sahen, was er tat, und machten es ihm nach.

Es gelang den drei Tauchern, die Steinplatte von ihrer Ruhestätte fortzubewegen. Sie ließen sie halb auf den benachbarten Stein sinken und warteten darauf, dass die aufgewirbelten Sandpartikel wieder zu Boden sanken, damit sie etwas sehen konnten.

Während der Wartezeit überprüfte Hunt seinen Luftdruckmesser: Er war auf ein Drittel gesunken. Noch nicht kritisch, aber er sollte ihn definitiv im Auge behalten; es war leicht, sich von aufregenden Funden unter Wasser ablenken zu lassen und wichtige Dinge zu vergessen. Er tippte Maddy auf die Schulter und deutete auf ihren Luftdruckmesser. *Wie viel ist noch übrig?* Sie blickte auf ihr Messgerät, bevor sie es ihm reichte. Auch noch ein Drittel. Er wusste, Jayden war erfahren genug, um seine Luftversorgung im Auge zu behalten, und dass er ungefähr so viel wie er haben würde, also machte er sich nicht die Mühe zu fragen. Die Sicht wurde nun besser und es war an der Zeit, nachzusehen, was sie aufgedeckt hatten.

Hunt sah auf den Platz hinunter, den sie freigelegt hatten. Er wünschte sich jetzt, dass er einen Unterwasser-Metalldetektor mitgebracht hätte, um ihn über den Sand zu führen, den der Stein bedeckt hatte. Aber als er auf die Stelle herabblickte, atmete er überrascht ein.

Dort war nur Wasser.

Wie war das möglich?, rief sein Verstand und dennoch sah er hinunter in *tiefes* Wasser. Sandpartikel wirbelten etwa fünf, sieben, zehn Meter unter ihm und beseitigten jeden Zweifel. Hunt lehnte sich nach unten und steckte seinen Kopf in das Loch, das durch das Hochheben der Steinplatte freigelegt worden war. Er konnte die Unterseiten der anderen Straßenseiten nach unten um die Öffnung herum ragen sehen.

Hunt konnte den Boden des entdeckten Bereichs nicht sehen. Er stellte es sich wie eine *Cenote* vor, eine natürliche geologische Formation, die im Grunde ein tiefes Loch in der Erde und an Land mit Frischwasser gefüllt war. Im Ozean war ein Loch im Meeresboden als *Blue Hole* bekannt. Hunt war selbst schon einmal in eines getaucht, in den Korallenriffen von Belize in Mittelamerika. Sie waren bekannte Merkmale der Karibik und sogar auf den Bahamas. Aber er hatte noch nie von einem *Blue Hole* in Verbindung mit der Bimini Road gehört.

Jayden und Maddy schwammen zu ihm und schauten ebenfalls hinunter. Hunt wusste, dass sie alle darauf brannten, da hineinzutauchen. Aber das musste warten. Ein Blick auf den Luftdruckmesser verriet ihm, dass es an der Zeit war, zur Oberfläche zurückzukehren. Sie hatten ein weiteres Set voller Tauchflaschen im Flugzeug. Sie konnten ihre Ausrüstung tauschen und zurückkommen, um die Stelle zu erkunden.

Das wäre das Vernünftigste, das wusste er. Aber während er in die unbekannte Leere hinunterstarrte, rief sie nach ihm, zog ihn mit ihrem ganz eigenen Sirenenlied an. Es war ein Köder, von dem ihm früher Taucher berichtet hatten, wenn sie Gänge berühmter Wracks wie der *Andrea Doria* erkundet hatten. Es war so schwer, der Anziehungskraft zu widerstehen, dass es gefährlich wurde.

Hunt wollte nur sofort einen Blick riskieren, um zu sehen, wie es da unten war. Nur ein kleiner Vorgeschmack, um zu sehen, worauf sie sich einließen. Vielleicht, um zu sehen, wie tief es war. Ein paar Minuten Nachschauen, wenn überhaupt. Dann würde er direkt wieder rausschwimmen und sie würden zum Flugzeug zurückkehren, die Flaschen austauschen und gut ausgerüstet zurückkehren. Ordentliche Tauchlampen wären auch gut, da es dort unten dunkel aussah, aber er hatte ein kleines Notfalllicht an seiner Weste klemmen. Das musste fürs Erste genügen.

Er signalisierte Jayden, mit Maddy an der Öffnung zu warten, während er sich unten umsah, tippte auf seine Tauchuhr und hielt zwei Finger hoch. *Zwei Minuten – bin gleich zurück.*

Dann positionierte Hunt seinen Körper und schwamm kopfüber ins Loch.

Er tauchte in den tintenschwarzen Hohlraum hinunter und ging sicher, dass er unter die hineinragenden Straßensteine tauchte, bevor er sich seitwärts bewegte. Dann schwebte er, baumelte in der offenen Leere und erlaubte seinen Augen, sich nach dem schillernden, sonnigen, flachen Boden aus weißem Sand an das schwache Licht anzupassen.

Meine Güte, es ist tief, dachte er. Er konnte den Grund nicht sehen. Er wusste, dass manche *Blue Holes* mehrere Dutzende, wenn nicht hunderte Meter tief waren. Er hatte wirklich keine Ahnung, was ihn hier erwartete, also tauchte er noch etwas tiefer. Als sein Tiefenmesser dreißig Meter anzeigte, stoppte er und ließ sich in der Wassersäule treiben. Dreißig Meter bedeuteten fünfundzwanzig Meter tief im Loch.

Er sah auf seinen Luftdruckmesser, der nun im roten Bereich war. Es war leichtsinnig, noch länger zu bleiben. Er war im Begriff, den Knopf zu drücken, um für den Aufstieg Luft in seine Weste zu lassen, als ihm etwas tief unten ins Auge fiel.

Der Meeresgrund! Aber halt, stellte er fest, es war nicht der Grund, es war mehr wie eine Spitze. Eine Art Felsformation, vielleicht Stalagmiten. Er nahm die winzige Notfalllampe von seiner Weste und schaltete sie an.

Nur noch ein bisschen weiter. Hunt sank tiefer hinab, nun mit den Füßen voran, weil er sich nicht den Kopf an etwas stoßen wollte, jetzt, wo er wusste, dass da unten etwas war. Er ließ sich sinken, drei, sieben, zehn Meter. Das war's, keinen Zentimeter weiter, sagte er sich selbst, wohlwissend, dass der Tiefenrausch, ein narkotischer Effekt des Stickstoffs, der davon rührte, dass man in der Tiefe Pressluft einatmete, jeden Moment einsetzen konnte, wenn er es nicht bereits getan hatte. Es beeinflusste das Urteilsvermögen eines Tauchers auf ähnliche Weise wie alkoholische Getränke.

Mal sehen, wie es jetzt aussieht … Er richtete seinen mickrigen Taschenlampenstrahl auf das, was er gesehen hatte … und fühlte, wie eine betäubende Kälte seinen ganzen Körper umhüllte.

KAPITEL 19

Atlantischer Ozean, nahe Bimini, Bahamas

Die schlanke Megajacht pflügte in ruhigem Tempo durch das azurblaue Wasser. Daedalus entspannte sich in einem Pool mit Blick auf eine Tauchplattform am Heck des Schiffs. Ein zwölf Meter langes Schnellboot hing über der Heckreling und vor dem Pool stand ein kleiner Passagierhubschrauber bereit. Daedalus, der gerade aus dem Pool herauskam, zog sich einen Bademantel mit dem stilisierten Buchstaben »H« über, der für den Namen der Jacht stand, *Historica*, und ließ sich in einen Liegestuhl nieder.

In seinen Händen hielt er ein Tablet, das ihm erlaubte, die Navigationsinformationen des Schiffes einzusehen sowie direkt mit der Besatzung und dem Kapitän zu sprechen und sogar bei Bedarf das Schiff direkt zu steuern. Ein anderer Mann, ebenfalls griechischer Herkunft, näherte sich Daedalus. Phillipo hielt ebenfalls ein Tablet in Händen, das mit dem, welches sein älterer Bruder nutzte, identisch war. Er nahm seine Sonnenbrille ab, um Augenkontakt mit Daedalus aufzunehmen

»Der exakte Aufenthaltsort der Diebe ist momentan unbekannt, aber wir haben Grund zur Annahme, dass sie sich irgendwo nahe der Bimini-Road-Formation befinden. Soll ich den Hubschrauber nehmen?«

Daedalus sah von seinem Tablet auf und runzelte die Stirn. »Nein, das wäre zu offensichtlich. Wir wollen sie nicht aufscheuchen. Lass uns etwas abwarten, und vielleicht können wir wie auf den Azoren vor Ort sein, und die Ernte eintreiben.«

»Dann werde ich den Kapitän anweisen, den Kurs auf die Bimini Road beizubehalten.«

Daedalus nickte. »Ja, aber sag ihm, dass er Abstand halten soll. Wir wollen in der Nähe sein, aber nicht vor Ort. Ansonsten könnten sie Verdacht schöpfen. Er soll uns nur in die Nähe bringen.«

»Einverstanden.« Phillipo hielt inne und überlegte, bevor er wieder sprach: »Daedalus, ich muss fragen … unser Unternehmen gibt viel Geld aus, um diese Leute zu verfolgen, und das alles für den Atlantis-Mythos. Glaubst du, dass es sich lohnen wird? Es gibt andere, weniger fantastische, aber deutlich konkretere Schätze – von der Art, die es uns erst ermöglicht haben, unseren Reichtum aufzubauen. In Syrien ist gerade Krieg, zum Beispiel. Wir könnten …«

Daedalus' Gesicht lief rot an. »Genug, Phillipo! Diese Leute, besonders dieser Carter Hunt, sind auf Funde gestoßen, die zu einer der aufregendsten archäologischen Entdeckungen dieses Jahrtausends führen könnten. Atlantis!« Er setzte sich auf und breitete die Arme aus. »Kannst du dir das *vorstellen?* Die wertvollen Metalle – das Gold? Die unbekannten Artefakte, die darauf warten, entdeckt zu werden? Es wäre der Fund unseres *Lebens*, Bruder. Unseres Lebens!«

Phillipos Mundwinkel zogen sich nach unten. »Falls es überhaupt real ist, Daedalus. Es gibt eine Menge anderer Schätze, deren Existenz nicht infrage steht. Während wir uns hier herumtreiben und buchstäblich jede Minute Geld verbrennen, um dieses Schiff am Laufen zu halten, reißen sich andere Artefaktjäger wichtige Stücke unter den Nagel.«

Daedalus' Gesicht verdüsterte sich und er erhob sich von seinem Liegestuhl. »Wenn dir die Erfolge unseres Unternehmens nicht ausreichen, lieber Bruder, dann bitte, geh deinen eigenen Weg. Mittlerweile solltest du bestens versorgt sein.

Es sei denn, deine Vorliebe für Glücksspiele hat dir einen Strich durch die Richtung gemacht. Du hast bei deinem letzten Besuch in Monte Carlo Pech gehabt, nicht wahr?«

Eine unangenehme Stille machte sich breit, als sich die beiden Brüder gegenseitig niederstarrten. Dann fuhr Daedalus fort: »Jedenfalls treibt mich ein wahres Interesse an der Geschichte der Menschheit an, nicht Gier.« Er deutete mit dem Arm über die opulente Jacht. »Ich denke, ich habe mittlerweile genug erreicht, um mir ein kleines Hobby leisten zu können. Aber noch einmal, Phillipo, wenn du anderer Meinung bist, steht es dir frei, deine Stelle bei Treasure, Inc. aufzugeben und wir gehen getrennte Wege. Beruflich natürlich. Ich hoffe, dass ich immer noch zu deinem nächsten Familientreffen eingeladen bin.«

Endlich antwortete Phillipo: »Für den Moment bin ich mit meiner Rolle in der Firma zufrieden. Und wer weiß, vielleicht finden unsere Schatzjägerfreunde etwas von Wert für uns, selbst wenn sich herausstellt, dass es nicht aus Atlantis stammt. Ein Gewinn ist ein Gewinn, habe ich recht?«

Daedalus nickte langsam. »Natürlich.«

»Ich werde persönlich zur Brücke gehen, um die Anweisungen an den Kapitän zu übergeben.«

»Tu das. Und Phillipo?«

»Ja?«

»Unterbreite nicht noch einmal Vorschläge zur Ausrichtung unseres Unternehmens. Das heißt, bis wir in der Halle Poseidons essen und die goldenen Straßen von Atlantis entlangwandern. Dann werde ich dich anhören. Bis dahin sind die strategischen Weichen für Treasure, Inc. gestellt und werden nicht mehr diskutiert. *Ist das klar?*«

Phillipo stand da und hielt das Tablet fest, während er seinen Bruder fassungslos ansah.

»Ist das *klar?*«

Phillipo ließ die Hand sinken, die das Tablet hielt. »Ja, es ist klar.« Dann drehte er sich um und schritt zur Treppe, die zur Brücke führte.

KAPITEL 20

Bimini Road

Hunt versuchte den jämmerlichen Strahl des Minilichts in seiner zitternden Hand ruhig zu halten. Er konnte einfach nicht glauben, was er sah. *Ich muss einen Tiefenrausch erlitten haben.* Es wäre ganz sicher nicht das erste Mal, dass ein Taucher dem sogenannten Rausch der Tiefe erlag und sich fantastische Versionen tief unter Wasser vorstellte.

Aber Hunt wusste, dass dies keine Illusion war. Es war zu fest und er war ein viel zu erfahrener Taucher, um solch lebendige Halluzinationen zu haben.

Er sah hinunter auf die Spitze einer Pyramide.

Das schwache Licht seiner Lampe brach sich auf einer scheinbar kristallinen Oberfläche. *Erstaunlich,* dachte Hunt. *Absolut unglaublich!* Die Struktur war massiv und erstreckte sich in die dunklen Tiefen jenseits der Reichweite seines mageren Lichts.

Erst sein nächster Atemzug riss ihn von dem exotischen Anblick los. Es fiel ihm schwer, zu atmen. Luft! Er griff nach dem Druckmesser und las die Anzeige: Tief im roten Bereich. Seine Flasche war vollkommen leer. Zeit zu gehen!

Hunt schimpfte sich einen Idioten, so selbstgefällig mit seiner Situation umgegangen zu sein. Er überprüfte noch schnell seinen Tiefenmesser, damit er den anderen berichten konnte, wie tief die Pyramide lag: 50 Meter. Sehr tief. An der Grenze dessen, was für ihre Sporttauchausrüstung sicher war. Dennoch war es machbar. Während er kräftig in Richtung Oberfläche schwamm, mit offenem Mund, um einer

Embolie zu entgehen, ließ Hunt seine Gedanken wandern. Er hatte so viele Fragen. Wie groß war die Pyramide? Gemessen an dem, was er hatte sehen können, ziemlich groß, vielleicht von der Größe eines dreistöckigen Gebäudes, aber wer wusste das schon? Welchen Zweck erfüllte eine Pyramide hier an der Bimini Road, verborgen in der Tiefe unter einem Deckstein, der im Maßstab identisch zu einem Goldstück war, das sie in einer Anubis-Statue auf den Azoren gefunden hatten? Was war in der Pyramide?

Sie mussten frische Flaschen nehmen und erneut hier heruntertauchen.

***

Auf dem Wasserflugzeug klärte Hunt Maddy über die Gefahren des Tauchgangs auf. Die große Tiefe, der unbekannte Faktor der Pyramide selbst, der Einstieg durch die enge Deckstein-Öffnung. Obwohl sie von den Gefahren wusste, bestand Maddy darauf, den Tauchgang mit Hunt und Jayden zu machen.

Die drei bereiteten ihre Ausrüstung mit frischen Luftflaschen vor. Hunt stöberte durch die Ausrüstung des Flugzeugs und fand eine wasserdichte Taschenlampe, die als Tauchlampe ausreichen sollte, und fügte sie seiner Ausrüstung zu. Während er sich umsah, entdeckte Hunt ein großes Schiff auf der anderen Seite der Bimini Road, vielleicht anderthalb Kilometer entfernt. Hoch über ihnen flog ein kleines Flugzeug vorbei. Er überprüfte noch einmal den Anker des Wasserflugzeugs und gab seinem Team dann grünes Licht für den Wassereinstieg.

Am Durchgang angekommen, überprüften die drei Taucher noch einmal ihre Ausrüstung. Zufrieden, dass alles in

Ordnung war, führte Hunt sie durch die enge Öffnung in das versteckte Blue Hole darunter. Unten streckte Hunt seinen Körper und begann mit den Füßen voran abzusinken. Jayden und Maddy folgten seinem Beispiel. Hunt leuchtete mit seinem kraftvollen Tauchlicht ringsum, aber noch schien es, als wären sie in flüssige Leere eingetreten.

Das Trio sank durch tintenschwarze Leere. Hunts Lichtstrahl wurde von den schwächeren Leuchten von Jayden und Maddy flankiert. Dreißig Meter weiter unten musste Maddy kurz stoppen, um den schmerzhaften Druck in ihren Ohren durch kräftiges Ausblasen auszugleichen. Danach setzten die drei ihren Abstieg fort.

Hunt staunte erneut über die völlige Abwesenheit von Meereslebewesen hier unten. Er sah keine Fische, keine Quallen, nichts. Mit dem Lichtstrahl suchte er nach der Spitze der Pyramide, fand jedoch immer noch nichts. Er blickte auf seinen Tiefenmesser. Vierzig Meter. Die Pyramidenspitze lag bei etwa fünfzig Metern. Oder war er auf fünfzig Metern Tiefe gewesen, als er sie zuerst entdeckt hatte und sie lag noch tiefer? Er war verwirrt und ein wenig panisch, dass er sich das Ganze nur durch einen Tiefenrausch eingebildet hatte und er Jayden und Maddy für nichts hier runtergeführt hatte. Oder vielleicht waren sie zu weit nach rechts oder links abgedriftet? Er leuchtete in alle Richtungen, sah aber immer noch nichts. Hunt zwang sich ruhig zu bleiben. Sie setzten ihren Abstieg fort und eine Minute später entdeckte er einen Schimmer unter ihnen in der Dunkelheit.

Ja!

Die Pyramide.

Aber dieses Mal war es nicht die Spitze. Stattdessen waren sie von links gekommen und Hunt musste seinen Strahl aufwärtsrichten, um die Spitze zu sehen.

Er überprüfte seinen Tiefenmesser. *Wie tief bist du? Wie viel Luft hast du übrig? 53 Meter und etwa dreiviertel Luft übrig. Okay.*

Jayden und Maddy trieben neben ihm, blickten auf die unbekannte Struktur und starrten sie erstaunt an. *Was war es?* Er konnte die Frage in ihren Augen sehen. Aber es gab nur einen Weg, das herauszufinden. Hunt tippte beiden auf die Schulter und deutete auf die Pyramide. Dann begann er, darauf zuzuschwimmen.

Als sie näherkamen und mehr Details sichtbar wurden, verschlug es Hunt den Atem. Er hätte gedacht, dass sie aus Kalksteinblöcken wie die Bimini Road über ihnen erbaut worden war, doch das hatte er nicht erwartet.

Gold!

Der metallische Glanz war unverkennbar. Es schimmerte nicht wie ein poliertes Schmuckstück, sondern besaß den dumpfen Glanz von etwas, das seit Jahrhunderten unter Wasser existierte. Obwohl kein Pflanzenleben die Oberfläche bedeckte, gab es eine Patina anderen Bewuchses, möglicherweise Korallen, Schwämme oder krustenbildende Würmer. Aber alles in allem schien die Struktur in erstaunlich gutem Zustand zu sein.

Hunt erreichte die Pyramide und ließ seine Hand darüber gleiten. Gold! Er zog seinen Handschuh aus, damit er das Material wirklich spüren konnte. Solide. Es fühlte sich definitiv echt an. Er ging sogar so weit, sein Tauchmesser an einem der Blöcke auszuprobieren, um herauszufinden, wie hart er war. Er wusste, dass echtes Gold eigentlich ein ziemlich weiches Metall war. Er stieß das Ende seines Messers in einen Bereich des Goldblocks und grinste, als er sah, dass es eine Spur hinterließ, unter der deformierten Oberfläche schimmerte es heller.

Jayden und Maddy untersuchten ebenfalls die Oberfläche der Pyramide. Hunt überprüfte seine Anzeigen wieder. Leider bedeutete die Tiefe, dass sie nicht wirklich viel Zeit hier unten hatten. Er zielte mit seinem Lichtstrahl nach oben, bis er die Pyramidenspitze schimmern sah. Weit darüber konnte er das Licht sehen, dass den Durchgang anzeigte. Dann leuchtete er mit dem Strahl in die entgegengesetzte Richtung, nach unten zu der sich verbreiternden Basis der Pyramide. Soweit er sehen konnte, bestand sie ganz aus glatten Blöcken; es gab keine Öffnungen oder herausstechende Merkmale, die er ausmachen konnte.

Nun richtete er seinen Lichtstrahl waagerecht entlang der Seite, um zu sehen, wie breit sie war. Er konnte das Ende nicht erkennen. Hunt entschied, dass sie genug Luft hatten, um sich wenigstens eine weitere Seite anzuschauen, also gab er Jayden und Maddy ein Zeichen, sich entlang des merkwürdigen Monuments zu bewegen.

Hunt nutzte die Linien der Blöcke, welche durch eine unbekannte Bautechnik dicht miteinander versiegelt waren, um auf einer waagerechten Linie zu bleiben, als er an ihnen entlang schwamm. Er ließ sein Licht während des Schwimmens von oben nach unten gleiten, auf der Suche nach irgendwelchen äußeren Merkmalen, aber bisher sah er nur die glatten Goldsteine der Außenseite der Pyramide. Dann fiel ihm ein, dass er sich diese Pyramidenstruktur wie die Große Pyramide von Gizeh vorstellte – innen hohl, oder zumindest teilweise – mit Passagen, Kammern und Abschnitten. Aber vielleicht war sie vollkommen massiv? Hunt grinste beim Gedanken an die überwältigende Menge Gold, die das bedeuten würde. Wahrscheinlich genug, um den internationalen Marktpreis gewaltig durcheinanderzuwirbeln, überlegte er. Er vermutete aber, dass das Innere ein massiver Kern aus Kalkstein sein würde, sodass nur die Schicht an der Oberfläche aus Goldsteinen bestand.

Etwas, das er später untersuchen musste. Jetzt war es das Klügste, sicher wieder zur Oberfläche zurückzukehren. Dort würden sie diskutieren, was als Nächstes zu tun war – wem sie von dieser erstaunlichen Entdeckung erzählen sollten, welche Ausrüstung sie benötigen würden.

Sie erreichten das Ende der Pyramidenseite und wandten sich nach rechts auf die nächste Seite. Hunt tippte Jayden und Maddy gegen die Beine, um ihre Aufmerksamkeit zu erlangen. Er deutete auf seine Uhr und zeigte dann nach oben. *Zeit zu gehen.* Beide nickten und gaben ihm das Okay-Zeichen. Maddy machte ein paar Bilder von dieser Seite der Pyramide, während Hunt und Jayden sie nach irgendwelchen äußeren Merkmalen absuchten. Sie fanden aber nichts.

Hunt gab ihnen das Daumenhoch-Zeichen und deutete damit an, dass es an der Zeit war, den Aufstieg zu beginnen. Während sie senkrecht nach oben schwammen, betrachtete Hunt die Pyramide. In ihm brannte das Verlangen, zu erfahren, welche Geheimnisse sie enthielt, aber die Sicherheit verlangte, dass sie nun auftauchten. *Wir kommen zurück,* dachte er.

Sie schwammen auf das ferne Rechteck Lichtes zu, wobei jeder über die Pyramide und ihre Bedeutung nachdachte. Als sie eine Tiefe von zwölf Metern erreicht hatten – sieben Meter unter dem Durchgang – zeigte Hunt ihnen an, auf dieser Tiefe für einen Dekompressionsstopp anzuhalten.

Hunt sah nach unten, während er wartete und atmete, bemüht, die Pyramidenform auszumachen, von der er wusste, dass sie in den düsteren Tiefen wartete, bis seine Tauchuhr piepte und anzeigte, dass die voreingestellte

Dekompressionszeit abgelaufen war. Er gab den anderen das Daumenhoch-Zeichen, um weiter aufzusteigen.

Dann, als sie anfingen, auf die Öffnung zuzuschwimmen, hörten sie ein schabendes Geräusch. Hunt sah rechtzeitig hoch, um zu sehen, wie das Stück Kalkstein, das sie entfernt hatten, wieder über die Öffnung glitt. Der Atem stockte ihm und er hörte für einen Moment auf, mit den Beinen zu treten.

Jemand schob den Deckstein zurück an seinen Platz!

Hunt schwamm hektisch in Richtung der sich schnell schließenden Öffnung. Jayden und Maddy folgten direkt hinter ihm.

Eine Kälte breitete sich in Hunt aus, als er sich nach dem immer kleiner werdenden Portal in die Welt der Luft streckte. Es gab nur eine Erklärung.

Treasure, Inc.!

Und dann, als Hunt nur noch zwei Meter von dem letzten Schlitz der Öffnung entfernt war, rutschte der Deckstein vollständig an seinen Platz und schloss Hunt und seine Freunde in vollkommener Dunkelheit ein, abgesehen von ihren künstlichen Lichtern.

Wie arktische Robben, die unter dem Eis gefangen waren, wenn ihr Atemloch zufror, blieb Hunt, Jayden und Maddy nur eine begrenzte Zeit, bis ihnen die Luft ausgehen und sie ertrinken würden, wenn sie keinen Ausweg fanden.

KAPITEL 21

Daedalus stand auf dem weitläufigen Deck am Bug der *Historica* und blickte hinunter ins Wasser, wo eine Reihe von Steinen auf dem knochenweißen Sand lagen. Der Ausdruck auf seinem Gesicht war nicht das, was man Glück nennen würde, aber man könnte es als selbstgefällige Befriedigung bezeichnen. Er überprüfte seine Rolex und wandte sich dann an seinen Bruder Phillipo, der neben ihm an der Reling stand.

»In einer Stunde werden sie ertrunken sein. Es ist großartig, endlich diesen Dorn in meinem Auge, diesen Carter Hunt, los zu sein.«

Phillipo nickte. »Nachher werde ich ein Taucherteam hinabsenden, um ihre Körper zu bergen, damit wir es sicher wissen.«

Daedalus nickte. »Aber lass sie dort unten. Wir können keine geborgenen Leichen gebrauchen. Beschwert ihre Leichen so, dass sie zum Boden dieses Lochs sinken.«

Phillipo sagte, dass er das tun würde. Die Spannungen zwischen ihm und seinem Bruder über die Führung des Unternehmens waren groß, und wenn er eine einfache Aufgabe vor sich hatte, die ihm keine Probleme bereitete, stellte er sicher, dass er ihr unverzüglich mit Begeisterung nachkam.

»In der Zwischenzeit«, fuhr Daedalus fort, »können wir uns Gedanken darüber machen, was dort unten ist. Wie haben sie es gefunden – woher wussten sie, wo sie suchen müssen?«

Phillipo schüttelte seinen Kopf. »Keine Ahnung. Dieser Ort ist zwar nicht so bekannt wie die eigentliche Bimini Road, aber dennoch sind hier hunderte Menschen getaucht.

Es ist, als ob …« Er ließ den Satz unvollendet, als wäre er plötzlich in Gedanken versunken.

»Als ob was, Bruder?«

»Als ob sie irgendwie direkt hergeführt wurden.«

»Wir sind ihnen gefolgt und haben sie beobachtet. Sie schienen mit niemandem in engem Kontakt gestanden zu haben.«

Phillipo nickt. »In ein paar Minuten werden sie nie wieder mit jemandem in engem Kontakt stehen.« Er sah auf seine Uhr und entschuldigte sich dann, um das Taucherteam zu beaufsichtigen, das sich auf dem Achterdeck fertigmachte.

***

Hunt hämmerte mit den Fäusten gegen die Unterseite der Kalksteinplatte. Sekunden später schlossen sich Maddy und Jayden an. Alle drei versuchten dagegen zu drücken – Jayden zog sogar seine Flossen aus und stemmte beide Füße gegen die Unterseite, um mit all der Kraft in seinen Beinen zu drücken – aber der Steindeckel ließ sich nicht bewegen.

Gefangen.

Das Wort hallte wie ein bedrohlicher Geist in Hunts Kopf. Er ließ sich ein paar Meter nach unten fallen und schaltete sein Licht aus, um zu sehen, ob irgendwo Sonnenlicht durchschien. Er sah nur vollkommene Dunkelheit. Der Deckstein war ihr einziger Ein- oder Ausgang.

Er spürte, wie Maddys Hand fest seinen Arm griff. Sie zeigte ihm ihren Luftdruckmesser. Der Stand war niedrig. Er selbst hatte nur ein klein wenig mehr Luft übrig, und Jayden sicherlich auch, aber es gab keine anderen Ausgänge …

Er vertrieb die Panik aus seinem Kopf und versuchte nachzudenken. *Drei Taucher in einem verschlossenen Blue Hole im*

Kalkstein. Wenig Luft. Es ist vollkommen dunkel, was bedeutet, dass kein Licht von oben kommt, also kann es keinen anderen Weg hinein oder hinaus geben … Er stellte sich eine wie von Geologen angefertigte Zeichnung eines Blue Hole vor, welche die Oberfläche des Ozeans und dann die Formation des Blue Hole und die verschiedenen Gesteinsablagerungen, aus denen es bestand, sowie den umliegenden Meeresboden abbildete. In seinem Kopf wies das Diagramm Tunnel und Durchgänge auf, die das Wasser vor Äonen geformt hatte, als das gesamte Riff über dem Meeresspiegel gelegen hatte. Ein oder zwei dieser Durchgänge führten in eine Höhle am Boden des Riffs oder im Sandschelf in einiger Entfernung, verbanden es mit dem Meeresboden.

Das ist unsere einzige Chance, dachte Hunt. *Der einzige Weg nach draußen ist unten!*

Er schwenkte sein Tauchlicht vor und zurück, um die Aufmerksamkeit seiner Freunde zu erlangen. Dann deutete er nach unten. Er konnte Jayden finster nicken sehen. Er verstand, was das Ziel war, aber ohne Zweifel auch die geringen Erfolgschancen bot. Aber Maddy hatte keine Ahnung, warum sie runtergehen würden. Hunt nahm sich ein paar kostbare Sekunden Zeit, um auf seine Tafel zu schreiben: VIELLEICHT TUNNEL HOCH ZUM RIFF DA UNTEN.

Maddy nickte langsam, ihr Gesicht aschgrau.

Dann, nach einem letzten erfolglosen Versuch, den Deckstein zu bewegen, begann das Trio seinen Abstieg. Hunt tat sein Bestes, um die weißglühende Wut auszublenden, die er gegenüber Daedalus empfand, als sie in die Schwärze sanken, die wahrscheinlich ihr ewiges Grab sein würde. *Wie konnte ich nur so dumm sein, so naiv?* Natürlich hatte Daedalus sie beschattet, nachdem er mit der Anubis-Figur getäuscht worden war.

Hunts Taschenlampe fiel aus, als die Spitze der Pyramide gerade in Sicht kam, sodass sie nur noch die zwei winzigen Lichtflecken hatten, die von Maddy und Jayden gehalten wurden. Er schlug mit dem Ballen seiner Hand dagegen und sie ging wieder an, aber er wusste, dass es ein Spiel auf Zeit war. Das Letzte, was sie jetzt gebrauchen konnten, war, dass eine unmögliche Aufgabe noch schwieriger wurde, indem sie nichts mehr sahen.

Hunt richtete den Strahl wieder auf die Pyramidenspitze, weil es besser war, einen Anhaltspunkt zu haben, während sie sanken, statt nur schwarze Leere. Hunt bedauerte, dass sie wahrscheinlich nie die Geheimnisse der Pyramide erfahren würden. Sie waren dazu verdammt, hier unten in diesem schwarzen Loch zu sterben. Gefühle der Wut und der Hilflosigkeit kamen in Hunt hoch, und diesmal hatte er Schwierigkeiten, sie zurückzudrängen. Er und seine Freunde würden ertrinken! Sie würden niemals einen Tunnel im Blue Hole finden, der zum Riff führte. Selbst wenn sie eine Öffnung an der Seite des Lochs fanden, wäre es wahrscheinlich eine Sackgasse.

Hunt sah die goldene Pyramide vorbeigleiten, bis sie ihre Basis erreichten. Er überprüfte seinen Tiefenmesser. 68 Meter. Ihre Minuten waren in solch großer Tiefe gezählt. Ganz besonders für Maddy, die Unerfahrenste der drei, sie war anfälliger für Panik und würde in dieser Situation viel schneller Luft einatmen. Wenn sie eine Chance haben wollten, einen Tunnel zu finden, mussten sie nun zu einer Seite des Lochs schwimmen und suchen.

Die drei berührten den Grund, welcher wie von Hunt erwartet aus Kalkstein bestand, der von einer dünnen Schicht Sand bedeckt war. Hunt deutete entlang der Basis der Pyramide zur Seite des Blue Hole und begann zu schwimmen.

Jayden und Maddy folgten ihm. Hunt fiel auf, dass dies eine der Seiten war, die sie noch nicht gesehen hatten. Die gleichen Goldblöcke. Die gleiche glatte, ununterbrochene Oberfläche, genau wie – *Warte, was war das?* Hunt hörte auf zu schwimmen. Sah er Dinge? Aber Jayden und Maddy tippten auf seinen Arm und deuteten ebenfalls darauf.

Es schien eine Art Eingang zu sein. Ein Durchgang, der in das Innere der Struktur führte. Die vertikal ausgerichtete rechteckige Öffnung befand sich etwa drei Meter über dem Meeresgrund. Von unten sah es wie ein dunkles Loch aus. Hunt stieß sich vom Boden ab, bis er auf Höhe des Durchgangs war, unfähig seine Neugierde selbst angesichts des nahen Todes zurückzuhalten. Er starrte hinein. Ein enger Durchgang, der ebenfalls aus goldenen Blöcken erbaut worden war. Dieser erstreckte sich etwa zwanzig Meter nach innen, bis der Lichtstrahl auf eine Art Wand traf.

Dann flackerte das Licht, ging aus und stürzte die innere Pyramide in Dunkelheit. Hunt schlug ein paarmal gegen die Lampe, aber sie wollte nicht wieder angehen. Erst beim fünften Versuch, als Jayden und Maddy ihn erreicht hatten, leuchtete sie wieder auf.

Hunt zuckte mit den Schultern, als er zu Maddy und Jayden sah, und deutete in die Pyramide. Beide nickten. *Schauen wir uns das an.*

KAPITEL 22

Es kam Hunt vor, als würde er durch eine der Pyramiden in Ägypten schwimmen. Schmale, enge Wände, mit einer Decke, die für die meisten Menschen kaum kopfhoch wäre, wenn sie laufen würden. Erst Hunt, dann Maddy und dann Jayden schwammen durch den klaustrophobischen Gang, der aus den gleichen goldenen Steinen wie das Äußere der Pyramide bestand. Als Hunt sich dem Ende des Gangs näherte, wurde es schwieriger, durch den Atemregler Luft einzuatmen. Er sah, dass sich der Gang in einen größeren Raum öffnete.

Hunt schlug kräftiger mit den Beinen. Bevor er starb, wollte er noch sehen, was ihn hier am Ende des Ganges erwartete. Ihm war bewusst, dass er es niemals zur Außenwand des Blue Hole geschafft hätte, und wie vergeblich es gewesen wäre, zu versuchen, einen Weg nach draußen zu finden. Aber wenigstens würde er das Innere dieser Unterwasser-Pyramide sehen. Er dachte darüber nach, wofür Pyramiden gebaut worden waren. Im Grunde waren sie Gräber. Aber warum sollte man eine unter Wasser errichten?

Diese Gedanken begleiteten Hunt, als er aus dem Tunnel in die Kammer schwamm und kaum noch Luft bekam. Die Nadel des Luftdruckmessers stand nun fest im roten Bereich. Er wusste, dass Maddy und Jayden jede Sekunde dasselbe Problem haben würden. Er fühlte sich so furchtbar, dass er sie beide im Stich gelassen hatte.

Hunt war überrascht, einen schlichten Raum vorzufinden, abgesehen von den gleichen Goldsteinen, die er sonst überall gesehen hatte. Es war mehr Gold, als er je in seinem

Leben gesehen hatte. Der Raum bildete eine etwa quadratische Form und erstreckte sich sowohl über als auch unter der Höhe des Durchgangs, aus dem sie gerade kamen.

Als Hunt aufblickte, sah er nichts Interessantes, nur eine Gewölbedecke ohne Öffnungen oder besondere Details. Er wandte seine Aufmerksamkeit in die entgegengesetzte Richtung und entdeckte etwas, das aussah, als könnte es eine Art Tür oder Portal sein. Ohne Zeit zu verschwenden, schwamm er hinunter. Obwohl es keine Inschriften oder irgendetwas gab, das man als Beschilderung hätte interpretieren können, spürte Hunt beim Anblick der in den Boden eingelassenen Struktur einen Adrenalinstoß.

Es musste eine Tür sein!

Er drehte sich um und sah zurück, ob Jayden und Maddy ihm in den Raum gefolgt waren. Und dann sah er es, etwas, das ihm in einem Geistesblitz vollkommen sinnvoll erschien.

Jayden und Maddy hatten die geflutete Kammer bereits erreicht und schwebten nun in der Mitte des Raumes, in alle Richtungen blickend, wie Hunt es getan hatte.

Aber Hunt konzentrierte sich auf das, was direkt hinter dem Eingang lag.

Über dem Durchgang befand sich eine massive Steinplatte. Richtiger Kalkstein, kein Gold, der von vier zylindrischen Pfosten gestützt wurde, die aus der Wand über dem Eingang des Tunnels ragten. Hunt betrachtete die Steinplatte und lenkte seinen Blick dann zurück auf die Konstruktion im Boden, die wie ein Portal aussah. Sofort erschloss sich des Rätsels Lösung für ihn: Sie befanden sich in einer Luftschleuse.

Hunt wusste von seiner Zeit bei der Marine, wie eine Luftschleuse funktionierte. Man kam durch einen Eingang herein und flutete den Raum, so wie die Nasszelle eines

U-Boots. Dann wurde die Tür versiegelt, sodass beim Öffnen der zweiten Tür kein neues Wasser eindringen konnte. *Wo bist du gerade?*, fragte er sich selbst. *In einem gefluteten Raum! Was befindet sich auf beiden Seiten von dir? Zwei Türen.*

Aber während er die eine und dann die andere betrachtete, wurde ihm das Problem deutlich. Wie sollte er die eine im Boden öffnen und die am Eingang schließen? Hunt entschied, sich zuerst auf die äußere Tür zu konzentrieren, da es ihnen nicht helfen würde, die Innere zu öffnen, solange die Äußere offenstand. Er musste die Luftschleuse versiegeln und dann die innere Tür öffnen, sodass nur das Wasser hier drinnen in den dahinterliegenden Bereich abfließen würde.

Er sah, dass Jayden ihn anschaute, und deutete zu der Steinplatte über dem Eingang. Dann zeigte er scharf nach unten und hoffte, dass das die Botschaft vermitteln würde. Er sah, wie die Augen seines Freundes aufleuchteten, als er nickte und auf ihn zuzuschwimmen begann. Hunt drehte sich um und konzentrierte sich auf den Mechanismus, der die Steinplatte aufrecht hielt.

Er konnte sehen, dass die vier Rundstäbe so eingeschoben waren, dass sie bündig mit der Wand abschlossen, wenn die Platte an ihren Platz fallen, die Türöffnung blockieren und sie effektiv verschließen würde. Aber wie schob man die Stäbe hinein? Hunt schwamm hin und drückte gegen einen Stab, war aber nicht überrascht, als er sich nicht bewegen ließ. *Natürlich war es nicht so einfach. Denk, wenn du leben willst!* Er sah zurück zum Boden und ließ sich gleichzeitig hinabsinken.

Die Menschen, die diesen Ort erbaut hatten, falls sie ihn als Luftschleuse gebrauchen wollten, würden keine Tauchermasken gehabt hatten. Um also den Mechanismus des Steintors von innen betätigen zu können, müsste er schnell und einfach zu erreichen sein. Hunt bemerkte die Blöcke auf dem Boden, wo die Tür an ihren Platz fallen würde, wenn die Stäbe sich in die Wand zurückziehen würden. Golden, wie der Rest von ihnen, und ungekennzeichnet. Aber als er hinauf zu den Stäben und wieder nach unten zu den Steinen sah, bemerkte er, dass jeder Stab tatsächlich exakt mit einer der goldenen Bodensteine zusammenpasste. Hunt schwamm hinunter zu den Steinen und nahm sich zuerst den linken vor. Nach einem kurzen Blick zu dem Stab, der die Tür stützte, schlug er mit der Faust gegen den Stein.

Nichts passierte.

Er war sich nicht sicher, was er erwartet hatte – ob es irgendwie einrasten oder sich bewegen würde, aber er versuchte es noch ein paarmal mit unterschiedlichem Druck und dennoch passierte nichts.

Dann flackerte seine Taschenlampe und erlosch. Er schlug sie auf den Stein in der Hoffnung, dass sie wieder zum Leben erwachen würde, hatte aber kein Glück. Er ließ die Lampe fallen und aktivierte seine winzige Notfallleuchte.

Jayden schwamm zu ihm, einen deutlichen *Was-nun?*-Ausdruck im Gesicht. Hunt zeigte ihm die Steine, die mit den Stäben oben auf einer Linie waren. Jayden schwamm zum nächsten und beide drückten gleichzeitig, doch es passierte immer noch nichts.

Aber Hunt kam eine Idee. *Was ist, wenn alle vier Steine gleichzeitig gedrückt werden müssen?* Er drehte sich um und sah Maddy sehr schnell auf sich zuschwimmen und ihm das *KEINE-LUFT-MEHR*-Zeichen geben, indem sie einen Finger in einer schlitzenden Bewegung über ihre Kehle zog. Ihre Flasche war leer. Hunt griff nach seinem Oktopus und reichte ihr das Notmundstück in dem Wissen, dass für sie beide nur noch wenige Atemzüge zur Verfügung stehen würden.

Hunt winkte Jayden und zeigte auf Maddy, dann auf einen der Steine. Es war ihnen möglich, jeweils auf einen Stein zu drücken. Aber damit blieben noch zwei übrig. Hunt war froh zu sehen, dass sein alter Marinekumpel das Problem augenblicklich verstand und in Position zwischen die beiden anderen Steine schwamm. Er zog eine Flosse aus und platzierte den Fuß auf dem letzten Stein der Reihe, während die Finger seiner linken Hand auf dem dritten Stein ruhten. Es musste funktionieren!

Hunt sah zu Jayden hinüber und nickte.

Alle drei drückten gleichzeitig auf die Steine. Dieses Mal konnte Hunt spüren, dass sich etwas veränderte. Der Stein unter seiner Hand sank etwa zwei Zentimeter tief in den Boden und er nahm das Schleifen von Stein auf Stein irgendwo aus der Tiefe innerhalb der Wände wahr. Dann erinnerte er sich daran, was über ihnen hing.

Bewegt euch!

Hunt zerrte Maddy am Arm zurück, während er laut grunzte, um Jayden zu alarmieren. Er spürte die Druckwelle des Wassers, als der große Steinblock über ihren Köpfen zu fallen begann, nachdem sich seine Stützstäbe zurückgezogen hatten. Jaydens Beine waren bereits außer Reichweite, aber seine Brust und sein Kopf befanden sich noch in der Einschlagzone. Er drückte sich mit seiner linken Hand ab und trieb in Zeitlupe auf den Kammerboden.

Der Steinblock glitt wie erwartet geradewegs hinunter an seinen Platz, nicht mehr als einen Millimeter von Jaydens linkem kleinen Finger entfernt. Eine dünne Schlammwolke stieg empor, aufgewirbelt von dem fallenden Block, dessen dumpfes Auftreffen die Taucher in den Knochen spüren konnten.

Aber es war geschafft. Es hatte funktioniert! Der Raum war nun versiegelt. *Noch besser*, dachte Hunt, der nun zum ersten Mal, seit sie ihren Abstieg von der blockierten Öffnung begonnen hatten, einen geringen Hauch von Optimismus verspürte. Er wusste jetzt, dass er an etwas dran war. Jemand hatte diesen Raum konstruiert! Es konnte wirklich eine Luftschleuse sein, und eine Luftschleuse bedeutete die eine Sache, die gerade wichtiger für sie war als alles, was sie sich je hatten vorstellen können: *Luft.*

Er wirbelte herum, um sich das andere Stück des Puzzles anzusehen: Die innere Tür, die in den Boden eingelassen war. Augenblicklich spürte er Widerstand; er hatte vergessen, dass Maddy über seinen zweiten Regler mit ihm verbunden war.

Er zerrte an Maddys Arm und bewegte sich zu der anderen Tür. Jayden war bereits auf dem Weg dorthin. Die drei richteten ihre schwachen, schlüsselanhängergroßen Taschenlampen auf die mechanische Vorrichtung, die nun ihre einzige Hoffnung auf Leben darstellte.

Diese war eine Art runder Kalksteindeckel, der aus dem goldgerahmten Boden herausragte. Hunt konnte nur beten, dass er sich in einen Raum öffnen ließ, der trocken und groß genug war, um das Wasser dieser Kammer aufzunehmen. Aber das spielte keine Rolle, wenn sie nicht herausfanden, wie man ihn öffnen konnte. Jayden versuchte bereits vergeblich mit roher Gewalt das Steinrad mit beiden Händen zu drehen, die Füße gegen den Boden gestemmt. Aber das hatte nicht den geringsten Einfluss auf den stummen Stein.

Hunt sah sich den Mechanismus näher an. Ein rundes Rad aus Kalkstein mit glatten Seiten und keinen sichtbaren Griffen oder Hebeln jedweder Art. Hunt lehnte sich darüber und beleuchtete es mit seinem schwachen Licht. Er wirbelte die dünne Schicht Sediment mit einer Hand davon, wodurch sich vorübergehend das Wasser trübte. Aber jetzt konnte er auf der Oberseite des Rads etwas erkennen, was er zuvor nicht gesehen hatte: eine sechseckige Form, die aus sehr dünnen, in den Kalkstein geschnittenen Rillen bestanden.

Er spürte eine Welle der Freude, gefolgt von plötzlicher Panik, als er seinen nächsten Atemzug machen wollte und keine Luft bekam. Sein Tank war vollkommen leer. Tatsächlich fühlte er, wie Maddys Faust in einem stillen, instinktiven Hilfeschrei gegen seine Schulter hämmerte. Hunt zog an Jaydens Wade. Als sein Freund sich umdrehte, gab er ihm das *Keine-Luft-mehr*-Zeichen. Er verspürte eine Welle der Traurigkeit, als er den geschockten, überraschten und verstehenden Blick in Jaydens Augen sah. Sie würden es nicht schaffen. Es grenzte ja schon an ein Wunder, dass sie überhaupt so weit gekommen waren.

Jayden schwamm zu ihnen und gab seinen zweiten Notregler an Maddy, die einmal einatmete und ihn dann weiter an Hunt reichte, der schnell einmal daran zog und ihn ihr zurückgab. Er konnte sie hinter der Maske weinen sehen. Sie würden hier unten an diesem seltsamen Ort unter dem Meer sterben.

Aber Hunt wollte nicht aufgeben. Er drehte sich wieder dem Sechseck zu, das in die runde Steinplatte gehauen war. *Denk nach, denk nach, denk nach!* Auf dem Flug zu den Bahamas hatte er gelesen, dass die Sechs eine heilige Zahl in Atlantis gewesen war. Das bestärkte ihn in seinem Glauben, dass dieser Ort sorgfältig entworfen worden und möglicherweise mit der sagenumwobenen verlorenen Stadt verbunden war. Aber das half ihnen ganz sicher nicht in ihrer jetzigen Situation. Was konnte das sechseckige Muster im Stein bedeuten, von einem mechanischen Standpunkt betrachtet?

Er rang nach Luft und wandte sich Jayden zu. Aber sein Freund schüttelte den Kopf und gab ihm das *Keine-Luft-mehr*-Zeichen.

Sie waren erledigt.

Er hörte, wie Maddy anfing, in ihren Regler zu schreien. Jeden Moment würde sie ihn ausspucken, Wasser einatmen und alles wäre vorbei. Da es nichts anderes mehr gab, was er versuchen konnte, wandte sich Hunt wieder dem zu, von dem er hoffte, dass es tatsächlich ein Türmechanismus war. Jayden hatte versucht, ihn zu drehen. Er nahm nun beide Hände und drückte die Mitte des sechseckigen Abschnitts im Zentrum des Zylinders fest nach unten.

Zu seiner großen Überraschung konnte er das inzwischen bekannte Schleifen von Stein auf Stein hören, als das gesamte sechseckige Stück innerhalb des runden Steins nach unten glitt. Jayden hörte die Geräusche und schwamm herbei. Hunt drückte noch einmal und der sechseckige Stein bewegte sich wieder. Jayden sah, was geschah, und half Hunt. Das sechseckige Stück bewegte sich nun schneller und verschwand tief in dem runden Stein, bis sie fast bis zu den Schultern hineinlangen mussten, um ihn zu drücken. Dann schob Jayden, der bereits nur noch eine Flosse trug, Hunt aus dem Weg und stellte sich auf den vertieften Abschnitt. Er hüpfte auf und ab und Hunt hörte das Schleifen von Stein, Stück für Stück bei jedem Sprung.

Seine Lunge brannte, und er wusste, dass er nur noch wenige Sekunden hatte, bevor ihn sein Körper unfreiwillig verraten würde und ihn dazu brachte, sein Mundstück auszuspucken und Wasser einzuatmen. In der Zwischenzeit trat Jayden weiter auf den sechseckigen Block ein und grunzte vor Anstrengung mit jedem Tritt.

Maddy kam herüber und klammerte sich an Hunt, starrte ihn mit panischen Augen an, um ihn wissen zu lassen, dass sie am Ende war, als Jayden ein *Umpf* ausstieß und Hunt ein letztes Schaben von Kalkstein hörte, bevor er einen enormen Sog zu spüren begann.

Jayden hatte das sechseckige Stück komplett durch den runden Türstein geschoben, und nun strömte das Wasser aus der Kammer durch die neue Öffnung … was nur eine Sache bedeuten konnte: Es gab Luft auf der anderen Seite! Unter ihnen!

Während Hunt gleichzeitig überrascht und erleichtert zusah, rutschte Jayden durch die sechseckige Öffnung, wie ein Kind auf einer der Wasserrutschen im Atlantis Resort. Hunt packte Maddy und schob sie mit den Füßen voran in das Loch, dann rutschte sie auch schon den Schacht hinunter.

Obwohl sie nun ein Portal geöffnet hatten, das zu einem Ort mit Luft führte, konnte Hunt noch nicht atmen. Er war noch immer unter Wasser und konnte spüren, wie seine Lunge anfing, sich zu verkrampfen.

Mit dem letzten bisschen Energie stürzte sich Hunt kopfüber in das sechseckige Loch hinter Maddy und Jayden her.

KAPITEL 23

Ein rasender Wasserstrom stürzte Hunt eine gefühlte halbe Ewigkeit mit sich hinunter. Er schlug hart auf einer Kalksteinoberfläche auf und hörte, wie seine leere Tauchflasche gegen den Stein schlug. In dem Bewusstsein, dass seine Hände Luft spürten, bevor sie wieder in die reißende Strömung eintauchten, spuckte er sein Mundstück aus und schluckte. Er nahm einen tiefen Atemzug, bevor er wieder untertauchte. Dann wurde er für eine Weile waagerecht mitgespült, bis der Wasserstrom abnahm und seinen Körper langsamer über den Steinboden des Unterwasserkorridors trug.

Als er mit den Beinen gegen eine Wand zu liegen kam, starrte er für einige Augenblicke zu einer steinigen Decke hinauf, während ein dünnes Rinnsal verbliebenen Wassers um seine unbewegliche Gestalt spülte. Er bewegte seine Finger und Zehen und drehte dann langsam seinen Körper. Es schien, als wäre nichts gebrochen, obwohl er bereits jetzt wusste, dass er blaue Flecken bekommen würde, die ihm noch wochenlang erhalten bleiben würden. Benommen nahm er seine Beine herunter … wo befand er sich?

Und wo waren seine Freunde? Er rief Maddys und Jaydens Namen. Seine Stimme hallte in dem feuchten, tunnelartigen Raum wider.

»Hier drüben.« Jaydens Stimme kam von irgendwo vor ihm. Scheinbar hatte es ihn weiter gespült, da er als Erster die Rinne runtergerutscht war.

»Alles in Ordnung?«, rief Hunt, während er seine Taucherflasche und Weste ablegte und sie auf den Boden fallen ließ. Ohne sein schwaches Mini-Licht, das noch immer an seiner Tauchweste befestigt war, wäre es stockdunkel um ihn. Er löste das Licht von seiner Ausrüstung und trug es in der rechten Hand. Eine seiner Flossen war ihm bereits vom Fuß gerissen worden und nun zog er die andere aus. Er steckte sie in den Bund seiner Shorts und schob sich dann Maske und Schnorchel herunter, bis sie um seinen Hals hingen. Er würde die Schnorchelausrüstung womöglich noch brauchen.

»Ich weiß nicht, ob ein Arzt mit dieser Einschätzung einverstanden wäre, aber ich behaupte, immer noch laufen zu können.« Jaydens Stimme klang zittrig, wurde aber gut durch den feuchten Gang getragen.

»Hier auch.« Hunt horchte auf beim Klang von Maddys Stimme.

»Ich komme zu dir.« Hunt begann auf sie zuzugehen, seine zaghaften Schritte wurden stetiger und selbstbewusster. Er untersuchte den Gang mithilfe seines winzigen Lichts, während er sich bewegte. Alles war aus Kalkstein, die Überreste von uralten Korallenriffen. Hier und da konnte er Muscheln erkennen, die im Substrat eingeschlossen worden waren. Die Decke führte knapp über seinen Kopf hinweg und tatsächlich musste er sich hier und dort ducken, um sich nicht den Kopf zu stoßen. Er leuchtete mit dem Licht voran, aber er konnte Jayden und Maddy noch immer nicht sehen, dafür konnte er sie nun leise miteinander reden hören.

Hunt sah auf dem Tunnelboden ein Objekt liegen und leuchtete darauf: Der flache, sechseckige Schlüsselstein, den Jayden durch den Türmechanismus getreten hatte. Er war bis hierher gespült worden. Hunt bückte sich und hob ihn auf. Der Stein war recht schwer, dennoch beschloss er ihn für spätere Untersuchungen zu behalten.

Aber das Wichtigste zuerst, ermahnte sich Hunt. Sie mussten hier irgendwie rauskommen. Sie hatten die Pyramide an der Basis betreten und waren dann durch die Tür mit dem sechseckigen Stein nach unten gefallen, was bedeutete, dass sie sich in diesem Moment unter dem Meeresboden selbst befanden! Hunt versuchte den Gedanken aus seinem Kopf zu verdrängen, als er den Gang entlanglief. Ein paar Meter weiter stieß er auf Jayden und Maddy, die noch immer damit beschäftigt waren, die nun unnötige Tauchausrüstung abzulegen.

Hunt drängte sie beide dazu, ihre Schnorchelausrüstung zu behalten. Dann begannen sie den Tunnel entlangzugehen. Nachdem sie schätzungsweise einen Kilometer weit marschiert waren, fiel Hunt auf, dass der ebene Weg allmählich anstieg und immer steiler wurde.

»Wunderbares Wetter für eine Wanderung, nicht wahr?«, scherzte Jayden, doch sie waren zu erschöpft zum Lachen. Hunt bemerkte, dass er sich immer stärker konzentrieren musste, um auf den Beinen zu bleiben. Mehr als einmal verlor er das Gleichgewicht und rutschte rückwärts in Jayden, der ihm ein paar ausgewählte Flüche als Ratschlag anbot, wie er auf den Beinen zu bleiben hatte. Nach einer Weile machte Hunt ein großes Loch in der Kalksteinwand ein paar Meter über seinem Kopf aus.

»Vor mir liegt eine Art Öffnung«, rief er nach hinten.

»Ist es nass?« Das kam von Maddy.

»Ich sehe kein Wasser heruntertropfen«, antwortete Hunt, als er seine Finger in die raue Steinwand krallte. »Könnt ihr zwei kurz warten? Ich will mal nachschauen, ob es irgendwo hinführt.«

»Es sollte besser irgendwo hinführen«, sagte Jayden, »oder wir sind mehr als am Arsch.«

Hunt seufzte. »Wie immer kann ich darauf zählen, dass du die Lage aufheiterst. Ich gehe jetzt, wartet eine Minute.«

Hunt grub seine Zehen in die poröse Felswand und überprüfte den Halt seiner Füße. Dann sprang er und grub die Finger seiner behandschuhten Hände in die Felsenoberfläche darüber. Er tastete herum, um guten Halt für seine Hände und Füße zu finden. Ein paar lockere Steine brachen ab und regneten auf Jayden und Maddy nieder, aber Hunt hielt sich fest und zog sich nach oben.

Er befand sich in einem sehr engen Raum, eine Art Windfang, aus dem der einzige Weg nach oben führte. Sein Mut sank, als er nur weitere Dunkelheit sah – dieser Durchgang musste in einen anderen geschlossenen Raum wie die Pyramide führen, dachte er, oder vielleicht nicht einmal das – es könnte auch eine Sackgasse sein. Er richtete sein Licht nach oben – war es jetzt schon etwas blasser? – und erblickte eine Reihe von groben Stufen, die in den Felsen geschlagen worden waren.

Hunt stellte einen Fuß auf die unterste Stufe und begann zu klettern. Drei, sechs, zehn Meter stieg er senkrecht nach oben, die Minitaschenlampe zwischen seinen Zähnen. Er sah immer noch kein Ende, aber er verdrängte die negativen Gedanken und kletterte weiter, bis der Tunnel in einem Fünfundvierzig-Grad-Winkel abbog.

Was war das? Zuerst dachte er, dass ihm seine Taschenlampe in die Augen leuchtete, aber dann fühlte er eine Welle der Freude über sich kommen.

Licht! Sonnenlicht? *Wie ist das möglich?* Wenn dieser Tunnel nach oben zum Riff führt, wieso füllt das Wasser dann nicht diesen Gang?

Jayden rief nach ihm. »Ich kann deinen fetten Arsch nicht mehr sehen, Carter, was ist los?«

Hunt drehte sich und schrie nach unten: »Kommt hoch. Der Tunnel biegt hier ab und ich sehe Licht!«

»Du brauchst nichts weiter sagen«, ertönte Maddys ausgelassene Stimme. Die beiden begannen unverzüglich die vertikale Röhre hinaufzuklettern, während Hunt den neuen Tunnelabschnitt untersuchte. Er richtete sein Licht gegen die Wände und sah mehr von den Kalksteinfelsen, nur gab es in diesem Abschnitt keine Stufen im Gestein. Durch den flacheren Winkel wurden auch keine benötigt.

Hunt kroch vorsichtig auf allen vieren die Neigung hinauf. Als er sich in der Nähe der Öffnung befand, konnte er hören, wie Jayden und Maddy den geneigten Abschnitt betraten.

»Schöne Leiter!«, rief Jayden. »Wie sieht das nächste Stück aus, Carter?«

Hunt drehte sich um. »Keine Leiter mehr, aber du brauchst sie nicht wirklich. Bewege dich einfach auf allen vieren, wie ein Hund, das bist du ja sicher gewöhnt, du Höhlenmensch.«

Er konnte Maddy leise lachen hören, gefolgt von Jaydens Stimme. »Normalerweise würde ich dazu etwas sagen, aber im Moment stehe ich noch unter Schock und freue mich einfach, überhaupt noch am Leben zu sein.«

»Hoffentlich bleibt das so«, sagte Maddy.

»Ich würde sagen, unsere Aussichten haben sich dramatisch verbessert«, rief Hunt und blickte zu dem natürlichen Licht auf, das von oben in den Tunnel eindrang. »Ich sehe Bäume!«

»Bist du sicher, dass der Sauerstoffmangel keinen Einfluss auf deinen ohnehin schon fragwürdigen Denkapparat hatte, Carter?«, fragte Jayden.

»Nein, ich kann es auch sehen!«, rief Maddy aus. »Licht!«

In der Zwischenzeit legte Hunt den restlichen Weg bis zum Ende des Ganges zurück, wobei der sechseckige Stein unangenehm gegen seine Haut unter dem Neoprenanzug scheuerte. Der Ausgang lag auf einer Felskante, die von grüner Vegetation überwuchert war. Hunt lauschte und fragte sich, ob Daedalus und seine Schläger womöglich direkt vor dem Ausgang warteten, weil sie irgendwie wussten, wo der Durchgang hinführte, aber er hörte nichts außer dem Zwitschern von Vögeln und dem Rascheln von Blättern in einer leichten Brise.

Hunt tauchte aus dem dunklen Tunnel in die Welt des Lichts ein.

KAPITEL 24

Daedalus stand auf dem Deck am Bug seiner Jacht und überblickte die Tauchplattform am Heck, die gerade ein Zentrum aktiver Betriebsamkeit war. Unten bereiteten die Besatzungsmitglieder Tauchflaschen und Ausrüstung vor, darunter Doppelflaschen-Anlagen mit exotischen Gasmischungen, die die Tauchzeit ausdehnen würden. Er blickte auf seine juwelenbesetzte Uhr und sprach dann in ein Funkgerät zu seinem Bruder, Phillipo, der den Tauchgang unten auf der Plattform beaufsichtigen sollte.

»Carter und sein Team dürften nun sicherlich tot sein. Teile deine Taucher in zwei Gruppen. Eine, die nachschaut, ob sich das, was sich in dem Blue Hole befindet, auf Atlantis zurückführen lässt, und eine andere, die nach den Leichen von Hunt und seinem Team schaut. Ich möchte eine Bestätigung, dass sie tot sind.«

Phillipo bemühte nicht den Funk zum Antworten, sondern schaute lediglich vom Tauchdeck nach oben zu seinem Bruder und formte mit seinen Fingern das Okay-Zeichen, bevor er sich mit den Einzelheiten des Tauchgangs an einen seiner Männer wandte. Während die Unternehmung vorbereitet wurde, starrte Daedalus aufs Wasser über der Bimini Road hinaus. Hin und wieder hob er ein marines Binokular an seine Augen und suchte nach Köpfen auf dem Wasser, die darauf deuten würden, dass Hunt und seine Freunde es irgendwie an die Oberfläche geschafft hatten, lebend oder tot. Aber er sah nur die glitzernde blaue Meeresoberfläche. Eine Frage brannte in seinem Kopf, während er auf das unberührte Meer hinausstarrte.

Was hast du da unten gefunden, Carter Hunt?

Als er ein Platschen in der Nähe des Bootes hörte und sah, wie der erste Taucher ins Wasser ging, kräuselten sich seine Lippen zu einem dünnen Lächeln.

Er würde seine Antwort bald bekommen.

***

Hunt schüttelte den Kopf vor Staunen, als er, Jayden und Maddy auf ihre neue Umgebung starrten. Sonnenlicht, blauer Himmel, Bäume, Sand, Vögel …

Eine Insel.

Sie standen unmittelbar vor dem Eingang des Tunnels in einem Wäldchen buschiger Bäume, die im sandigen Boden verwurzelt waren, auf einem laubbedeckten Hügel am höchsten Punkt der kleinen Insel, die kaum mehr als ein Sandkasten war. Hunt fasste in Worte, was sie alle dachten.

»Also der Gang, in den wir von der Pyramide aus hinuntergespült wurden – er führt etwa anderthalb Kilometer unter dem Meeresboden entlang, bis er sich nach oben neigt und geradewegs durch die Basis dieser Insel führt. Und genau in der Mitte davon rauskommt.«

Maddy nickte. »Ich bin mir ziemlich sicher, dass es dieselbe Insel ist, die wir aus dem Flugzeug auf dem Weg hierher gesehen haben.«

»Schauen wir uns das an.« Jayden schob ein paar Zweige beiseite. »Ich denke, wir können mit Sicherheit davon ausgehen, dass wir diesen Ort ganz für uns haben.«

Hunt und Maddy kämpften sich ebenfalls durch das Gebüsch, bis auch sie den Rest der Insel sehen konnten. Buschige grüne Pflanzen herrschten im Zentrum vor, während braune Korallenreste den Rand bildeten, ein Ring weißen Sandes umgab sie. Der blaue Atlantik umgab sie, ohne dass andere Landmassen in Sichtweite waren.

»In welcher Richtung liegt wohl unser Flugzeug?«, fragte Jayden. Alle drehten sich langsam im Kreis und untersuchten den Horizont, aber keiner von ihnen fand eine Antwort.

Hunt bot das an, was einer Lösung am nächsten kam: »Wo immer es war, ich nehme an, *war* ist das Schlüsselwort, da Daedalus unser Flugzeug nicht herumstehen lassen würde, damit andere es finden.«

»Du kannst aber darauf wetten, dass die Mietfirma anfangen wird, danach zu suchen. Du hast recht, er wird es wahrscheinlich eher versenken, anstatt Fragen zu riskieren, von denen er annimmt, dass sie nicht nur dazu führen, dass man einige Tote, sondern die geheimnisvolle Unterwasserregion unter der Bimini Road finden könnte.«

»Und er weiß noch nicht einmal von der Pyramide«, fügte Maddy hinzu.

»Ich kann mir einen Vorteil vorstellen, den uns das gebracht hat«, sagte Hunt und starrte hinaus auf den Ozean.

»Und der wäre?«, fragte Maddy. »Denn, so wie ich das sehe, haben wir lediglich Daedalus gezeigt, wo ein imposanter Schatz liegt. Und in der Zwischenzeit sind wir, nachdem wir beinahe ertrunken sind, ohne Essen und Trinken oder eine Möglichkeit, um Hilfe zu rufen, auf einer verlassenen Insel gestrandet.«

Hunt drehte sich um und sah Maddy an. Er bemerkte ihre zerzauste, wassergetränkte Gestalt, ihre Haltung der Niederlage, trotz der Freude darüber, dass sie immer noch am Leben waren. Er fühlte sich schlecht wegen allem, was sie durchmachen musste, und war froh, als er etwas Positives fand, um ihre Stimmung zu heben. »Daedalus glaubt, wir wären tot.« Er ließ das für einen Augenblick sacken, während sie dort standen und über die unbewohnte Insel blickten.

Nach einer Weile sagte Jayden: »Interessant. Aber ich habe Hunger.«

»Ich glaube nicht, dass sie hierhin liefern«, sagte Hunt.

Jayden deutete auf eine hohe Palme in einiger Entfernung. »Kokosnüsse müssen fürs Erste reichen. Ich werde uns welche holen.«

Hunt deutete auf den nahegelegenen Strand der Insel. »Maddy und ich werden sehen, ob wir ein vorbeifahrendes Boot oder Flugzeug anhalten können. Triff uns am Strand, wenn du soweit bist.«

Sie alle stimmten dem Plan zu und machten sich auf den Weg.

Maddy und Hunt inspizierten das Meer und den Horizont. In der Ferne waren ein paar Schiffe zu sehen. »Es sieht nicht so gut aus. Einfach mit den Armen zu wedeln und um Hilfe zu rufen, wird uns nicht helfen«, meinte Hunt.

Maddy zuckte mit den Schultern. »Diese Gegend ist nicht völlig abgelegen. Die Bimini Road ist ein beliebtes Tauchziel. Bimini selbst ist ein wichtiger Touristenort mit einer Menge Charterfahrten zum Fischen und Tauchen. Irgendwer wird vorbeikommen. Lass uns in der Zwischenzeit das Ding anschauen, was du die ganze Zeit mit dir herumschleppst.« Hunt reichte ihr das sechseckige Stück. Sie untersuchte es eingehend. Es war im Grunde ein sechsseitiger Zylinder, breiter als lang. Auf jeder der sechs Längsfacetten waren Hieroglyphen eingeritzt.

Schließlich studierte sie die Enden und stellte fest, dass keines von ihnen Markierungen aufwies. Das Gestein selbst, aus dem sie bestanden, sah für Maddy nach grauem Schiefer aus, obwohl sie keine Geologin war.

Die Seiten des sechseckigen Objekts bestanden aus einem anderen Gestein. Sie legte das Stück auf den Boden, dann klopfte sie gegen die Schieferplatte.

»Es ist irgendwie hohl – hörst du das?«

Hunt kam näher und zeigte großes Interesse. »Vielleicht sollten wir es aufmachen?«

Maddy sah mit einem Stirnrunzeln zu ihm auf. »Wir können es nicht zerbrechen! Dieses Ding allein ist schon ein wertvolles Artefakt.«

»Wer hat was von zerbrechen gesagt?« Hunt kniete sich neben Maddy und klopfte mit der Faust gegen das gegenüberliegende Endstück des Artefakts. Auch das rief ein hohles Echo hervor. »Tu mir einen Gefallen, ja?« Er griff nach dem Stück.

»Kommt darauf an, was es ist!« Sie schenkte ihm ein schüchternes Lächeln. Hunt zeigte auf das andere Ende des Artefakts. »Halt es einfach dort fest, okay?«

»Weshalb?«

»Ich werde etwas versuchen. Schau …« Hunt fuhr fort, die Basis des sechseckigen Artefakts gegen den Uhrzeigersinn zu drehen, während Maddy das andere Ende festhielt.

»Es passiert nichts«, sagte sie.

»Lass es mich anders herum probieren.« Hunt drehte es diesmal im Uhrzeigersinn und das Ergebnis schien dasselbe, aber dann spürte er, wie sich etwas zu verschieben begann. Er betrachtete die Oberfläche des sechseckigen Zylinders näher. Jetzt konnte er einen winzigen Hauch von Staub sehen, der sich davon gelöst hatte. Er versuchte es noch einmal im Uhrzeigersinn, und dieses Mal drehte sich ein Teil der Struktur.

»Es hat sich bewegt!«, rief Maddy.

Hunt ließ das Artefakt los und starrte die Facetten an. Tatsächlich waren die Hieroglyphen nun nicht mehr in einer

Linie. Wenn er das Gerät jetzt betrachtete, erkannte er, was es war – eine Maschine, die nach genauen Spezifikationen entwickelt worden war. Er sah Maddy an.

»Es scheint eine Maschine mit zwei Funktionen zu sein. Erstens, um als Türstopper für das Luftschleusensystem der Unterwasserpyramide zu dienen, und zweitens als Safe, so wie es aussieht.«

»Safe?« Maddy hob eine Augenbraue, während sie auf das Artefakt starrte.

»Es ist innen hohl und hat sechs Abschnitte, die sich drehen lassen, jeder von ihnen mit anderen Zeichen darauf. Was, wenn – sobald die Zeichen auf eine gewisse Weise ausgerichtet sind – sich das Gerät öffnen lässt?«

»So ähnlich wie ein Rubikwürfel oder so etwas?«, schlug Maddy vor.

»Ja, von der Art, aber es ist zylindrisch, kein Würfel. Es muss nur auf eine bestimmte Weise ausgerichtet sein und dann öffnet es sich. Also lass uns diese Bilder anschauen, es gibt … wow, sechs vertikale Abschnitte, jeder mit sechs Seiten, insgesamt sechsunddreißig Bilder.«

Maddy betrachtete das Artefakt kritisch. »Hm, für mich sieht es aus, als wären es eigentlich *Teile* von Bildern.«

Hunt beäugte die merkwürdigen Zeichen. »Richtig, ich sehe viele zufällige Formen, Linien, vielleicht Runen.«

»Lass mich es einen Moment halten.« Maddy hob das Artefakt hoch und drehte es in ihren Händen. »Ich schaue auf die Unterseite, die du gerade gedreht hast.«

»Sie sehen wie zwei nach außen schauende L aus.«

»Du nennst sie L, ich nenne sie Füße.«

»Füße.«

»Etwas Geduld bitte, ich könnte mich täuschen. Die Mittelteile sind schwerer zu verstehen, aber ich glaube, ich kann die obersten Zeichen deuten … hier.« Sie zeigte auf eine dreieckige Form und dann ein eher rechteckiges Polygon auf dem Abschnitt darunter.

»Was ist es? Ernsthaft, die sehen griechisch für mich aus.«

»Nicht griechisch, sondern ägyptisch. Wenn ich recht habe, meine ich. Ich bin mir noch nicht sicher. Aber lass es uns versuchen. Diesmal hältst du das andere Ende und ich drehe diesen Abschnitt.«

Sie arbeiteten gemeinsam daran, das Gerät zu drehen, bis der nächste Abschnitt Piktogramme so angeordnet war, wie Maddy es für richtig hielt.

»Ein Tierkopf?«, riet Hunt.

Maddy nickte. »Aber nicht nur irgendein Tierkopf. Schau mal – der nächste Abschnitt unten.« Hunt hielt ein Ende, während Maddy den nächsten Abschnitt drehte.

»Jetzt sieht es wirklich wie eine Art Tierkopf aus«, gab Hunt zu. »Wie eine Art spitze Nase oder Schnauze, vielleicht ein Fuchs?«

Maddy starrte auf das ausgerichtete Piktogramm. »Oder ein Hund. Aber lass uns weitermachen und sehen, ob da ein Körper in der Mitte ist.«

Hunt betrachtete eine Reihe von Linien auf den mittleren Abschnitten, als Maddy die sechseckigen Stücke drehte. »Ich glaube, da könnte ein großes Rechteck oder Quadrat sein, das von zwei Abschnitten gebildet wird.«

Maddy drehte die Segmente, bis sich tatsächlich eine polygonale Form von der Art eines senkrecht gerichteten Rechtecks formte. »Sieht für mich wie ein Körperteil aus«, sagte Maddy.

Gemeinsam betrachteten sie die beiden verbliebenen Teile des Puzzles und suchten nach einer erkennbaren Form, die mit der richtigen Ausrichtung herauskommen mochte.

»Ich kann ein umgedrehtes Dreieck entstehen sehen, wenn man dieses Rad drei Seiten nach rechts und das andere zwei nach links dreht.«

»Lass uns das ausprobieren«, sagte Hunt.

Gemeinsam machten sie die notwendigen Drehungen. »Ja!«, rief Maddy, als es vollbracht war. Sie lehnte sich zurück, um das Ergebnis ihrer Bemühungen zu betrachten. »Kommt dir das bekannt vor?«

Hunt hielt den Atem an, als er den erstaunlichen Anblick wahrnahm. Er war beinahe sprachlos. »Wie …?«

»Wie sind wir hierhergekommen? Ich meine, was hat uns hierhergeführt?«

»Anubis.«

»Ich glaube, da ist deine Antwort. Denn es ist ihm sehr ähnlich, findest du nicht auch?« Beide starrten das Bild weiter an. Als Ganzes betrachtet, zeigte es auf einer Hälfte des Artefakts eine Figur mit einem hundeartigen Kopf und einem blockhaften Körper, der sich zu einem Paar nach außen gerichteter Füße verjüngte. Dahinter befanden sich nur eine Reihe sich kreuzender Linien, die eine Art Hintergrund bildeten, als ob die Figur in einem Feld von Pflanzen oder Schilf stand.

»Könnte Anubis sein«, musste Hunt zugeben. »Aber im Moment habe ich eine andere Frage: Wie öffnen wir das Ding?«

»Mal sehen. Lass uns versuchen, jeder an einer Seite zu ziehen.«

Vorsichtig führten Maddy und Hunt das Gesagte aus.

»Meins rührt sich nicht.«

Kaum hatte Maddy die Worte ausgesprochen, löste sich Hunts Endstück.

KAPITEL 25

»Da steckt etwas drin.« Hunt legte den Deckel auf den sandigen Boden. Gemeinsam kippten er und Maddy das Artefakt vorsichtig auf das geschlossene Ende, sodass sie beide von oben hineinschauen konnten. Im Inneren befand sich eine röhrenförmige Kammer, die ein Objekt enthielt.

»Sieht wie eine Schriftrolle aus Pergament oder Papyrus aus!«, sagte Maddy und griff in die Röhre. »Oh, wir sollten das wirklich umgehend in ein Labor bringen. Ich ertrage es nicht, dass wir es dieser salzigen, feuchten Luft ausgesetzt haben.«

»Jetzt haben wir es ihr bereits ausgesetzt«, meinte Hunt. »Da können wir es uns auch ansehen und schauen, ob es für uns wichtig ist, dann können wir es zurücklegen und versiegeln. Wenn wir wieder in den Staaten sind, kannst du es in dein Labor nehmen.«

Maddy stimmte zu, griff vorsichtig in die Röhre und zog die Pergamentrolle heraus.

»Es gibt keine Schriftzeichen auf der Außenseite. Ich werde es vorsichtig aufrollen müssen, dabei könnte es aber beschädigt werden.«

Hunt sah sich nervös um. »Hast du eigentlich noch deine Kamera?«

Maddy nickte und zeigte auf ihre Unterwasserkamera, die noch immer an einem Band um ihr Handgelenk baumelte.

»Wir sollten ein Bild davon machen, sobald es ausgerollt ist, nur für den Fall, dass unsere Freunde von Treasure, Inc. beschließen, diese Insel zu besuchen. Denn, wenn sie uns hier finden, können wir von Glück reden, wenn sie uns nur unseren neuen Schatz abnehmen.«

»Lass uns erst mal schauen, ob wir es aufrollen können. Pergament ist dafür bekannt, dass es auseinanderfällt, nachdem es nach langer Zeit mit Luft in Kontakt gekommen ist. Deshalb halten Museen so etwas unter Klimakästen verborgen.«

Maddy wollte die Vorderkante des schweren, papierähnlichen Materials vorsichtig mit einer Hand zurückziehen, dann entschied sie sich aber dagegen. »Ich glaube, es wäre besser, wenn du es festhältst, sodass ich beide Hände nutzen kann, um es von den Enden zu lösen. Ich will nicht zu viel Druck auf ein Ende ausüben und es zerreißen.«

Hunt half ihr und Maddy wickelte die Rolle vorsichtig auf. »Ich sehe Geschriebenes … es ist ein langes Manuskript mit einer Menge Text. Das ist griechisch für mich, Carter.«

Carters Gesicht zeigte Enttäuschung. »Sieht so aus, als bräuchten wir weitere kundige Augen, dann vielleicht …«

»Nein, Carter, ich meine, es ist buchstäblich griechisch. Griechische Sprache – Attika-Griechisch, um genau zu sein.«

Hunt hörte, wie sich Fußstapfen näherten, und wirbelte herum, die Hand reflexartig am Tauchmesser, das noch immer an seiner Wade befestigt war. Aber er entspannte sich, als er Jaydens schlaksige Gestalt sah. Sein Freund trug einige Kokosnüsse bei sich.

»Seid ihr zwei Turteltäubchen hungrig oder durstig? Denn diese Dinger bedeuten Nahrung und Wasser. Ich liebe sie!«

Er warf die Früchte seiner Kletterei auf den Boden.

»Klingt gut«, sagte Maddy. »Wie öffnen wir sie?«

Jayden zog sein Tauchmesser und zeigte es ihr. Er rammte die Spitze der Klinge in ein weiches Ende und hielt die Kokosnuss dann kopfüber, um die klare, süße Flüssigkeit in seinen Mund fließen zu lassen.

»Nichts geht über frische Kokosmilch«, sagte er, drehte die Kokosnuss wieder um und wischte sich das Kinn ab. »Man kann das Fleisch im Inneren auch essen.« Er öffnete zwei weitere Kokosnüsse und übergab jeweils eine an Maddy und Hunt.

»Wow, ihr habt das Ding geöffnet? Was *ist* das?« Jayden zeigte auf die Pergamentrolle, die Maddy zurück in die sechseckige Kammer gesteckt hatte.

»Noch nicht sicher«, antwortete Maddy. »Es ist jedoch auf Griechisch geschrieben, was ich einigermaßen gut entziffern kann. Aber es ist ein umfangreiches Dokument, und wie ich Carter schon gesagt habe, ist die richtige Umgebung, um es zu lesen, nicht hier auf einer Sandbank, sondern in einer kontrollierten Laborumgebung.«

»Wir können es aber versuchen, oder?«, sagte Jayden mit einem feuchten Kokosnusssaftlächeln. Er sah hinunter auf die Schriftrolle. »Ich meine, was ist es? Ist es eine Art Brief, in dem steht: *Liebe Mama, Ich bin mir nicht sicher, ob ich es schaffe, die Insel zu verlassen, um diesen Sommer nach Hause zu kommen …* oder ist es eher ein offizielles politisches Dokument aus dem antiken Griechenland?« Er zuckte mit den Schultern und öffnete eine weitere Kokosnuss.

Maddy betrachtete ihn nachdenklich. »Ich nehme an, ich könnte es mir noch einmal anschauen«, sagte sie, »wenn ich meine Kokosnussmilchhände an deinem Hemd abwischen kann. Ich kann schließlich nicht zulassen, dass das Zeug auf das Pergament kommt.«

»Ich wusste, dass meine Dienste früher oder später von Nutzen sein würden«, sagte Jayden. Maddy wischte ihre Hände an seinem Hemd ab und nahm dann die Schriftrolle wieder auf. Sie und Hunt wiederholten vorsichtig den Prozess des Abrollens und Festhaltens, während Maddy es las.

Jayden langweilte sich schnell und machte einen Vorschlag: »Wie wäre es, wenn ich am Strand spazieren gehe, während ihr diesen griechischen Roman hier lest, und schaue, ob ich nicht ein Schiff anhalten kann, das uns von diesem Felsen hier abholt.«

»Klingt gut«, sagte Hunt, ohne die Augen von der Schriftrolle zu nehmen.

Jayden leerte seine Kokosnuss, bevor er sie zu Boden fallen ließ und davonging.

Maddy starrte aufmerksam auf das alte Pergament. »Es sieht für mich so aus, als würde dieser Text, was auch immer es ist, die Fortsetzung von etwas anderem sein. Er scheint buchstäblich in der Mitte eines Satzes anzufangen.« Sie wischte sich mit dem Handrücken den Schweiß von der Stirn.

»Kannst du die Wörter übersetzen?«, fragte Hunt.

»Lass es mich probieren. Mit einem Computerzugang wäre es einfacher, aber mal sehen, woran ich mich noch erinnere. Ich wusste, dass meine klassische Ausbildung mal nützlich sein würde.« Sie schenkte Hunt ein Lächeln, bevor sie sich wieder dem Pergament widmete.

»Es sieht wie ein Dialog aus … jemand wendet sich an eine Menschenmenge …«

***

Daedalus schritt rastlos über das Achterdeck der *Historica*, während er auf die Tauchplattform hinunterblickte. Er sah noch einmal auf seine Uhr. Keiner seiner Taucher war bisher zurückgekehrt. Er hob das Funkgerät zum Mund und wollte gerade seinen Bruder rufen, als er Luftblasen nicht weit entfernt von der Reling am Backbord entdeckte. Seine Taucher kehrten zurück!

Er lief die Stufen zur Tauchplattform hinunter, gespannt darauf, von seinem Unterwasserteam aus erster Hand mit

Informationen versorgt zu werden. Zwei Taucher schwammen auf die Tauchplattform zu.

»Habt ihr ihre Leichen gefunden?«

Beide Männer schüttelten die Köpfe, während einer antwortete: »Negativ, Sir. Wir haben sowohl die Wassersäule als auch den Boden des Blue Hole durchsucht, jedoch keine Spur von ihnen oder ihrer Ausrüstung gefunden.«

»Aber«, rief der andere Taucher, »vielleicht sind sie in die Pyramide gegangen.«

Daedalus' Gesicht nahm einen seltenen Ausdruck von Verwirrung, Freude und Sorge an. »Pyramide?«

»Ja, Sir, es gibt eine große Pyramide am Grund dieses Blue Hole bei etwa siebzig Metern. Sie besitzt einen Eingang mit einem Korridor, der ins Innere führt.«

»Seid ihr hineingegangen?«

»Wir konnten nicht, weil es eine geschlossene Steintür gibt, aber der Rest des Teams versucht gerade, sie zu öffnen. Wir sind zurückgekommen, um Ihnen das mitzuteilen.«

»Noch etwas anderes, Sir«, fügte der erste Taucher hinzu. »Die Pyramide scheint aus massivem Gold zu bestehen!«

Daedalus nickte langsam und verband das Edelmetall in Gedanken mit der verlorenen Stadt. »Interessant. Ihr werdet wieder hinuntergehen und bei der Untersuchung der Pyramide helfen, nicht wahr?«

»Ja, Sir. Wir werden uns mit frischen Tanks versorgen und wieder tauchen.«

»Ausgezeichnet. Ich vermute, dass ihr die Leichen unserer Freunde in dieser Pyramide finden werdet. Irgendwie passend, dass Carter Hunt sein Ende in einem Grab findet. Beeilt euch jetzt, lasst mich nicht warten!«

***

Unten an der Basis der Pyramide untersuchte ein Team von sechs Tauchern die Steinplatte, die den Eingang zum Inneren der Pyramide blockierte. All diese Männer waren in ägyptischen Pyramiden gewesen und wussten, dass sie normalerweise Räume, Tunnel und Kammern im Inneren besaßen. Die exotischen Gasmischungen und Doppelflaschen, die sie trugen, verschafften ihnen viel mehr Zeit im Wasser als Carter, Jayden und Maddy gehabt hatten. Sie untersuchten die Struktur mit hellen Halogenscheinwerfern und tragbaren Tauchlampen.

Die Steinplatte war unbeweglich, aber ein cleverer Taucher fand einige Steinblöcke links vom Eingang, die nicht golden wie der Rest waren, sondern aus gewöhnlichem Kalkstein bestanden. Er rief die anderen Taucher herüber, und drei von ihnen klopften mit den Heften ihrer Tauchermesser auf die unpassenden Steine. Da es hohl klang, nickten sie einander zu und schlugen die Blöcke mit ihren Messern auf und brachen sie heraus, bis ein kleiner Gang ins Innere der Pyramide entstand.

Einer der Taucher bewegte sich kurz mit seiner Taschenlampe hinein. Als er wieder herauskam, nickte er seinen Kollegen zu. *Es ist der Weg hinein!* Das einzige Problem bestand in der Größe des Durchgangs, da derjenige, der diese Pyramide erbaut hatte, keine Tauchausrüstung im Sinn gehabt hatte. Der Durchgang war gerade breit genug, um einen menschlichen Erwachsenen ohne jegliche Art von Ausrüstung hindurchzulassen. Aber die Männer hatten auch dafür eine Lösung.

Der erste Taucher entfernte seine Flaschen und übergab sie einem seiner Partner, der die Ausrüstung für ihn bereithielt. Dann nahm der erste Taucher einen tiefen Zug von seiner Flasche und schwamm kopfüber in den Durchgang. Dort nahm er seine Tauchausrüstung entgegen und zog sie hinter sich her. Die anderen Taucher folgten seinem Beispiel, nur einer blieb zurück.

Innerhalb der Pyramide war die Gruppe von fünf Tauchern erstaunt, ein großes Luftpolster zu entdecken. Sie fanden schnell die Steintür auf der gegenüberliegenden Seite und bemerkten den Mechanismus, mit dem Hunt die Luftschleuse aktiviert hatte. Sie liefen für eine Weile durch die Hauptkammer, behielten aber ihre Masken auf, aus Angst, dass die Luft in der Pyramide vielleicht nicht zum Atmen geeignet war. Die Enttäuschung, weder Artefakte noch Leichen zu finden, verflüchtigte sich, als sie über die offengelegte Rinne stolperten, die in einen trockenen Tunnel hineinführte.

Seine Neugierde geweckt, wies der Teamleiter einen Mann an, den Taucher, der außerhalb der Pyramide geblieben war, darüber zu informieren, dass sie tiefer in die Struktur eindringen würden. Dann richtete er seine Tauchlampe in den Tunnel und ließ sich hineinfallen.

KAPITEL 26

Jayden war etwa halb um die Insel herum, als er das Boot entdeckte. Ein alter Fischdampfer schipperte über die Wellen, als hätte er alle Zeit der Welt. Und tatsächlich würde es einige Zeit dauern, bis er die kleine Insel erreichen würde, aber das war eine gute Sache, da er erst einmal ihre Aufmerksamkeit erlangen musste. Jayden dachte an Hunts großes Tauchlicht – auch wenn es nicht mehr funktionierte, hatte es einen größeren Reflexionsspiegel. Vielleicht konnte er den als Signalspiegel verwenden, um Sonnenlicht auf das Schiff zu reflektieren.

Aber zuerst musste er zu Hunt zurück. Jayden entschied, direkt über die Insel zu laufen, statt den Weg am Strand zurückzugehen. Mit einem Blick zurück auf das herannahende Schiff schritt er vom Sand in die buschige Vegetation, die den größten Teil des Inselinneren bedeckte. Zur Mitte hin wurde die Pflanzenwelt immer dichter und gipfelte in einer Fülle von Vegetation, die den kleinen Hügel bewuchs, der den Tunneleingang verbarg.

Jayden wählte einen Weg rechts vom Hügel. Als er daran vorbeiging, glaubte er Stimmen zu hören. Erst dachte er, dass es Hunts Stimme sein musste, die durch den Wind vom Strand herangetragen wurde. Aber dann hörte er das Rascheln von Zweigen am Hügel. Ein Mann in Tauchausrüstung, einschließlich einer stumpfnasigen Harpune, die an seinem Oberschenkel befestigt war, trat aus dem Wäldchen.

Das konnte nur eines bedeuten! Die Kerle von Treasure, Inc. hatten den Pyramidentunnel gefunden und waren ihnen zur Insel gefolgt. Jayden hatte keine Ahnung, wie sie in die

Pyramide gekommen waren, da sie die Steintür über der Öffnung geschlossen hatten, aber irgendwie hatten sie einen Weg gefunden. Nun war es nur eine Frage von Minuten, bis sie auf Hunt und Maddy stießen, die mit der Nase schon wieder in einem wertvollen Schatz steckten, der wahrscheinlich mit Atlantis verbunden war. Jayden warf sich flach ins hohe Gras, bevor der Neuankömmling in seine Richtung blickte. Er hatte keinen Zweifel daran, was das Schicksal für ihn bereithielt, falls er entdeckt wurde.

Genau wie er, Hunt und Maddy es getan hatten, standen Daedalus' Taucher auf dem höchsten Punkt der Insel und betrachteten das kleine Stück Land. Konnten sie Hunt und Maddy von dort sehen? Jayden war sich nicht sicher, aber er würde es bald herausfinden. Von seiner verborgenen Position aus sah Jayden, wie die Eindringlinge in alle Richtungen blickten.

Während er die Kerle beobachtete, stiegen sie vom Hügel. Sechs Männer zählte er und stellte fest, dass sie weit unterlegen waren, falls es zu einem Kampf kommen sollte, was angesichts der engen Grenzen der Insel sehr wahrscheinlich war. Die Schwarzmarkt-Schatzsucher teilten sich in drei Gruppen zu je zwei Mann auf und liefen in verschiedene Richtungen. Eine der Gruppen entfernte sich zu dem Strand, wo Jayden das Fischerboot gesichtet hatte. Ein anderes Paar ging geradewegs auf Maddys und Hunts Position zu, während das dritte Paar einen Kurs wählte, der sie nahe an Jayden vorbeiführen würde.

Alle Männer waren relativ jung und in extrem guter Verfassung, wie Jayden feststellte, und waren entweder nahöstlicher, griechischer oder spanischer Abstammung. Jeder von ihnen trug das gleiche Modell der Harpune sowie ein Tauchermesser an der Wade. Jayden fuhr mit der Hand über sein eigenes Messer, um sicherzugehen, dass es noch da war. Das Überraschungselement war seine stärkste Waffe. Das oder einfach versteckt bleiben, aber da Hunt und Maddy nichts von dieser neuen Entwicklung wussten, musste er sich etwas einfallen lassen.

Für den Moment blieb er still am Boden liegen und hielt den Atem an. Die Taucher von Treasure, Inc. sprachen leise miteinander und Jayden glaubte ein paar Worte in Griechisch zu erkennen, konnte sich aber nicht sicher sein. Er war jedoch froh, dass die Männer sich unterhielten, da es bedeutete, dass sie nicht hundertprozentig auf ihre Umgebung achteten.

Die Schatzsucher liefen keine fünf Meter an Jayden vorbei und setzten ihren Weg zum Wasser fort. Jayden wagte es, nach links zu blicken und Ausschau nach den anderen Paaren zu halten. Er erblickte die zwei Männer, die sich stetig zum Strand bewegten, wo sie auf Hunt und Maddy stoßen würden. Er zermarterte sich das Gehirn, wie er jetzt am besten vorgehen sollte.

Vielleicht schaffte er es ja vor seinen Gegnern zurück zu Hunt und Maddy, ohne entdeckt zu werden. Aber wie sollte er es anstellen? Der direkteste Weg führte ihn an dem Paar vorbei, das bereits auf diesem Weg war, das ging also nicht. Somit beschloss er zum Hügel und dann geradewegs über die Insel zur Küste zu gehen und dann dem Strand zu Hunts Position zu folgen.

Jayden kroch durch das Gebüsch, bis er einen Bereich erreichte, in dem es einfach nicht genügend Vegetation gab, um sich zu verstecken. Er würde einen Sprint zum dichten Bewuchs auf dem Hügel einlegen müssen. Jayden erhob sich in eine kniende Position, drückte sich vom Boden ab und sprintete zu dem Wäldchen. Dann kletterte er zu dem

Tunneleingang hinauf. Was, wenn sie einen Wachposten hinterlassen hatten? Er konnte jedoch keine Anzeichen eines Menschen vernehmen und durchbrach daher das Dickicht um den Tunneleingang.

Dort lag Tauchausrüstung auf dem Boden. Die Jäger hatten einen Teil ihrer Ausrüstung abgeworfen – Masken, Bleigurte … aber keine Flaschen – er lachte leise darüber, da er vermutete, dass diese nicht den letzten senkrechten Abschnitt in der Höhle hinaufgetragen werden konnten. Er konnte nicht widerstehen, in den Gang zu sehen, und fand seine Vermutung bestätigt.

Jayden kroch zur gegenüberliegenden Seite des Hügels und bewegte sich vorsichtig durch das Buschwerk, bis er auf die andere Seite der Insel blicken konnte. Die beiden Taucher befanden sich in einiger Entfernung und bewegten sich schnell auf Hunts Strandabschnitt zu!

Ich muss los!

Jaydens militärische Ausbildung disziplinierte ihn, sodass er in seiner Dringlichkeit nicht seine Deckung gefährdete. Er überprüfte als Nächstes die Positionen der anderen Teams, und entdeckte eines, dass sich in Richtung des Strandes an jenem Ende der Insel bewegte, wo das Boot … das Boot!

Es bewegte sich mittlerweile auf Hunts Strand zu und würde diesen bald erreicht haben. Ein Plan formte sich in Jaydens Kopf, als er durch das Dickicht in Richtung des unbesetzten Viertels der Insel schlüpfte. Er hatte keine Zeit, über die Details nachzudenken, sondern nur eine Ahnung davon, was er tun würde, sobald er dort ankam. Seine Füße flitzten über die Insel und bald konnte er die Küste und den blauen, in der Sonne glitzernden Ozean dahinter sehen.

Er umrundete eine Krümmung der Insel, an welcher der Strand sich zu der Seite fortsetzte, wo sich Hunt und Maddy befanden. Würde er sie vor Daedalus' Schlägern erreichen? Der Gedanke quälte ihn. Er sprang über Treibholz und wich einem Haufen trockenen Seegrases aus.

Vor sich erkannte er eine Palme, die weit über den Strand ragte und die er vorher bereits gesehen hatte. Hunt und Maddy waren von diesem Punkt am Strand nur wenig entfernt. Aber als er der Palme näherkam, stockte sein Herz, denn zwei dunkel gekleidete Gestalten kamen auf der gegenüberliegenden Seite in Sicht.

Jayden reagierte sofort und rannte vom Strand weg in einen Busch hohen Nesselgrases. Von dort kroch er ein Stück auf den Ellbogen, bis er wieder aufrecht stehen konnte, ohne gesehen zu werden. Dann lief er zu Hunt und Maddy.

Er fand sie an der gleichen Stelle vor, an der er sie zuvor gesehen hatte, noch immer über die alte Schriftrolle gebeugt und vertieft in eine Diskussion über die Feinheiten der Sprache. Jayden kniete neben Hunt, hielt sich einen Finger an den Mund und flüsterte: »Halt dein Messer bereit. Zwei Ziele kommen gleich den Strand da drüben hoch. Vier weitere in zwei Gruppen auf verschiedenen Positionen der Insel.« Er deutete in zwei verschiedene Richtungen, um die zuletzt bekannten Positionen der anderen Teams anzudeuten.

Maddy sah aus wie ein Reh im Scheinwerferlicht. Jayden deutete auf die Schriftrolle. »Pack sie weg, schnell!«

Sie rollte das Pergament zusammen und murmelte etwas von unsachgemäßer Handhabung, dann stopfte sie die Rolle zurück in ihre Hülle. Jayden erblickte eine seiner Kokosnüsse am Boden und hob sie auf, das Gewicht in seiner Hand prüfend.

Da hörten sie bereits das Knirschen von Laub unter besohlten Füßen, als Daedalus' Taucher den Strand hochkamen. Jayden wusste nicht, ob sie irgendwie ihre Anwesenheit verraten oder einfach Pech gehabt hatten. Einer der Männer stockte, als er die drei ein paar Meter entfernt erblickte. Sein Partner war geistesgegenwärtiger, hob seine Harpune und richtete sie direkt auf Hunt.

Jayden schleuderte die Kokosnuss auf den Mann mit der Harpune. Diese prallte gegen seinen Adamsapfel und ließ ihn zurückstolpern. In der Zwischenzeit zog der andere Kerl seine Waffe, während Hunt auf den schwankenden Mann zuraste.

Jayden bückte sich, um eine weitere Kokosnuss aufzuheben, aber diesem Kerl gelang es, einen Schuss abzufeuern. Die Pfeilspitze prallte von eben jener Kokosnuss ab, an der Jayden seine Hand hatte, streifte sein Gesicht und hinterließ eine blutige Strieme auf seiner Wange. Jayden griff den Pfeil mit beiden Händen und zog daran, da er mit der Harpune durch eine Sehne verbunden war, die von einer Rolle abgespult wurde. Der Schütze taumelte, als er nach vorn gezogen wurde, dann stolperte er und fiel über Jayden.

Während der Taucher und Jayden kämpfend über den Boden rollten, hatte Hunt den anderen Angreifer erreicht und einen rechten Haken auf seinem Kinn platziert. Der Mann stolperte zurück, aber bewahrte irgendwie sein Gleichgewicht. Hunt nahm die Gelegenheit wahr, um mit dem rechten Bein gegen die Brust seines Gegners zu treten. Der Mann fiel um und landete hart mit dem Rücken auf dem Boden.

Jayden rollte sich von seinem Gegner ab, mit dem er am Boden gerungen hatte. Beide Kämpfer bereiteten sich auf die nächste Runde vor, als Maddy plötzlich mit dem sechseckigen Stein vortrat. Sie hielt ihn hoch über ihrem Kopf, als ob sie dem Mann damit den Schädel einschlagen wollte. Der Schatzsucher hob seine Arme vors Gesicht, um den

Schlag abzuwehren, und das reichte aus, damit Jayden die Arme seines Gegners hinter dessen Kopf biegen und ihn zu Boden zwingen konnte. Als dieser seine Beine hochschwang, griff Jayden einen der Knöchel und verdrehte ihn, bis er ihn knacken hörte.

Aus dem Augenwinkel sah er Hunt. Dieser sagte etwas, aber die Schmerzensschreie seines Gegners übertönten Hunts Worte. Maddy kam herüber und zog an Jaydens Ärmel. »Wir müssen los, komm schon!«

»Was ist?« Jayden sah auf. Maddy deutete auf Hunt, der wiederum aufs Meer zeigte, wo das alte Fischerboot in Sichtweite kam.

»Wir müssen ihre Aufmerksamkeit erregen!«, rief Hunt. Jayden und Maddy folgten ihm, jedoch nicht, bevor Jayden die Harpunen und Tauchmesser der beiden besiegten Gegner eingesammelt hatte. Er gab Maddy eines der Messer, dann holten sie Hunt am Strand ein. »Geschenk für dich.« Er reichte ihm eine der Harpunen.

»Keine Zeit, Abendbrot zu fangen«, witzelte Hunt, den Blick auf das Fischerboot gerichtet, das auf sie zukam.

»Es ist nicht fürs Abendbrot, sondern um uns diese Kerle vom Hals zu halten.« Jayden deutete nach rechts, wo zwei weitere Taucher den Strand entlang auf sie zugerannt kamen.

»Na großartig.« Hunt überprüfte die Harpune, um sicherzustellen, dass sie gespannt und geladen war, und stellte sich dann den Angreifern entgegen. Jayden und Maddy blickten aufs Meer hinaus, sprangen auf und ab und winkten mit den Armen in Richtung Boot. »Sie werden langsamer!«

Hunt stemmte seine Füße in den Sand und feuerte einen Pfeil auf die heranstürmenden Angreifer, die aus dem Weg sprangen und sich flach auf den Boden warfen, um dem Geschoss mit der Metallspitze auszuweichen.

»Maddy, ich nehme den Stein. Wir müssen schwimmen, los geht's!«

»Schwimmen?« Sie stand verwirrt da, bis Hunt ihr das Artefakt wegnahm und sie zum Wasser herumwirbelte. »Wir schwimmen zum Boot? Das ist unser Ticket hier raus. Komm schon.«

Sie zögerte noch einen Moment, aber als sie sah, dass die zwei Neuankömmlinge wieder näherkamen, rannte sie neben Hunt und Jayden mit langen Schritten ins Wasser.

Das Fischerboot wurde deutlich langsamer, als der Kapitän sah, wie drei Personen ins Wasser stürmten. Hunt, Jayden und Maddy begannen auf das Boot zuzuschwimmen. Hunt hielt das Artefakt in die Höhe, deshalb konnte er nur einarmig schwimmen und hatte Mühe, mit den anderen beiden mitzuhalten. Dennoch konnte er nicht widerstehen, zum Strand zurückzuschauen. Dort sah er die beiden Kerle an der Stelle stehen, wo sie das Wasser betreten hatten. Dann jedoch liefen sie ins Wasser, und das war der Zeitpunkt, an dem Hunt wusste, dass es ernst war. Diese Söldner würden sich von nichts aufhalten lassen. Sie schwammen schnell los, zweifellos in der Hoffnung, in Harpunenreichweite zu gelangen.

Das Fischerboot, dessen Rumpf von Rost durchzogen war, trieb direkt hinter der Rifflinie, wo das Wasser tiefer wurde. Hunt hoffte, dass es sie aufnehmen würde. Berufsfischer waren so etwas wie die Lastwagenfahrer des Meeres – sie waren dafür bekannt, anderen in Not zu helfen – aber dies war tatsächlich eine merkwürdige Situation, und wenn diejenigen an Bord die Taucher mit ihren Harpunen sahen, änderten sie vielleicht ihre Meinung darüber, ob sie bleiben und helfen sollten.

Hunt mobilisierte alle seine Kräfte, um zu dem alten Boot zu schwimmen, während er das Artefakt trug.

Jayden erreichte als Erster das Boot. Ein schwarzer Mann karibischer Abstammung lehnte sich über die Reling und rief: »Braucht ihr Hilfe? Seid ihr hier gestrandet?«

»Ja!«

Der Fischer ließ eine Strickleiter herunter. Jayden erklomm das Boot und schüttelte dem Mann dankbar die Hand. Dann half er Maddy an Bord. Als Hunt das Boot erreichte, nahm er ihm das Artefakt ab und reichte es Maddy.

»Krabbenfalle?«, fragte der Fischer und deutete auf das Artefakt.

»Nein. Wir sind uns nicht sicher, was es ist. Es sieht aber interessant aus.«

»Hier werden alle möglichen Dinge angespült«, sagte der Fischer lachend.

»Wenn Sie uns nach dort drüben bringen könnten …« Hunt deutete auf die Bimini Road, wo ihr Wasserflugzeug vor Anker lag. »… wären wir Ihnen sehr dankbar.«

Der Mann deutete auf die beiden Schwimmer von Treasure, Inc. die auf halbem Weg zum Boot waren. »Sobald eure Freunde hier sind, ja? Wir wollen sie doch nicht vergessen, oder ist einer von ihnen dein Exmann?« Er grinste Maddy an.

»Eigentlich sind sie nicht unsere Freunde«, erklärte Hunt. »Es sind böse Menschen, die versuchen, uns mit ihren Harpunen zu verletzen.«

Der Fischer blickte finster hinüber zu den Männern. »Warum?«

Hunt atmete tief ein. »Wir haben jetzt keine Zeit, es zu erklären, aber ich will Ihnen keinen Ärger machen und fürchte, wenn wir hierbleiben, werden diese Männer Sie angreifen.«

Der Fischer zuckte mit den Schultern, nicht allzu besorgt wirkend. »Ihr wollt sie hierlassen und dahin gehen?«

»Ja, Sir«, sagte Hunt.

Der Fischer sah ihm in die Augen. »Bezahlst du mich?«

Hunt nickte. »Auf jeden Fall.« Dann klopfte er seine mit Neopren bekleideten Beine ab. »Ich habe allerdings kein Bargeld bei mir, aber …«

»Du wirst es schicken? Ich habe PayPal.«

Hunt lächelte und nickte.

Ohne ein weiteres Wort ging der Fischer ans Steuer.

KAPITEL 27

»Es ist immer noch da!« Jayden deutete auf ihr Wasserflugzeug. Daedalus' riesige Jacht lag etwa hundert Meter entfernt vor Anker.

»Nicht mehr lange, so wie es aussieht«, sagte Hunt. Er zeigte auf ein kleines Boot, das an das Flugzeug angebunden war. Ein Mann befestigte gerade ein Objekt an der Seite.

»Sieht so aus, als würden sie es sprengen wollen!«, sagte Jayden.

»Wir müssen sie verjagen.« Hunt sah zum Fischer. »Haben Sie Waffen an Bord?«

Dieser sah Hunt ernst an, nickte aber langsam. »Wenn ihr wollt, feuere ich für hundert Dollar extra einen Warnschuss ab. Aber wenn sie zurückschießen, verschwinden wir.«

»Wie wäre es, wenn Sie das Boot fahren und ich schieße?«, fragte Hunt.

Aber der Mann schüttelte den Kopf. »Der Einzige, der mein Gewehr nutzt, bin ich. Entschuldige, aber du ziehst eine Menge Ärger an, Kumpel. Meine Waffe, meine Regeln.«

»In Ordnung«, sagte Hunt. »Wir wollen nur unser Flugzeug und von hier verschwinden. Sie bringen uns etwas näher ans Flugzeug heran, sorgen für ein wenig Ablenkung und wir erledigen den Rest.«

»Inklusive der Geldüberweisung? Ich vertraue dir.«

»Abgemacht.« Hunt schüttelte die Hand des Fischers und der Mann zog sich in das kleine Ruderhaus des Bootes zurück und erschien wenige Sekunden später mit einem Gewehr. »Ihr bekommt einen Versuch«, erinnerte er. »Ich fahre einmal vorbei, ihr tut, was ihr tut, und das war's, ich bin raus.«

»Verstehe.« Hunt hörte die Männer am Flugzeug etwas rufen und für eine Sekunde glaubte er, dass sie gleich angegriffen würden. Aber was auch immer es war, es hatte nichts mit ihnen zu tun, da keiner der Männer auf dem kleinen Boot vom Wasserflugzeug wegsah.

Der Fischer stellte sich hinter das Steuer. Hunt bot ihm die Hand an. »Wie heißt du eigentlich? Ich bin Carter Hunt – dies sind meine Freunde Jayden Takada und Maddy Chambers.«

Der Fischer lehnte das Gewehr gegen die Brüstung. »Nenn mich Darcy.« Er grinste breit und startete den Dieselmotor des alten Bootes. »Oh, fast vergessen.« Er öffnete ein Seitenfenster, nahm das Gewehr und steckte den Lauf durch die Öffnung. »Dann wollen wir mal!«

Hunt nickte mit einem schelmischen Funkeln in den Augen. »Sei vorsichtig, Darcy. Und danke nochmal.« Dann drehte er sich um und trat aufs Deck hinaus, wo Jayden und Maddy geduckt über die Reling blickten. Er hockte sich zu ihnen.

»Das Boot haben sie bemerkt, aber uns haben sie noch nicht gesehen, da bin ich ziemlich sicher«, sagte Jayden.

»Ziemlich sicher?«, hakte Hunt nach.

Das *Ping* einer Kugel ertönte, die von Darcys Steuerstand abprallte.

»Okay … eigentlich bin ich mir nicht so sicher«, fügte Jayden hinzu.

Plötzlich beschleunigte das Fischerboot.

»Bereitet euch darauf vor, zu springen!«, rief Hunt.

»Was ist damit? Ich kann damit nicht springen!« Maddy umklammerte das Artefakt.

Hunt sah kurz darauf. »Nimm die Schriftrolle raus und lass den Rest hier. Es hat seinen Zweck erfüllt. Versuche nur, es nicht nass werden zu lassen. Moment …« Hunt kroch in die

Kabine. Als er zurückkam, hielt er ihr einen großen Ziploc-Beutel hin. »Pack es hier rein.«

Maddy lächelte ihn breit an, nahm die Schriftrolle aus dem Artefakt und versiegelte sie im Plastikbeutel.

Dann hörten sie den Schuss. Hunt schaute nach links und sah eine dünne Rauchfahne vom Gewehrlauf hochsteigen, der aus Darcys Fenster ragte. Sofort richteten die Saboteure auf dem kleinen Boot beim Wasserflugzeug ihre gesamte Aufmerksamkeit auf das alte Fischerboot. Hunt sah einen von ihnen ein Funkgerät bedienen und aufgeregt auf Darcys Schiff zeigen.

Dann heulte der Außenmotor auf und das Schlauchboot entfernte sich schnell von dem Flugzeug.

»Macht euch bereit!«, rief Hunt. Er packte Maddy an der Schulter. »Hast du die Schriftrolle?«

»Gut verstaut!« Sie klopfte auf ihre Brust, wo sie den Plastikbeutel unter das Neoprenoberteil gestopft hatte.

»Los geht's. Springt!«

Jayden ging zuerst über Bord. Maddy zögerte an der Reling und starrte auf das Wasser unter dem Boot. Hunt packte sie und zog sie mit sich.

Hunt schwamm schnell zum Flugzeug. Er ließ Maddy zurück, da er wusste, dass sie gut schwimmen konnte und dass Jayden sich bei Bedarf um sie kümmern würde. Aber er wollte schnellstmöglich das Cockpit erreichen und das Flugzeug starten.

Kurze Zeit später erreichte er das Flugzeug und kroch auf einen der Stege. Er zog die Tür auf und kletterte tropfnass ins Cockpit. Dann suchte er nach dem Schlüssel in seinem Neoprenanzug.

Hunt rammte den Schlüssel in die Zündung, drehte ihn und der Motor erwachte zum Leben. Dann durchlief er die schnellste Vorflugkontrolle seines Lebens und bestätigte das absolute Minimum, von dem er wusste, dass es nötig war, um das Flugzeug nach oben zu bringen.

Jayden erreichte als nächster das Flugzeug. Hunt sah aus seinem Fenster und war erfreut, Maddy nicht weit hinter Jayden zu sehen. Dann sah er, dass sich Darcys Fischerboot entfernte. Seine Arbeit war getan und Hunt dankte ihm noch einmal im Stillen.

Doch nun kamen die Kerle von Treasure, Inc. auf ihrem Schlauchboot zurück zum Flugzeug. Dann sah Hunt einen Helikopter vom Deck der Megajacht aufsteigen. Hunt lehnte sich aus dem Fenster. »Wir müssen los! Sie haben einen Hubschrauber!«

Jayden zog sich auf den Ponton, während Hunt das Flugzeug langsam vorwärtsbewegte. Dann half Jayden Maddy auf den Schwimmkörper. Eine erste Kugel prallte von einer der Metallstreben des Wasserflugzeugs ab, als Jayden die Hintertür öffnete. »Du gehst zuerst!« Er zog Maddy zur Tür und schob sie hinein auf den Rücksitz des Flugzeugs.

»Hunt, wir brauchen Waffen!«

Das Flugzeug bewegte sich schneller und schneller über die Wellen und Jayden stürzte beinah herunter, als sie das Kielwasser des Schlauchboots kreuzten. Das kleine Boot legte sich soeben in eine bogenförmige Kurve, die zweifellos darauf abzielte, seinen Insassen den bestmöglichen Schusswinkel zu bieten. Hunt versuchte die Maschine leicht nach rechts zu bewegen – er durfte den Kurs nicht allzu stark ändern, ohne das Gleichgewicht des Flugzeugs beim Beschleunigen zu stören.

Hunt sah eine Mündung aufblitzen, dann erschien ein Riss in der Windschutzscheibe des Flugzeugs. Zum Glück auf der Beifahrerseite. Hunt wusste, dass ihr Glück nicht lange anhalten würde. Er griff in ein Staufach und zog ein Paket heraus.

»Jayden – hier, nimm das!« Er hielt das Objekt aus dem Fenster.

»Leuchtpistole, schön! Lasst uns diese Kerze anzünden!«

Jayden versuchte die Leuchtpistole zu laden, doch die erste von vier Raketen fiel ins Wasser. Es gelang ihm, die zweite zu laden, dann zielte er auf das lästige Schlauchboot. Eine Salve ließ kleine Fontänen in die Höhe spritzen, bis Jayden das Ping von Blei auf Aluminium hörte und kleine Löcher in dem Ponton zu seinen Füßen auftauchten.

Er zielte mit der Leuchtpistole auf das Boot und drückte den Abzug. Ein roter Streifen durchschnitt die Luft, bis er ein paar Meter hinter dem Schlauchboot im Ozean landete.

Verfehlt!

Er hielt sich erneut an einer der Pontonstreben fest, um nachzuladen. Doch plötzlich änderte Hunt den Kurs des Flugzeugs und warf Jayden fast vom Steg. Die nächste Rakete landete Wasser.

Nur noch eine Rakete übrig!

Jayden spürte ein nervöses Kribbeln seinen Körper erfassen. Er sah nach dem Schlauchboot, welches sich ihnen gefährlich genähert hatte. Er ließ die letzte Rakete in die Kammer gleiten und verschloss sie. Doch das Schlauchboot befand sich jetzt neben dem Flugzeug und er hatte kein freies Schussfeld.

Auch Hunt hatte bemerkt, dass Jayden noch keinen Treffer mit den Leuchtraketen hatte landen können und dass er nun auf der falschen Seite des Flugzeugs war, um einen Schuss abzufeuern. Er sah zurück und überprüfte die Position des Schlauchboots, konnte jedoch nicht helfen. Maddy hatte die Schriftrolle ausgerollt und starrte darauf, während ihre Lippen sich bewegten.

»Maddy, was tust du da?«

Sie sah auf. »Ich lese die Schriftrolle. Ich hatte eine Idee und wollte sehen, ob es Sinn macht …« Sie sah wieder hinunter und las weiter. Hunt beließ es dabei. Jeder hatte seine Art, mit Stress umzugehen, das wusste er aus seiner Militärzeit.

Er wandte seine Aufmerksamkeit wieder dem Flugzeug zu. Wasserflugzeuge waren auf dem Wasser nicht so wendig wie Boote. Er legte das Flugzeug so scharf nach links in die Kurve, wie er wagte, und erzeugte damit eine Wasserwand.

Damit sollte Jayden etwas anfangen können. Aber kaum hatte er dies gedacht, nahm er ein neues Geräusch wahr. Tiefer, mächtiger. Und dann erinnerte sich Hunt an den Helikopter, den er von Daedalus' Megajacht hatte abheben sehen. Er kam näher und Hunt fragte sich, ob er bewaffnet war.

In diesem Moment hörte er das Zischen von Jaydens Leuchtrakete und erblickte dann ein entflammtes Schlauchboot, das vor der Nase des Flugzeugs übers Wasser schoss, völlig außer Kontrolle.

Treffer!

Kurz flammte Hoffnung in Hunts Brust auf, dann dachte er wieder an den Hubschrauber. Wo war er? Er drehte sich auf dem Pilotensitz herum und erblickte dessen blaues Fahrwerk im Tiefflug über dem Wasser auf Jaydens Seite.

Verdammt! Hunt drückte das Gaspedal durch. Nach kurzer Zeit hüpfte das Wasserflugzeug über eine letzte Welle und hob ab.

Jaydens Kopf erschien in der hinteren Tür. »Keine Raketen mehr! Sind hier noch welche?«

Hunt schüttelte den Kopf, ohne sich umzudrehen. »Negativ. Komm rein, wir hauen jetzt ab.«

Jayden zog die Tür hinter sich zu. »Der Heli hat einen Schützen auf den Kufen stehen. Ich denke nicht, dass die uns in Ruhe lassen.«

»Denke ich auch nicht«, rief Hunt zurück.

Jayden sah zu Maddy hinüber, dann fragte er an Hunt gewandt: »Geht es ihr gut?«

»Ja, sie liest die Schriftrolle.«

Während Hunt mit der Steuerung hantierte, schaute Jayden aus dem Fenster. »Der Helikopter hält nicht an, um ihre Leute einzusammeln, die aus dem brennenden Boot gesprungen sind.«

»Was für eine Überraschung«, gab Hunt zurück. »Daedalus hat ihnen wahrscheinlich gesagt, dass sie gefeuert sind, falls sie aufhören, uns zu verfolgen.«

»Flugzeuge sind schneller als Helikopter und wir haben auch eine größere Reichweite. Ich mache mir keine Sorgen um sie, wenn sie nicht anfangen zu schießen …«

Da hörten sie das Ping einer Kugel, die irgendwo vom Metall des Flugzeugs abprallte.

»Wenn dieses Ding schneller fliegen kann, Carter, dann ist jetzt die Zeit dazu«, sagte Jayden.

»Die Geschwindigkeit nimmt zu. Haltet euch für ein kleines Ausweichmanöver fest.« Hunt neigte die Nase der Maschine plötzlich nach links und dann wieder nach rechts, bevor er den aufwärtsgerichteten Kurs fortsetzte.

Jaydens Blick suchte den Hubschrauber. Er nickte. »Hat sie ein wenig verwirrt. Mach weiter so.«

Hunt flog ein weiteres Ausweichmanöver und der Heli fiel noch etwas zurück. »Wir gewinnen jetzt Abstand von ihnen. Nur eine Frage …« Er unterbrach sich selbst, um das Steuer zurückzuziehen und das Ruder zu optimieren.

»Welche?«, fragte Jayden.

»Wohin?«

Jayden dachte für ein paar Sekunden darüber nach. »Daedalus hat wahrscheinlich bereits herausgefunden, wo wir dieses Baby ausgeliehen haben, also ist eine Rückkehr ausgeschlossen.«

»Einverstanden. Also, wohin fliegen wir? Florida?«

»Nein!«

Sie waren überrascht, Maddys Stimme zu hören. Jayden sah zu ihr hinüber. Sie starrte auf das abgerollte Manuskript.

»Warum nicht?«

Maddy blickte von der alten Schriftrolle auf. »Ich weiß, wohin wir müssen! Richtung Süden.«

KAPITEL 28

»Bist du sicher, dass das der richtige Weg ist?« Jayden warf einen nervösen Blick auf die Tankanzeige.

Hunts Antwort kam schnell.

»Ziemlich sicher.«

»Ziemlich sicher? Bist du …?« Jayden sah aus, als wolle er gleich aus dem Flugzeug springen, bevor es vom Himmel fiel.

»Das war ein Scherz, entspann' dich. Wir liegen auf Kurs. Wir müssen vielleicht eine Wasserlandung machen, aber sie sollte in Sichtweite des Landes sein.«

»*Sollte*, großartig«, erwiderte Jayden sarkastisch. Als er nach unten blickte, sah er nur das tiefe Blau des offenen Ozeans. Er sah zu Maddy hinüber, die kurz aus dem Fenster geschaut hatte, aber ihre Nase schon wieder in dem mysteriösen Manuskript vergrub.

»Und woher weißt du, dass Kuba der richtige Ort ist?«, erkundigte sich Jayden.

Maddy antwortete, ohne von dem Pergament aufzusehen. »*O Gott …*«

Jayden starrte sie an. »O Gott, *was*?«

»Ich … ich glaube, ich halte die verlorenen Seiten von Platons *Kritias* in meinen Händen.«

»Ich habe von Platon gehört«, sagte Jayden mit einem Achselzucken.

Maddy sah zu ihm auf. »Die beiden Dokumente, die alles enthalten, was wir über Platons Atlantis-Geschichte wissen – *Timaios* und *Kritias*!«

»Natürlich, wie könnte ich das vergessen haben«, antwortete Jayden.

Maddy runzelte die Stirn und rief zu Hunt auf dem Vordersitz: »Weißt du, was wir hier haben, Carter?«

»Ja, noch etwa ein Achtel des Treibstofftanks übrig.«

»Das meine ich nicht. Ich meine, dass wir jetzt im Besitz eines der begehrtesten Dokumente der Welt sind, sobald es authentifiziert wurde.«

»Großartig«, dröhnte Jayden. »Noch ein Grund mehr für Daedalus, uns zu jagen.«

Sie starrte ihn mit offenem Mund an. »Du verstehst nicht. Dieses Papier ist etwa 2000 Jahre alt. Es beinhaltet von *Platon* geschriebene Wörter, von denen ich glaube, dass sie zum tatsächlichen Standort von Atlantis führen.«

»Jetzt wäre ein guter Zeitpunkt für diesen tatsächlichen Ort«, rief Hunt vom Pilotenplatz aus. »Ich sehe nämlich Land.«

Jayden und Maddy schauten aus ihren Fenstern. In der Ferne tauchte ein dunkles Bergmassiv auf, das teilweise von Wolken verdeckt war.

»Ist das Kuba?«, fragte Maddy mit angespannter Stimme.

Jayden tat so, als würde er in der Luft schnüffeln. »Ich kann die Zigarren von hier riechen.«

»Kuba ist eine riesige Insel – ich muss wissen, auf welchen Teil davon wir uns konzentrieren sollen«, sagte Hunt.

Maddy schaute auf das alte Manuskript hinunter und es vergingen einige Augenblicke, bevor sie antwortete. »Nordwestliche Ecke. Entschuldige, spezifischer kann ich momentan nicht sein.«

»Von dort ist es also eine Bodentruppen-Sache, nicht wahr?«, fragte Jayden.

»Das wird es buchstäblich sein«, antwortete Hunt. »Denn wir werden schon sehr bald zur Bodentruppe, wenn dem Vogel hier der Treibstoff ausgeht.« Hunt überprüfte seine

Messgeräte, das GPS und den Kompass, bevor er eine Kurskorrektur durchführte und sich dann wieder in den Sitz sinken ließ. »Ich habe Kurs auf Bahia Honda aufgenommen, eine kreisförmige, natürliche Bucht, die etwa 80 Kilometer westlich von Havanna liegt.«

Maddy sah wieder vom Dokument auf. »Sagtest du kreisförmig?«

»Es ist ungefähr kreisförmig, ja. Ein kleiner Zufluss, der zu einer großen Bucht führt, die von einem Mangrovenwald umgeben ist, glaube ich, aber wir werden sehen. Hoffentlich«, endete er und tippte mit dem Zeigefinger auf die Tankanzeige.

»O mein …« Maddy schaute wieder aufs Manuskript, während Jayden die Augen rollte.

»Das erweist sich als ein einmaliger Arbeitsurlaub, muss ich sagen.«

»Es passt nun alles zusammen. In der *Kritias* wendet sich ein Sprecher an die Menge in einem Amphitheater, welches natürlich von kreisförmiger Natur ist. Andererseits war der gesamte Stadtplan von Atlantis angeblich kreisförmig, mit Kanälen, die die konzentrischen Ringe verbinden …«

»Aber es muss tausende kreisförmige Buchten in der Karibik oder südlich der Bahamas geben. Was ist so besonders an Bahia Honda?«

»Laut den verlorenen Seiten der *Kritias* …«, begann Maddy, aber sie wurde unterbrochen, als ein Alarmton aus dem Armaturenbrett des Flugzeugs ertönte.

»Ich hoffe, das bedeutet, dass der Getränke-Service bereit ist«, sagte Jayden, »denn ich habe Durst.«

Hunt drehte sich um. »Leider hat das Flugzeug auch Durst. Auf Treibstoff. Dieser Alarm bedeutet, dass wir auf den letzten Reserven fliegen.«

Jayden sah aus dem Fenster vor ihnen, wo Kuba noch immer eine undeutliche Landmasse in der Ferne war. »Das erinnert mich an die Zeit überm Persischen Golf, mit diesem Funkertypen – erinnerst du dich an ihn?«

»Würde ihn lieber vergessen«, rief Hunt zurück. »Aber es ging gut aus.«

»Ja, lass uns hoffen, dass das hier auch gut ausgeht. Wie nah heran, glaubst du, schaffen wir es, bevor wir eine Wasserlandung machen müssen?«

»Je näher, desto besser, das ist alles, was ich weiß. Macht euch bereit, abzuspringen. Haltet alle wichtigen Dinge bereit, um sie mitzunehmen.«

Jayden drehte sich zu Maddy. »Das bedeutet auch dich und deine magische Schriftrolle.«

Sie sah von der Schriftrolle auf und begann sie wieder aufzurollen. »Richtig. Ich denke, es zu lesen hat mich von dem Stress abgelenkt, erst angeschossen zu werden und dass uns nun möglicherweise der Treibstoff ausgeht.«

Plötzlich begann der Motor des Flugzeugs zu stottern. »Nicht möglicherweise«, schrie Hunt. »Auf jeden Fall. Wir haben keinen Treibstoff mehr.«

Jayden sah aus seinem Fenster. »Hey, Carter, ich sehe da eine kleine vorgelagerte Insel, die wir vielleicht erreichen können.«

Hunt starrte ebenfalls aus dem Fenster und erblickte den flachen Streifen Sand mit einem grünen Band darauf. Dann schätzte er die Distanz von der Insel bis zum kubanischen Festland und schüttelte den Kopf. »Egal, es muss reichen. Wir gehen jetzt runter.« Hunt steuerte das Flugzeug in einen kontrollierten Sinkflug. Gerade, als das Flugzeug waagerecht über der Wasseroberfläche war, stotterte der Motor noch einmal und erstarb dann. Eine Schweigeminute folgte, als sie in einem treibstofflosen Flugzeug durch die salzige Luft segelten. Häufige Böen erforderten eine schnelle Reaktion von Hunt mit dem Ruder des Flugzeugs, um es gerade zu halten, damit sie nicht kopfüber im Ozean landeten.

»Ich werde versuchen, uns so nah wie möglich an die Insel heranzubringen«, rief Hunt.

Ihnen allen war klar, dass sie aus dem Regen in die Traufe gekommen waren, von einer gefährlichen Situation in die nächste – gestrandet auf einer kubanischen Sandbank – und das auch nur, wenn ihnen die Landung gelang.

Jayden lehnte sich zurück in seinen Sitz, schnallte sich an und schlug Maddy vor, dasselbe zu tun. Er wusste aus Erfahrung, dass selbst eine normale Landung mit einem Wasserflugzeug recht holprig sein konnte, und da sie keine Antriebskraft mehr hatten, würde dies keine normale Landung werden. Maddy verstaute die Schriftrolle und machte sich auf eine harte Landung gefasst.

Auf dem Pilotensitz wanderte Hunts Blick über die Anzeigen, Schweißperlen auf seiner Stirn. Die Knöchel ums Lenkrad wurden weiß, als er das Steuer zurückzog, um die Nase der Maschine ein wenig nach oben zu bringen.

»Festhalten!«, rief er, als das kleine Wasserflugzeug mit der Nase voran ins Meer klatschte. Wasser spülte über die Windschutzscheibe. Das Flugzeug wippte vor und zurück, blieb aber stabil.

»Geht es euch gut?«, fragte Hunt.

Er war froh, zuerst Maddys Stimme zu hören. »Mir geht es gut.«

»Wir scheinen alle in einem Stück zu sein, also lass ich es dir diesmal durchgehen«, brummelte Jayden.

»Danke.« Hunt bemühte die Steuerung des Flugzeugs und drehte die Maschine auf die Sandbank zu. Schon bald war klar, dass das Flugzeug zwar nicht sinken würde, es aber auch nicht auf die Insel zutrieb. Tatsächlich wurde es allmählich von ihr fortgetrieben.

Hunt ließ die Steuerung los. »Wir müssen ins Wasser, Leute. Schnappt euer Zeug und los geht's.« Er öffnete die Cockpittür und schätzte die Entfernung zur Insel. Sie würden sie schwimmend überbrücken können.

Hunt duckte sich zurück ins Cockpit und füllte seinen Rucksack mit der verbliebenen nützlichen Sicherheitsausrüstung aus dem Flugzeug – einem kleinen Werkzeugkasten und einem Erste-Hilfe-Kasten. »Zeit zu gehen.« Er blickte hinüber zu Jayden, der auf den Rücksitz geklettert war, um Maddy dabei zu helfen, ihre Taschen zu packen. Jayden öffnete die Hintertür.

Hunt trat hinaus auf den Schwimmponton und starrte hinunter, um die Wassertiefe abzuschätzen. Er vermutete, dass es etwa zwei oder drei Meter waren, überwiegend sandiger Boden. Zu tief zum Stehen, aber er wusste, es würde flacher werden, wenn sie sich der Insel näherten, die etwa zweihundert Meter entfernt war. Am Abtreiben des Flugzeugs konnte er jedoch erkennen, dass eine Strömung durch dieses Gebiet floss, gegen die sie würden ankämpfen müssen.

Hunt ließ sich ins Wasser gleiten und bedeutete Jayden und Maddy es ihm nachzutun. Sie begannen auf das Eiland zuzuschwimmen, wobei sie ordentlich mit den Beinen treten mussten, um gegen die Strömung anzukämpfen.

Wenig später konnte Hunt im weichen Sand stehen. Das Wasser reichte ihm noch bis zu den Schultern. Ein großer Schatten erhob sich unter ihm und Hunt hob seine Arme zur Verteidigung, sah aber schnell, dass es nur ein großer Rochen war, dessen Brustflossen aufgebracht schlugen, während er sich von dem Eindringling entfernte, der ihn gestört hatte.

Hunt drehte sich um und winkte Jayden und Maddy herbei. »Ich kann stehen. Wir sind fast da.« Er wartete ab, bis Maddy nah genug war, dann griff er nach ihr und zog sie an sich heran.

Jayden nickte zu der Insel. »Sieht fast wie auf den Bahamas aus.«

»Dann lasst es uns anschauen«, meinte Hunt. »Und seid vorsichtig, damit ihr nicht auf einen Stachelrochen tretet.«

Das durchnässte Trio schlurfte über den sandigen Boden, der allmählich zur flachen Insel anstieg. Die tropische Sonne wärmte sie, wurde aber auch von der Wasseroberfläche reflektiert. Hunt war dankbar für die Flieger-Sonnenbrille, die er immer noch bei sich trug. Kurze Zeit später erreichten sie den Strand und ließen sich erschöpft auf den trockenen Sand fallen.

»Das ist also Kuba«, sagte Jayden, nachdem sie sich etwas ausgeruht hatten

»Wo sind deine Zigarren?«, fragte Maddy.

»Wir müssen einen Weg finden, zum kubanischen Festland zu kommen«, sagte Hunt und stand auf. Er drehte sich im Kreis und stoppte, als er das kubanische Festland erblickte. »Es dürften vier, vielleicht fünf Kilometer sein«, schätzte er.

»Soweit kann ich nicht schwimmen«, sagte Maddy direkt.

»Wir finden einen Weg«, erwiderte Hunt. Aber was für einen? Während er sich weiterhin umsah, konnte er keinerlei Anzeichen menschlicher Aktivität entdecken – keine Boote, Flugzeuge, kein Lärm vom Festland – nichts. Jayden kam auf die Füße und begann die kleine Insel zu erkunden, während Maddy die *Kritias*-Schriftrolle herausnahm.

»Ich hasse es, das alte Schriftstück so respektlos zu behandeln«, sagte sie und rollte das Pergament ab, »aber etwas nagt an mir.«

Hunt beobachtete sie, während sie sich über das Manuskript beugte. »Erzähl mir mehr darüber, was dich dazu veranlasst hat zu glauben, dass Kuba ein möglicher Standort für Atlantis ist. Ich habe unbestätigte Berichte einer Unterwasserstadt irgendwo an Kubas Küste gehört, aber die waren, soweit ich weiß, nicht mit Atlantis verbunden.«

»Sei dir nicht so sicher«, entgegnete Maddy. Sie griff in ihren Rucksack und nahm die Digitalkamera heraus. »Ich habe aus der Luft ein paar Fotos gemacht.« Sie schaltete den Fotoapparat ein und nickte, als auf dem Bildschirm ein Foto erschien. »Ja, man kann sowohl das kubanische Festland als auch die vorgelagerten Inseln sehen … inklusive dieser.« Sie hielt die Kamera so, dass Hunt das Foto sehen konnte.

Er starrte eine Minute lang darauf, bevor er langsam nickte. »Okay, es zeigt die Umgebung, die Inseln. Die Vogelperspektive könnte uns helfen, hier rauszukommen, meinst du das?«

Maddy schüttelte den Kopf. »Nein. Versuche dir das Bild ohne Wasser vorzustellen, als wäre es eine dieser topografischen Karten, die Täler und Berge darstellen.«

Hunt starrte auf das Foto, während er es sich mental so vorstellte, wie sie es vorgeschlagen hatte. Das kubanische Festland formte die Seite eines Ringes, während die vorgelagerten Inseln, inklusive derjenigen, auf der sie momentan gestrandet waren, die andere Seite des Rings formten. Dazwischen lagen kleinere Inseln. Hunt hatte Bilder gesehen, bei denen man das Ozeanwasser entfernt hatte, um die Bodenkonturen und Tiefseeberge darzustellen, und er wusste, dass viele Inseln in Wirklichkeit nur die Spitzen riesiger Unterwasserberge waren.

»Okay, ich kann es mir vorstellen. Aber ich verstehe immer noch nicht, was du meinst. Was hilft uns das?«

»Was wäre, wenn der Meeresspiegel vor zehn- bis elftausend Jahren nicht so hoch stand, wie er es heute ist?«

Hunt zuckte mit den Schultern. »Ich nehme an, damals gab es mehr Land, welches heute unter Wasser liegt.«

»Richtig. Aber schau dir an, welche Form das Land – dieses Land«, sie schwang den Arm in Richtung Ozean hinter ihrer kleinen Sandbank, »angenommen hätte.« Maddy deutete auf das Bild auf dem Kameradisplay und fuhr die Konturen der Inseln mit einem Finger nach. »Stell dir nur etwas mehr Land auf jeder dieser Inseln vor – stell dir diese Inseln in der Mitte hier als Spitzen hoher Berge vor, an deren Fuß noch immer etwas Wasser wäre … welche Form würden sie annehmen?«

Hunt spürte, wie die Erkenntnis wie die Wellen, die ein paar Meter entfernt an den Strand schwappten, über ihn hereinbrach. Er blickte erstaunt auf den winzigen Bildschirm. Starrte darauf, bis es für seine Augen Sinn ergab, wie bei einem dieser verschwommenen Poster, auf denen man langsam etwas erkannte, wenn man nur lange genug darauf schaute.

»Ich sehe es jetzt«, sagte er leise. »Es würde eine Reihe von konzentrischen Ringen bilden, nicht wahr?«

KAPITEL 29

An Bord der Historica

Daedalus warf seinem Bruder einen bösen Blick zu. »Willst du mir sagen, dass du keine noch so kleine Spur von ihnen gefunden hast – sie sind verschwunden?«

Phillipo verlagerte das Gewicht von einem Bein zum anderen, während er antwortete. »Leider ist das korrekt.« Seine Augen waren zu Boden gerichtet, als er den Teil der Nachricht überbrachte, auf den er sich am wenigsten freute. »Wir haben einen Tunnel gefunden, der aus dem Inneren der Unterwasserpyramide führt.«

»Seid ihr ihm gefolgt?«

»Ja, er führte auf die Insel dort drüben …« Phillipo reichte seinem Bruder ein Fernglas und wartete, während dieser es an seine Augen hob und auf den fernen Punkt Land schaute.

»Er führte auf diese Insel?« Daedalus senkte das Fernglas, um seinen Bruder anzusehen.

»Ja, und auf der Insel haben drei unserer Taucher die Ziele in einen Kampf verwickelt, aber sie sind auf einem vorbeifahrenden Fischerboot entkommen.«

Daedalus presste seine Kiefer in kaum kontrolliertem Zorn fest zusammen. »Welche Männer waren für dieses Versagen verantwortlich?«

Phillipo zeigte auf zwei Mitarbeiter unten auf der Tauchplattform, die ihre Tauchausrüstung auseinandernahmen und dann auf einen weiteren Mann auf der gegenüberliegenden Seite der Plattform, der eine Zigarette rauchte. Daedalus schaute sie für den Bruchteil einer Sekunde an. »Sie werden bestraft. Aber vorerst müssen wir vor Ort bleiben, um an der goldenen Pyramide zu arbeiten. Sie ist erstaunliche Summen wert. Ich werde mein Spezialteam über die Aktivitäten von Carter Hunt informieren.«

Phillipos Gesicht nahm für einen Moment einen ängstlichen Ausdruck an. *Spezialteam* war eine Umschreibung für Daedalus' Auftragsmörder, einen israelischen Ex-Spezialeinheiten-Scharfschützen, der vor einigen Jahren übergelaufen war und vom Mossad gesucht wurde. Die Tatsache, dass er noch am Leben war, war laut Daedalus ein Beweis dafür, dass er ein sehr talentierter Agent war.

Und diese Person würde nun auf Carter Hunt und seine ahnungslosen Freunde losgelassen werden.

Auf der Tauchplattform zählte ein Techniker einen Countdown herunter. Phillipo deutete auf die Bimini Road über dem fehlenden Deckstein, der zur Pyramide führte. »Sieh dir das an …«

Dann ertönte ein tiefes Grollen, als unter Wasser Sprengstoff gezündet wurde.

»Wir sprengen mehr von diesen Steinen weg, um hoffentlich eine Öffnung zu erschaffen, die groß genug ist, um ein Mini-U-Boot hinunter zur Pyramide zu lassen. Dann können wir schweres Gerät dort runterbringen.«

Daedalus beobachtete die träge Welle, die durch die Explosion entstanden war und nun das Schiff erreichte und es sanft zum Schaukeln brachte.

»Wenigstens etwas, das funktioniert. Du musst mich auf der Stelle informieren, wenn du etwas von Carter Hunt oder seinen Freunden hörst.«

Daedalus' Bruder nickte. »In der Zwischenzeit habe ich unseren Agenten auf den Bahamas mitgeteilt, dass sie in allen Häfen wachsam sein sollen.«

»Das Wasserflugzeug – ich dachte, ich hätte dir gesagt, du sollst es versenken?« Die Wut stieg wieder in Daedalus' Gesicht und färbte seine Haut rot.

»Es gab eine Schießerei, Daedalus. Wir haben es versucht, konnten sie aber nicht davon abhalten, zu starten.«

Er starrte seinen Bruder wütend an. »Hast du festgestellt, wie viel Treibstoff im Tank des Flugzeugs war?«

Phillipo schüttelte langsam den Kopf.

Daedalus ließ einen Seufzer der Empörung los. »Wir werden diese systematischen Fehlschläge angehen müssen, sobald diese Situation erledigt ist. Vorerst finde die Reichweite des Flugzeugs heraus, indem du annimmst, dass sie einen nahezu vollen Tank hatten, und zeichne einen Kreis auf einer Karte um die Bimini Road mit der Reichweite des Flugzeugs. Schaffst du das?«

Phillipos Augen verengten sich leicht beim Anblick seines Bruders. »Natürlich.«

KAPITEL 30

Bahia Honda Bucht, Kuba

Maddy ereiferte sich. »Warum kann Atlantis nicht in Kuba gewesen sein? Es ist der Atlantik, es ist nicht weit von Bimini entfernt, welches als Atlantis-Standort vorgeschlagen wurde. Es gibt hier ein konzentrisches Ringmuster.«

Hunt zuckte mit den Schultern, während er seinen Blick über die Insel und das Meer schweifen ließ. »Wenn es das aber ist … wo ist es dann? Die Gebäude, die Straßen … der Schatz?«

Maddy starrte auf das antike Manuskript, ihre Brauen in tiefer Konzentration gefurcht. »Diese Seiten haben etwas Besonderes an sich.«

Hunts Augen weiteten sich. »Nun ja … sie sind etwa 2400 Jahre alt! Das macht sie ziemlich besonders.«

»Nein, noch mehr als das.« Sie hielt einen Augenblick inne. »Denk' für eine Minute nach, worum es bei der Geschichte um Atlantis, wie sie von Plato erzählt wurde, wirklich ging.«

Hunt atmete tief ein, während er über das Meer auf das grüne, kubanische Festland blickte. »Es ist eine Allegorie dafür, was passiert, wenn eine Zivilisation zu gierig und korrupt wird.«

Maddy nickte langsam, während sich ein Lächeln auf ihrem Gesicht ausbreitete. »Genau. Wegen dem, was angeblich in den *Kritias*- und *Timaios*-Dokumenten, die schon existierten, passiert ist, bevor wir von dem hier wussten?« Sie schüttelte die Schriftrolle in ihrer Hand.

»Die Götter bestraften die Menschen von Atlantis, indem sie eine Fülle von Überschwemmungen und enormen Flutwellen aussandten, die die Stadt zerstörten und dauerhaft im Ozean versenkten.«

»Auch richtig. Aber was wäre, wenn die Atlanter einen Plan gehabt hatten, um zu fliehen und nach dieser Katastrophe wieder aufzubauen? Um in ein anderes Gebiet zu ziehen und ein neues Leben zu beginnen?«

Hunt sah Maddy für einige Augenblicke an, während er kurz über ihre vergangene gemeinsame Zeit nachdachte, bevor er antwortete: »Klingt nach etwas, was man eine zweite Chance nennen würde.«

»Eine *zweite Chance* – genau!«

»Aber wie würde das logistisch funktionieren – all die Baumaterialien, die angeblich exotische, seltene Erdmetalle waren, und die Schätze zu bewegen, die kulturellen Sachen wie Bücher, für die sie als Volk überhaupt erst bewundert wurden – wie würden sie all das bewahren und transportieren?«

»Gute Frage.« Maddy hielt das Manuskript zur Sonne und betrachtete es. »Siehst du, wie einige der Wörter blasser sind als andere? Wenn du sie von oben auf einer Oberfläche betrachtest, ist es kaum sichtbar, aber wenn ich so wie jetzt vom Licht durchscheinen lasse, dann wird es viel deutlicher.«

Hunt beugte sich vor und schaute zu der Pergamentschriftrolle, die Maddy gegen das Sonnenlicht hielt. »Oh ja, ich sehe es. Es sieht aus, als hätten sie schon vor all den Jahren eine Fett-Schriftart gehabt!«

Maddys Lachen wurde durch die Meeresbrise mit den Schreien der Möwen davongetragen. »Sie taten es auf die altmodische Art und Weise, mit einer Schreibfeder und anderer Tinte – wahrscheinlich eine Art Pflanzenextrakt gemischt mit Tierblut – auf ausgewählten Wörtern. Aber warum diese speziellen Wörter, Carter?«

»Einige Dinge sind es wert, festgehalten zu werden.« Er schaute weg vom Manuskript und in Maddys Augen. Sie funkelten. Dann zeigte sie auf eines der Worte auf dem Pergament, das durch die Sonne hervorgehoben wurde. »Ich muss dafür wirklich in mein Büro. Dieses Wort hier zum Beispiel, ich weiß nicht, was es bedeutet.« Sie stieß Hunt spielerisch an. »Aber dieses hier …« Sie fuhr mit dem Finger über das Pergament zu einem anderen fettgeschriebenen Wort.

»Verlassen …« Sie bewegte den Finger zu einem anderen Teil der Schriftrolle. »Südliche …« Wieder ging sie zu einem anderen hervorgehobenen Wort. »Provinz.«

Hunt sah sie lange an. »Und Kuba ist diese *südliche Provinz*?«

Maddy nickte nachdrücklich. »Ich bin mir dessen sicher, basierend auf dem, was ich gelesen habe, bevor wir die Bahamas verlassen haben. Und schau mal auf diese anderen Worte: Sie sind altgriechisch und haben heutzutage keine direkte Übersetzung, aber soweit ich sagen kann, wenn ich nur auf die Reihe fettgeschriebener Worte achte, steht hier: *An diesem neuen Ort lernten sie aus dem Bösen ihrer Erfahrungen und konnten für Generationen in fruchtbarer Aktivität leben.*«

Hunt schien ratlos. »Also dieses … Kuba … ist der alte Ort … aber wo ist der *neue Ort*?«

Maddy biss sich auf die Lippe, während sie fortfuhr, auf das Manuskript zu schauen, das sie gegen das Sonnenlicht hielt. »Nun, das ist das Komische … es steht hier nicht. Die Geschichte – die *Kritias*, welche das Ende von Platos Atlantis-Märchen ist, der erste Teil ist *Timaios*, endet hier mit den Worten …« Sie kniff die Augen zusammen, während sie das

Altgriechisch auf der Schriftrolle übersetzte. »… *erhob sich wieder aus dem Meer.* Ich bin mir jedenfalls ziemlich sicher, dass es das bedeutet.«

»Du hast wahrscheinlich recht, Maddy. Aber okay, also Atlantis wurde zerstört, die Menschen siedelten in Erwartung dieser gottgesandten Überschwemmungen und Flutwellen um, bauten die Stadt woanders wieder auf, was bedeutet, dass sie sich erneut aus dem Meer erhob … richtig?«

Maddy zuckte mit den Schultern. »So sehe ich das.«

»Aber wo?«

Maddy sah wieder auf die Schriftrolle und schüttelte ihren Kopf. »Es steht hier nicht wirklich, soweit ich das sehen kann – weder in den markierten Worten noch im regulären Text. Ich denke, ich muss zu Hause eine gründlichere Übersetzung anfertigen und dann …«

»Hey, Leute – hier drüben – ich habe etwas gefunden!« Jayden winkte sie heran. »Kommt mit mir, schaut euch das an!«

»Alles in Ordnung?«, rief Hunt.

»Ja, kein Notfall, habe nur was Cooles gefunden. Bin mir aber nicht sicher, was es ist. Hier entlang!«

Maddy rollte das Pergament vorsichtig wieder zusammen und verstaute es. Hunt warf einen letzten Blick auf das Wasser und suchte nach Booten oder Flugzeugen, konnte aber nichts entdecken. Dann liefen er und Maddy über den Sand und holten Jayden ein, der sie über die schroffe Vegetation der Insel führte. Sie überquerten die Mitte der Insel, die in etwa halbmondförmig war, während eine Schar Möwen über ihnen flog.

Bald darauf erreichte Jayden den Rand des gegenüberliegenden Strands. »Hab ein Lager gefunden!«

»Was? Es gibt Menschen auf dieser Insel?« Maddys Augen weiteten sich, aber Jayden richtete sich auf und schüttelte den Kopf. »Kommt, ich zeig's euch.«

Hunt und Maddy folgten Jayden weiter. Nach ein paar Minuten blieb Jayden stehen und sah sich um. Er deutete auf einen Punkt in der Ferne entlang des natürlich geformten Bogens der Insel. Bunte Stoffflecken standen in starkem Kontrast zu dem bräunlich-grünen Gelände der Insel.

»Das sind Zelte«, sagte Jayden. »Kommt.«

Sie liefen zu dem Lagerplatz. Maddy stoppte ein paar Meter davor. Sie scheute sich vor den offensichtlichen Überresten kürzlicher menschlicher Aktivität. »Jayden, gibt es dort … hast du dort … gibt es dort Tote?«

Aber Jayden schüttelte sofort seinen Kopf. »Nein, hab keine Menschen gesehen, weder lebende noch sonst welche. Nicht, dass ich jedes einzelne Zelt durchsucht habe, aber ich bin mir ziemlich sicher, dass dieses Lager in Eile verlassen wurde. Kommt, ich zeige es euch.«

Sie gingen zum nächstgelegenen Zelt hinüber, ein Drei-Personen-Zelt. Die Stäbe waren verbogen, sodass der Stoff zusammengefallen war und das Zelt nicht länger die gewünschte Kuppelform hatte.

»Was meint ihr, wessen Lager war das?«, fragte Hunt.

»Bin mir noch nicht sicher, aber wer auch immer es war, besaß etwas Technologie.« Jayden hob ein Ethernet-Kabel vom Boden aus dem Inneren des Zeltes auf und hielt es in die Höhe.

»Irgendwelche brauchbare Technik, die zurückgelassen wurde?«, wollte Hunt wissen.

»Schauen wir uns um.«

Jayden duckte sich tiefer in das kaputte Zelt, während Maddy den Boden in der Nähe durchkämmte und Hunt hinüber zum nächsten Zelt ging. Dieses war ebenso ruiniert, ein unbrauchbares Gerüst, das einen zerfetzten, orangefarbenen Stoff hielt. Drinnen fand er eine Mischung aus

Limonade- und *Cristal*-Bierdosen auf dem Boden, zusammen mit einem Schlafsack und einer batteriebetriebenen Laterne. Er ging zum Schlafsack und hob ihn vom Boden. Darunter lag ein Stapel Bücher. Er ließ den Schlafsack fallen und hob eines der Bücher auf, die relativ neu waren und Titel trugen wie ATLANTIS: DER ACHTE KONTINENT, TRIFF MICH IN ATLANTIS, DAS WAHRE RÄTSEL VON ATLANTIS und so weiter. Er schlug die Bücher auf und suchte nach handgeschriebenen Notizen oder irgendwelchen Hinweisen auf die Identität des Besitzers. In den ersten beiden fand er nichts, aber das dritte sorgte dafür, dass er scharf die Luft einsog, als er den Buchdeckel umschlug.

Die Seiten waren eingeschnitten worden und in dem Buch befand sich eine 9mm-Pistole. Hunt nahm sie vorsichtig heraus und prüfte, ob sie gesichert und geladen war. Dann sah er, dass die Seriennummer herausgefeilt worden war. Er wollte die Pistole zurück ins Buch legen, dachte dann aber noch einmal darüber nach, steckte sie in den Bund seiner Shorts und zog den Saum seines Oberteils darüber.

Er sah sich noch weiter im Zelt um, fand aber nichts mehr von Interesse. Vor dem Zelt hatte Maddy am Boden etwas gefunden. Sie hob es auf und hielt es hoch. Es war klein und messingfarben.

»Schau dir das an, Patronenhülsen.«

Hunt nickte und hob sein Hemd. »Und ich habe eine Pistole gefunden. Lass mich mal sehen.«

Maddys Augen weiteten sich beim Anblick von Hunts Neuerwerb. Er nahm ihr die Messinghülse ab und inspizierte sie kurz, bevor er sie auf den Boden fallen ließ. »Ja, 9mm. Sie könnte von dieser Waffe stammen. Aber lass mich mal eine andere sehen.« Sie reichte ihm eine der anderen verbrauchten Hülsen.

»Diese hier hat ein anderes Kaliber. Also gibt es entweder noch mehr Schusswaffen an diesem Ort oder es gab hier eine Schießerei und alle Beteiligten sind längst verschwunden.«

Jayden trat aus dem anderen Zelt. »Sieh mal, was ich gefunden habe?« Er hielt eine weitere Pistole in die Höhe, ein anderes Modell als das, das Hunt gefunden hatte.

»Ich habe selbst eine 9mm gefunden«, sagte Hunt und zeigte Jayden die Pistole in seinem Hosenbund.

»Was glaubst du, ist hier passiert, dass jemand seine Waffen zurückgelassen hat?«, fragte Jayden.

»Ist die Seriennummer an der dort auch abgefeilt?«, fragte Hunt.

Jayden inspizierte die Pistole. »Jepp. Genau wie das Nummernschild von dem exquisiten El Camaro, den ich früher hatte.«

»Dein Autogeschmack macht mir bei diesem Vergleich am meisten Sorgen.«

»Hey, ihr beiden – hier drüben!«

Maddy stand auf einem offenen, grasbewachsenen Flecken inmitten des Rings von zerstörten Zelten. Die beiden gingen zu ihr und entdeckten die breite Grube, an deren Rand Maddy stand. Ein paar Schaufeln, einer der Stiele zerbrochen, lagen neben einem Gesteinshammer in dem offenen Loch.

Hunt blickte in das Loch, wo eine flache Schicht Kalkstein, tote Korallen, freigelegt worden war. »Sie haben versucht, etwas auszugraben, wie es scheint.«

»Ja«, sagte Maddy, »aber das ist nicht die einzige Grube, die sie gegraben haben.« Sie deutete weiter weg vom Lager. »Dort sind noch mindestens zwei weitere.«

»Lasst sie uns anschauen«, sagte Hunt.

Maddy schoss ein Foto von der Grube und dann liefen sie zur nächsten. Sie sah aus wie die erste, abgesehen von einer wichtigen Sache.

»Ach du meine Güte!«, rief Maddy, während sie hinunterschaute. »Ist das … könnte es sein?«

Die beiden Männer warteten am Rand der Grube, während Maddy hinunterkletterte. Das Objekt ihres Interesses war weiß und spitz zulaufend und ragte aus dem staubigen Kalkstein.

»Wenn ich es nicht besser wüsste, würde ich sagen, es sieht wie der Stoßzahn eines Elefanten aus«, sagte Hunt.

»Kein Elefant«, rief Maddy, »sondern Wollmammut! Oh, ich sollte das wirklich nicht tun, aber schaut!«

Jayden sah staunend auf den Stoßzahn, als Maddy dort zu ziehen begann, wo er in den Korallen verschwand. »Wollmammut? Du meinst, wie diese riesigen, haarigen Elefanten, die ausgestorben sind … wie lange ist das her?« Er und Hunt rutschen hinunter in die Grube, um ihr zu helfen.

»Es ist belegt, dass es noch vor 10.000 Jahren Mammuts gab.«

»Und Atlantis blühte vor etwa 11.000 Jahren auf«, meinte Hunt, während er einen Arm um Maddys Bein legte, um sie zu stützen.

»Wusstet ihr«, sagte Jayden, seine Stimme voller kindlichen Enthusiasmus, »dass Wollmammuts zu der Zeit gelebt haben, als die großen Pyramiden von Ägypten gebaut wurden?«

Maddy sah von der Grube auf. »Aber nicht am selben Ort.«

»Wenn das Atlantis war«, sagte Hunt und deutete über die kubanische Insel, »heißt das, in Atlantis wanderten Mammuts umher?«

»Ich stelle mir vor, dass die atlantischen Jäger auf ihnen geritten sind«, sagte Jayden und starrte auf den teilweise ausgegrabenen Stoßzahn. »Das hätte ich getan.«

»Ohne Zweifel«, meinte Hunt. »Aber selbst mit diesem beeindruckenden Fund scheint es, als würden wir uns weiter von Atlantis entfernen, statt ihm näherzukommen. Auf den Bahamas haben wir tatsächlich eine goldene Pyramide gefunden. Hier haben wir den Stoßzahn eines Tieres. Ganz davon abgesehen, dass wer auch immer hier campiert hat, es nicht für wertgehalten hat, zurückzukommen, nachdem sie es in Eile verlassen haben.«

Maddy blickte wieder vom Stoßzahn auf. »Das sieht für mich wie ein normales Lager aus – entweder Archäologen oder vielleicht Paläontologen. Abgesehen von den Pistolen«, ergänzte sie mit einem Stirnrunzeln.

»Könnte sein, dass hier ein reguläres Archäologie- oder Paläontologie-Team gearbeitet hat, und genau wie es deinem Team in Gizeh geschehen ist, wurden sie von Treasure, Inc. verjagt«, meinte Jayden. »Sie scheinen wichtige Ausgrabungsstätten in der Welt zu beobachten.«

»Die Menge an verbrauchten Patronen hier scheint das zu bestätigten«, stimmte Hunt zu.

Maddy nahm ihren Rucksack ab und holte die Schriftrolle heraus. Wieder einmal entrollte sie diese.

»Als wäre das Ding eine dieser Harlequin-Romanzen oder so etwas – man kriegt einfach nicht genug davon!«, scherzte Jayden.

»Das Mammut erinnert mich an etwas, was ich vorhin hier drin gelesen habe. Es ergab keinen Sinn aber jetzt vielleicht …«

»Wie wäre es, wenn Jayden und ich schauen, ob wir dieses Ding aus dem Boden bekommen, während du mit dem Manuskript arbeitest«, schlug Hunt vor. Maddy nickte abwesend, ohne die Augen von der Schriftrolle zu nehmen, während die Männer sich um den Mammutstoßzahn herum in Position brachten. Die beiden arbeiteten daran, weitere Korallen vom Stoßzahn wegzumeißeln, während Maddy über dem Manuskript brütete. Ihre Lippen bewegten sich leise beim Durcharbeiten der kryptischen Worte.

Jayden schlug mit einem der zurückgelassenen Gesteinshämmer die Korallen ab, während Hunt an dem Stoßzahn zog.

»Warte«, sagte Hunt und bückte sich. »Wow, es sieht aus, als wäre er noch am Schädel befestigt!«

»Verdammt! Was, wenn das ganze Skelett da drin ist?«, rief Jayden aus.

Maddy blickte von dem Manuskript auf. »O mein Gott. Es ist … ich meine, es wird da sein, ihr werdet sehen. Dieser Ort *war* Atlantis. Aber sie haben ihn verlegt und an einer anderen Stelle wiederaufgebaut. Und jetzt weiß ich auch, wo.«

KAPITEL 31

Bimini Road, Bahamas

Daedalus schritt ungeduldig über das Vorderdeck der *Historica*, als sein Bruder die Stufen vom Unterdeck aus hinaufkam. Er war gespannt auf Nachrichten über die Suchbemühungen, wohin Carter Hunt im Wasserflugzeug entkommen war. Phillipo hielt kurz oben an der Treppe an und holte Luft, während er seine Hosen glättete und sein Hemd reinsteckte.

»Was sind die Ergebnisse der Suche?«, fragte Daedalus ungeduldig.

»Wir haben das Flugzeug noch nicht gefunden«, sagte Phillipo, glättete sein Hemd und kam den Rest des Wegs hinüber zu Daedalus. »Aber ich bin mir sicher, ich weiß, wo sie sind.«

»Fahre fort«, forderte Daedalus.

»Unsere Mitarbeiter erzählten mir, dass sie bisher nicht versucht haben, eine Landung auf einem der Bahamas-Flughäfen zu machen, inklusive desjenigen, von dem sie das Flugzeug geliehen haben, was der schnellste und einfachste Weg für sie gewesen wäre.«

»Abgesehen davon, dass sie wussten, wir würden sie finden, wenn sie das tun«, sagte Daedalus selbstgefällig. »Also ist es nicht wirklich das Schnellste oder Einfachste. Mach weiter.«

Phillipo atmete tief durch, bevor er fortfuhr: »Sie haben auch nicht in Miami, Fort Lauderdale oder anderen großen Flughäfen Floridas innerhalb der Reichweite eingecheckt. Es ist möglich, dass sie nahe einem abgelegenen Teil der Küste gelandet sind, ein Mangrovengebiet vielleicht, und dann das Flugzeug verlassen haben, um zu Fuß an Land zu kommen.«

»Hast du Leute losgeschickt, um das zu untersuchen?«, fragte Daedalus.

»Haben wir. Aber ich denke, das wahrscheinlichste Szenario ist, dass sie nach Süden geflogen sind.«

»Süden? Wohin, zu den Florida Keys?«

»Noch weiter südlich, auch wenn sie sehr wenig Treibstoff dafür gehabt hätten.«

Ein Augenblick verging zwischen den Brüdern, als sich ihre Blicke begegneten. Schließlich meinte Daedalus: »Kuba.«

Sein Bruder nickte.

»Stätte 6?«

»Das ist korrekt.«

Daedalus sah ernst aus, aber allmählich hellte sich sein Gesicht auf, bis er lauthals lachte. »Gut! Lass diese Idioten ihre Zeit in dem verlassenen Lager verschwenden. Dort gibt es nichts für sie zu finden. Und wenn wir Glück haben, landen sie für ein paar Jahre in einem kubanischen Gefängnis, während Castro herauszufinden versucht, ob sie Spione sein könnten.«

Phillipo musste darüber schmunzeln. »Ja, und wo wir gerade davon sprechen, Bruder, aus diesem Grund ist es nicht weise, dass wir sie bis dorthin verfolgen, stimmst du zu?«

»Wir sind eine Antiquitätenhandelsfirma, Phillipo, kein Militärbetrieb. Ich stimme vollkommen zu. Solange wir nicht wissen, dass die verlorene Stadt auf kubanischem Territorium liegt, haben wir keinen Grund, dorthin zu gehen.«

»Und wenn wir wirklich Glück haben«, fuhr Daedalus fort und schien seinen Bruder zu ignorieren, »werden sie mit einer dieser Schallwaffen beschossen, die man in Havanna bei amerikanischen Diplomaten eingesetzt hat! Wäre das nicht perfekt?« Er brach in lautes Gelächter aus.

»Ich habe das Gefühl, dass die Mittel, die von kubanischen Behörden eingesetzt werden, um Personen abzufangen, die ohne Visa in einem unangekündigten Flugzeug ankommen, weitaus weniger subtil wären.«

»Natürlich hast du recht«, stimmte Daedalus zu und sein Lachen verebbte. »Ich versuche nur, inmitten dieses Chaos ein wenig Spaß zu haben, vielleicht solltest du es mal versuchen.«

Phillipo starrte seinen Bruder für einen Augenblick an, bevor er fortfuhr: »Sie werden mit Sicherheit die Überreste des Wollmammuts finden.«

Daedalus zuckte abweisend mit den Schultern. »Lass sie diese alten Knochen haben, wenn sie wollen. Wir haben wichtigere Aufgaben zu erledigen.«

»Zum Beispiel?«

»Zum Beispiel, herauszufinden, wo Atlantis liegt und als Erste dort sein.«

KAPITEL 32

Bahia Honda Bucht, Kuba

Hunt warf seine Hände in die Luft und sah sich auf der kleinen Insel um. »Wenn das Atlantis war, dann hatten wir Erfolg. Wir haben Atlantis gefunden!« Er grinste Maddy und Jayden an, doch vor allem Jayden schien alles andere als überzeugt.

»Ja, aber der Schatz ist nicht hier. Hier ist nichts, außer alten Tierknochen. Die sind cool – versteht mich nicht falsch. Ich liebe alte Tierknochen, aber sie sind nicht wirklich ein Teil von Atlantis.«

Maddy wies nachdrücklich auf die verlorenen *Kritias*-Seiten hin. »Eigentlich steht hier drin, dass *seltsame Tiere aus einer anderen Zeit hinter den goldenen Mauern der Stadt gehalten wurden*. Das könnten Mammuts gewesen sein, ich weiß es nicht. Aber hier steht noch etwas viel Wichtigeres: Dass die Tiere, was auch immer sie genau waren, zur *Spiegelinsel* gebracht wurden.«

»Ist das wie eine Insel voller Spiegel wie in einem Spiegelkabinett oder so?«, fragte Jayden nur halb im Scherz.

Maddy runzelte die Stirn. »Nein. Es bedeutet, dass es eine ähnliche Insel ist, aber ein Spiegelbild, so wie die linke und die rechte Hand.«

»Also eine Insel, die wie Kuba aussieht, aber nicht Kuba ist?«, fragte Jayden deutlicher.

»Jetzt hast du es. Wenn man sich eine Karte anschauen würde, würde sie im Grunde dieselbe Form haben, aber irgendwie umgedreht, sodass ähnliche Merkmale wie

Buchten und Halbinseln übereinstimmen würden, wenn man sie in ihre ursprüngliche Position versetzen würde. Zum Beispiel würde die griechische Insel Kreta die Kriterien erfüllen. Kreta ist zwar viel kleiner als Kuba, aber wenn sie auf der Flucht gewesen waren, hatten sie vielleicht viele Menschen und Dinge verloren und mussten sich verkleinern.«

»Wenn wir wieder in der Zivilisation sind, werden wir uns ein paar Karten anschauen und versuchen, es herauszufinden. Aber im Moment sieht es für mich so aus, als ob unser bestes Ticket, hier rauszukommen, gerade davontreibt, während wir uns unterhalten.« Hunt deutete auf ihr Wasserflugzeug, das immer noch in der Nähe war, sich aber definitiv weiter von der Stelle entfernt hatte, an der sie es zurückgelassen hatten.

»Du hast es nicht verankert?«, fragte Maddy.

Hunt zuckte mit den Schultern. »Meine oberste Priorität war, uns alle sicher an Land zu bringen, nicht das Flugzeug. Außerdem hat es keinen Treibstoff mehr und hilft uns somit nicht viel. Aber es ist im Grunde immer noch ein Boot und treibt mit der aktuellen Strömung auf die kubanische Hauptinsel zu, was bedeutet, dass wir darin sitzen könnten, um dorthin zu gelangen.«

»Kubanische Zigarren, wir kommen!« Jayden rannte über den Strand auf das Wasser zu. Hunt half Maddy ihre Sachen im Rucksack zu verstauen, setzte dann seinen eigenen kleinen Rucksack auf, und sie folgten Jayden zum Wasser.

»Wenigstens ist es warm«, sagte Jayden und watete ins tiefere Wasser.

»Diesmal schwimmen wir mit der Strömung«, betonte Hunt.

»Aber das Flugzeug auch«, entgegnete Jayden. Als ob sie seine Aussage betonen wollte, kam eine Windböe auf.

»Jayden, falls du es vor uns erreichen solltest, schau nach, ob du aus irgendetwas einen Meeresanker basteln kannst, um es zu verlangsamen«, sagte Hunt. Im Stillen hoffte er, dass überhaupt einer von ihnen das Flugzeug erreichen würde, bevor es hoffnungslos weit davontrieb. Er verfluchte sich insgeheim dafür, dass er sich nicht die Zeit genommen hatte, es zu verankern, wusste aber gleichzeitig, dass er keine Zeit zu verschwenden gehabt hatte. Er blieb bei Maddy, da er sie nicht zu weit hinter sich lassen wollte, falls sie in Schwierigkeiten geraten sollte.

An Bord der Historica

Phillipo stand auf der Gillung und beobachtete das massive Kielwasser. Auf dem Rückweg nach Nassau, der bahamaischen Hauptstadt, wo das Schiff auftanken sollte, bevor es sich auf sein nächstes Ziel zubewegen würde, dachte er über seine Optionen nach. Wie üblich war sein Bruder ahnungslos, wenn es um den eigentlichen täglichen Betrieb von Treasure, Inc. ging. Sicherlich konnten alle Mitarbeiter sehen, dass er es war, der die Fäden wirklich zog.

Findet heraus, wo Atlantis ist, bevor Carter Hunt es tut … Das ist alles, oder? Findet einfach eine Stadt, die seit Jahrtausenden verloren ist, das sind meine Befehle? In der Zwischenzeit haben wir bereits eine Goldpyramide unter der Bimini Road gefunden. Aber das reicht nicht.

Wenn er wüsste, wo Atlantis oder sein legendärer Schatz wäre, wäre er längst da, warum konnte sein Bruder das nicht sehen? Aber wenn es wichtig war, vor Hunt dort anzukommen, dann bedeutete es, dass es ebenfalls wichtig war, Hunt aufzuhalten. Und Phillipo kannte einen Weg, das zu tun, da er sich möglicherweise in Kuba befand. Er war vielleicht nicht so weit im Süden – es wäre ein riskanter Flug gewesen, der seine Treibstoffreichweite überschritten hätte – aber Hunt hatte sich bisher als unberechenbar erwiesen. Außerdem, dachte Phillipo und nahm ein Satellitentelefon aus seiner Tasche, brauchte es nur einen einfachen Anruf.

Er nutzte die Internetverbindung des Schiffes, um eine Telefonnummer zu finden, und rief dann die kubanische Regierung an.

***

Jayden erreichte das treibende Wasserflugzeug und legte eine Hand auf den glatten Ponton. Er fröstelte, als der Wind über seinen Rücken wehte, während er sich aus dem Wasser zog. Er zog die Hintertür des Flugzeugs auf und blickte zurück, bevor er eintrat. Hunt und Maddy schwammen auf ihn zu, aber sie verloren an Abstand.

Jayden duckte sich in das Flugzeug und begann sich nach etwas umzusehen, das er als Anker benutzen konnte. Der eigentliche Anker war von Daedalus' Handlangern abgeschnitten und auf den Bahamas zurückgelassen worden, aber eine andere Möglichkeit bestand darin, etwas Sperriges an das Flugzeug zu binden und es im Wasser treiben zu lassen, um es zu verlangsamen. Aber was?

Jayden wühlte im Heck des Flugzeugs herum, fand aber nichts. Dann ging er nach vorn ins Cockpit und schaute unter dem Pilotensitz nach. Er fand eine Tasche unter dem Sitz und zog sie hervor. Er erkannte sie sofort aus seiner Zeit bei der Marine als Fallschirm. *Perfekt*, dachte er und packte hastig den Schirm aus, während er nervös das näherkommende kubanische Festland durch die Windschutzscheibe beobachtete. Dann sah er hinter sich nach Maddy und Hunt und bemerkte, dass sie immer weiter zurückfielen.

Ich muss diesen Schirm in einen Anker verwandeln … dachte Jayden und rief sich die alte Vorlesung über Seefahrt ins Gedächtnis. Er packte den Schirm und nahm ihn mit hinaus auf den Steg des Flugzeugs. Zuerst wickelte er die Schnur ab, bis er das Ende gefunden hatte und band dieses dann an eine der Metallstreben, die die Pontons am Rumpf des Flugzeugs befestigten. Dann hob er den Fallschirm hoch und warf ihn hinaus in der Hoffnung, dass sich ein Teil davon entfaltete, bevor er das Wasser traf. Es klappte und breitete sich dann noch mehr aus, während es langsam ins Wasser sank.

Jayden lächelte, als das Abdriften des Flugzeugs verlangsamt wurde. Er wandte sich wieder Hunt und Maddy zu, die nach ein paar Minuten das Flugzeug eingeholt hatten. Jayden half zuerst Maddy und dann Hunt an Bord.

»Netter Bremsfallschirm«, sagte Hunt mit einem Lächeln.

»Ja, die Lehrerin, die wir in diesem Kurs hatten, war heiß, erinnerst du dich an sie?«

Hunt nickte. Aber als Maddy sagte: »Oh, wirklich?«, weigerte er sich, weiter darauf einzugehen. »Ich werde den Anker einholen«, sagte er, darum bemüht, das Thema zu wechseln.

Während Jayden und Maddy ins Flugzeug stiegen, um sich aufzuwärmen, ging Hunt hinaus auf den Schwimmsteg und löste die Fallschirmschnur vom Flugzeug. Dann zog er den schweren Schirm heran. Vielleicht würde dieser noch einmal nützlich sein. Er knüllte ihn zusammen, damit er auf den Rücksitz passte. Als das getan war, kletterte er ins Cockpit und setzte sich auf den Pilotensitz.

Hunt beobachtete die kubanische Küste, die vor der Windschutzscheibe sichtbar war. »Zum Glück für uns sieht es so aus, als wäre die Küste hier verlassen.«

»Ja, wir müssen uns nicht von der kubanischen Küstenwache anhalten lassen. Ich habe gehört, dass die Gefängnisse in Kuba nicht so schön sind.«

»Wahrscheinlich nicht so einladend wie die Brigg eines guten alten Marineschiffes, da muss ich dir zustimmen.«

»Dieser Strand sieht so einladend aus«, sagte Maddy.

Hunt blickte konzentriert nach vorn, als das Wasserflugzeug die Ausläufer einer weitläufigen Bucht erreichte. »Sieht so aus, als würden wir an dem Strand auf der Westseite der Bucht dort landen.«

»Oben ohne zu baden ist hier wahrscheinlich erlaubt«, sagte Jayden, während Hunt ein Fernglas nahm und es vor seine Augen hielt.

Maddys säuerliche Antwort wurde durch Hunts Warnung abgekürzt. »Sieht aus, als bekämen wir Gesellschaft. Ein Schnellboot kommt auf uns zu. Sieht nach Militär aus. Wir müssen verschwinden.«

Maddy biss sich auf die Lippe. »Sollten wir nicht warten, ob es jemand ist, der uns vielleicht helfen kann?«

»Nein«, entgegneten Hunt und Jayden einstimmig. *»Policia«*, erklärte Hunt und ließ das Fernglas sinken.

»Haben die hier Luftpatrouillen? Wie haben sie uns so schnell gefunden – es gibt hier doch niemanden!«, fragte sich Jayden.

»Maddy, hast du die Schriftrolle?«

Sie nickte und umklammerte ihren Rucksack. »Ja.«

»Nicht, dass ich das Gesetz nicht respektieren würde«, sagte Hunt und zog seine Rucksackstriemen fest, »aber in diesem Fall empfiehlt es sich für uns, jeden Kontakt zu vermeiden, bis wir unsere Angelegenheiten geklärt haben.« Hunt deutete auf den palmenreichen Wald hinter dem Strand, als das Heulen des Polizeiboots lauter in ihren Ohren dröhnte.

»Wir haben nur eine Chance auf das.«

»Eine Chance auf was?«, fragte Maddy, die Angst stand ihr deutlich im Gesicht.

»Dieses Flugzeug in einen Gleiter zu verwandeln, damit wir hier rauskommen.«

KAPITEL 33

Hunt konnte sehen, dass sowohl Jayden als auch Maddy dachten, dass er nicht mehr alle Tassen im Schrank hatte.

»Der Stress macht dich fertig, nicht wahr, alter Kumpel?« Jayden warf einen nervösen Blick auf das sich schnell nähernde kubanische Polizeiboot.

Aber Hunts Blick war unerschütterlich, seine Stimme ruhig. »Keine Zeit, es Schritt für Schritt zu erklären, also das Wichtigste zuerst: Es ist ein schnelles Boot, aber mit nur zwei Mann Besatzung darauf. Wir müssen die Kontrolle über dieses Boot übernehmen, hoffentlich ohne jemanden ernsthaft zu verletzen, uns eingeschlossen.«

Hunt ließ eine kostbare Sekunde verstreichen, während seine Freunde seine Worte verarbeiteten.

»Du willst, dass wir ein kubanisches Polizeiboot entführen? Ich muss sagen, Carter, ich weiß, ich habe gesagt, dass deine Vorstellung von Urlaub ein wenig langweilig wäre, aber ich nehme das jetzt zurück, in Ordnung? Ich nehme es zurück.«

»So wie ich das sehe, ist es unsere einzige Chance«, sagte Hunt. »Wir könnten versuchen, in den Dschungel dort zu rennen, aber wahrscheinlich würden sie uns erschießen, bevor wir überhaupt den Strand überquert haben. Ganz zu schweigen von … was dann? Wir wären zu Fuß im Dschungel, ohne Ausrüstung, ohne Essen und Wasser, von der Polizei gejagt?«

Ihr Gespräch wurde vom Klang einer männlichen, spanischsprechenden Stimme unterbrochen, die durch einen Lautsprecher herübertönte. Hunt erkannte die Worte *alto* und *manos*, aber das war mehr als genug, um zu wissen, was sie wollten. Aber dann, als ob alle Zweifel ausgeräumt werden sollten, wurde die Nachricht in perfektem, wenn auch nicht akzentfreiem Englisch wiederholt: »Achtung! Personen auf dem Flugzeug, halten Sie Ihr Gefährt an und steigen Sie mit erhobenen Händen auf die Stege.«

»Nur zwei von uns gehen raus«, zischte Hunt. »Jayden und Maddy, ihr geht mit erhobenen Händen raus. Maddy, wir brauchen eine Ablenkung. Zieh dein Hemd aus. Ihr beide benehmt euch wie Turteltäubchen, die nur mitten im Nirgendwo Spaß haben und die man mit sprichwörtlich runtergelassener Hose erwischt hat.«

»Klingt gut«, sagte Jayden und zwinkerte Maddy zu, die mit den Augen rollte.

»Ihr seid meine Ablenkung«, sagte Hunt. »Aber sobald ich die Kontrolle über das Boot habe, werde ich eure Hilfe brauchen.«

Der Lautsprecher dröhnte wieder und dieses Mal wurde ein Warnschuss in die Luft gefeuert.

»Geht!«, sagte Hunt und duckte sich unter die Fenster, während Jayden als Erster mit erhobenen Händen rausging. Maddy hatte bereits ihr T-Shirt ausgezogen. Sie drehte sich um, sittsam von Hunt abgewandt, bevor sie sich ihr Bikinioberteil auszog. Dann trat sie mit ebenfalls erhobenen Händen auf denselben Schwimmsteg wie Jayden.

Das Patrouillenboot wurde langsamer und driftete neben das Wasserflugzeug, wobei der Fahrer eine Entfernung von drei Metern als Puffer einhielt, da er nicht wusste, was ihn erwartete. Der andere Mann an Bord, ein Kubaner mittleren Alters in Polizeiuniform, zielte mit seiner automatischen Waffe auf Jayden und Maddy. Hunt sah aus einer geschützten Position unter dem Fallschirm im hinteren Teil des Flugzeugs zu. Er sah den Schützen lächeln, als er Maddy erblickte.

Dann drehte er sich zu seinem Kollegen, sagte etwas auf Spanisch, und beide verfielen in Gelächter.

Da es nicht viel besser werden würde als das, machte Hunt seinen Zug. Ein Seil in der Hand kroch er zu der Tür, die gegenüber derjenigen lag, durch die Jayden und Maddy getreten waren, während er hörte, wie die Polizei erneut durch den Lautsprecher etwas von *nicht bewegen und Hände oben lassen* bellte, während das Boot sich neben dem Flugzeug in Position brachte, so wie Hunt es gehofft hatte.

Kein Geräusch, mahnte er sich selbst, als er einmal tief Luft holte und dann kopfüber ins Wasser glitt, ohne auch nur eine Welle zu machen. Der ehemalige Marinesoldat schwamm unter das Wasserflugzeug und tauchte in der Nähe der Vorderseite wieder auf. Dort schlang er ein Ende des Seils um die steuerbordseitige Stützstrebe. Dann schwamm er ganz leise unter dem Flugzeug zwischen den Pontons zur Backbordseite, wo Jayden und Maddy standen. Schnell schlang er auch dort das Seil um die Strebe, nahm einen tiefen Atemzug und tauchte noch einmal ab.

Hunt schwamm mit kraftvollen Zügen auf das Boot zu, dann unter dem Rumpf des Polizeibootes hindurch. Als er die andere Seite erreichte, wurde das Bedürfnis zu atmen bereits dringlicher. Dennoch tauchte er weiter bis zum hinteren Ende des Bootes, wo er zuvor eine Einstiegsleiter gesehen hatte.

Vorsichtig zur Oberfläche, mahnte er sich selbst und war sich bewusst, dass schon ein kleiner Spritzer unerwünschte Aufmerksamkeit erregen würde. Er verlangsamte sein Tempo, als er aufstieg, und streckte zuerst eine Hand aus dem Wasser, um sich gegen die Seite des Bootes zu stützen. Er wusste, dass die meisten Boote auf der Rückseite Haken aus Edelstahl hatten, die zum Abschleppen oder Heben aus dem Wasser dienten, und als er das Heck beäugte, war er erleichtert zu sehen, dass dieses hier auch welche besaß.

Hunt konnte hören, dass das Gespräch zwischen der Polizei und Jayden ernster wurde. Dann hörte er Jayden sagen: »Okay, wir kommen an Bord, nur nicht schießen.«

Hunt führte das Ende seines Seils zuerst durch einen Haken, dann durch einen weiteren und blieb dabei am Heck des Bootes versteckt. Danach band er einen Knoten, um das Seil an Ort und Stelle zu sichern, sodass es nun Boot und Wasserflugzeug verband.

Stufe 1 abgeschlossen, dachte Hunt. *Nun zum kniffligen Teil.*

Er hielt sich an dem Boot fest, als es zu schaukeln begann. Jayden und Maddy kamen an Bord.

»Uns ist der Treibstoff ausgegangen«, sagte Jayden auf Englisch.

Das Wort *Visum* wurde von beiden Justizbeamten daraufhin mehrmals verwendet. Hunt glitt ruhig am Heck zur Einstiegsleiter. Er griff nach den Metallsprossen und verharrte dort. Jayden und Maddy leisteten zusammen gute Arbeit darin, die Unterhaltung am Laufen zu halten und beide Kubaner ins Gespräch zu verwickeln. Hunt stellte einen Fuß auf die unterste Sprosse und zog sich vorsichtig ein Stück weit hoch.

»Miami«, sagte Jayden, »wir kamen von Miami, haben uns aber verirrt, und dann ging uns der Treibstoff aus. Es tut uns leid, es war ein Unfall …«

Maddy lieferte auch noch ein paar eigene, bestätigende Worte, während Hunt eine weitere Stufe auf der Leiter erklomm. Nur noch eine Stufe, aber diese würde ihn über das Heck bringen, sodass er für alle an Bord sichtbar wurde. Er hatte nur ein kleines Ass im Ärmel, um das Blatt ein wenig zu seinen Gunsten zu wenden, und es war an der Zeit, diese Karte auszuspielen.

Hunt zog die kleine Notfalltaschenlampe heraus, die er in der Tasche seiner Boardshorts trug. Mit der Taschenlampe in der Hand lauschte er dem Gespräch, dessen Spannung sich gerade steigerte. Er warf die Taschenlampe hoch und über das Deck, sodass sie im Wasser neben der Backbordseite des Bootes landete. Beide Kubaner wirbelten herum und sahen nach links, als sie das *Plopp* der Taschenlampe hörten, die nur wenige Meter entfernt ins Wasser eintauchte. Jayden ergriff die Gelegenheit und trat in Aktion.

Er warf sich auf beide Männer, einen Arm um jeden von ihnen, während Hunt sich über das Heck und ins Boot zog. Sowohl das Sturmgewehr als auch die Pistole feuerten los. Hunt sah Glasfasersplitter in die Luft spritzen. Glücklicherweise hatten beide Kubaner es lediglich geschafft, reflexartig ihre Abzüge zu ziehen, und nicht, ihre Waffen zu heben oder gar damit zu zielen.

»Maddy, steig ins Flugzeug!«

Hunt landete neben Jayden auf den zwei Kubanern und entfernte das Sturmgewehr aus den Händen des gedrungenen, stämmigen Mannes, der aussah, als würde er sich in der Offensive der *Miami Dolphins* zu Hause fühlen. Jayden war es inzwischen gelungen, sich die Pistole von dem größeren, dünneren Mann zu schnappen. Hunt und Jayden richteten ihre neu erlangten Waffen auf die Kubaner. Beide Männer hoben sofort wortlos die Hände in die Luft.

»Was ist unser Plan, Carter?«, fragte Jayden.

»Niemand wird verletzt. Wir gehen unseren Weg, sie gehen ihren.«

Aber das Geräusch weiterer Motoren, die sich näherten, ließ diese Aussicht plötzlich unwahrscheinlich erscheinen.

Hunt sah zu seiner Linken entlang der Küste, um zwei weitere kubanische *Policia*-Patrouillenboote auf sie zurasen zu sehen. Jayden bewegte sich zur Steuerkonsole, aber Hunt riet ihm, das Boot nicht zu starten.

»Warum zum Teufel nicht?«

»Weil wir dann nur in eine Bootsverfolgung geraten würden, zwei gegen eins. Wir würden verlieren.«

»Also was, gibst du auf?« Jaydens Blick war voller Unverständnis, aber Hunt schüttelte den Kopf.

»Nicht aufgeben, ich denke nur, wir sollten es anders versuchen. Jayden, steig ins Flugzeug. Nimm den Pilotenplatz ein. Du musst für mich steuern.«

»W-was?«, stammelte Jayden. »Carter, das Flugzeug hat keinen Treibstoff mehr, weißt du noch? Nicht einmal Dämpfe sind noch übrig!«

»Aber das Boot. Ich habe eine Schleppleine vom Boot zum Flugzeug gebunden. Wir lassen unsere neuen Freunde hier das Boot mit voller Geschwindigkeit fahren und ich denke, das reicht aus, um das Flugzeug in die Luft zu kriegen.«

»Du denkst?«

»Ja.« Er betrachtete die sich schnell nähernden Marinepatrouillen und bemerkte, dass eine von ihnen ein 50-Kaliber-Maschinengewehr auf dem Bug hatte.

»Aber was dann? Selbst wenn wir fliegen, haben wir noch immer keinen Treibstoff!« Jayden blickte zum Tankdeckel des Bootes auf dem Heckbalken. »Wenn wir alle Zeit der Welt hätten, könnten wir etwas aus diesem Boot saugen und es dann in das Flugzeug bringen, aber …« Er deutete auf die Patrouillenboote, die sie innerhalb von Sekunden erreichen würden. »… die haben wir nicht.«

»Das ist okay, das Flugzeug kann dorthin fliegen, wo die Boote nicht hinkommen.« Hunt zeigte auf den Dschungel hinter dem Strand. »Wir können landeinwärts gleiten, um den Booten zu entkommen. Wir wären immer noch auf der

Flucht und sie würden sehen, wo wir hingegangen wären und über Funk Hilfe anfordern, aber es würde uns etwas Zeit verschaffen.«

Jayden warf die leere Hand in die Luft. »Besser als das, was ich habe, was gar nichts ist. Los geht's.«

»Steig ins Flugzeug und halte das Steuer ruhig, sobald wir unterwegs sind. Es wird dazu neigen abzudriften – halt die Nase auf das Heck des Bootes gerichtet.«

»Nase auf Arsch, hab's.«

»Natürlich.«

»Geh.«

»Aber warte … wie wirst du …?«

»Jayden, wir haben keine Zeit für Erklärungen. Geh einfach. Ich erledige den Rest von hier.«

Mit einem finsteren Blick auf die kubanische *Policia* tauschte Jayden mit Hunt die Waffen, gab ihm das Sturmgewehr und nahm die Pistole mit ins Flugzeug.

Hunt deutete mit dem Lauf des Gewehrs auf den Kubaner, der das Boot zuvor gefahren war, und dann zur Steuerkonsole. Er sah zu dem anderen und deutete auf den Sitz neben dem Fahrer. Der Mann ging langsam dorthin und setzte sich.

Hunt wartete darauf, dass Jayden zum Flugzeug schwamm und in den Pilotensitz kletterte, was ewig zu dauern schien. Die Patrouillenboote waren nun nah genug, dass Hunt sehen konnte, dass eines von ihnen zwei Polizisten trug, während auf dem anderen drei waren – einer an dem montierten Maschinengewehr.

Von seiner Position im Heck des Patrouillenbootes rief Hunt ein paar spanische Worte zum Bootsfahrer, die *los* bedeuteten und wedelte mit der Mündung der Waffe in dessen Richtung. Der Kubaner brachte das Boot in Gang.

In diesem Moment begann das Maschinengewehr vom führenden Patrouillenboot hinter ihnen, ein paar Salven auszuspucken. Hunt genügte ein kurzer Blick, um zu wissen, dass sein Plan tatsächlich eine sehr geringe Erfolgschance hatte.

»Más rapido!« Hunt zeigte auf das Gaspedal und schüttelte bedrohlich das Maschinengewehr. Der Fahrer reagierte, indem er das Gaspedal voll durchdrückte, was dazu führte, dass Hunt rückwärts gegen den Heckbalken stolperte, wo er sich den Ellbogen an der Glasfaserkante anstieß. Sein Griff an der automatischen Waffe lockerte sich und der zweite Kubaner wollte aufspringen.

Hunt schüttelte den Kopf, festigte seinen Griff um die Waffe und zentrierte den Lauf auf den Bauch des Mannes. Der Kubaner setzte sich widerwillig wieder hin.

Hunt sah, wie sich die Augen des Kubaners weiteten, als er an ihm vorbeiblickte, was ihn dazu veranlasste, ebenfalls einen kurzen Blick nach hinten zu werfen. Er sah das Wasserflugzeug auf und ab hüpfen und für ein paar Sekunden in die Luft gleiten. Hunt wusste, dass er nur noch ein paar Sekunden hatte, um den letzten Teil seines Plans in die Tat umzusetzen … den gefährlichsten Teil.

Dann spürte er, wie sich etwas aus seiner Hose löste und auf das Deck klapperte. Es war die Pistole, die er am Lagerplatz gefunden hatte. Sie blieb auf halbem Wege zwischen ihm und dem Kubaner liegen, der die Waffe sehnsüchtig ansah. Hunt schüttelte erneut seinen Kopf, während er vorwärts trat und seinen rechten Fuß auf die Pistole setzte. Er zog sie zu sich zurück, hob sie auf und warf sie über Bord.

Dann konzentrierte er sich wieder auf seinen Plan. Er rief zu dem Kubaner, der nicht das Boot fuhr: »Messer?« Er sagte es auf Englisch, da er das spanische Wort nicht kannte, machte aber eine Bewegung dazu, die es hoffentlich erklärte.

Der Kubaner sah verwirrt aus, schien aber zu verstehen, denn er nickte und deutete auf den kleinen Spind unter der Steuerkonsole. Dann tippte er auf seine eigene Brust. Hunt nickte und erlaubte ihm aufzustehen, aber er hielt die Waffe auf den Mann gerichtet, als der schnell zur Konsole trat.

Der Kubaner griff ein rostiges Beutemesser und reichte es Hunt nervös mit dem Knauf voran. Hunt nahm es mit einem dankenden Nicken entgegen, bevor er ihn mit der Waffenmündung zurück in seinen Sitz winkte. Dann ging er zurück an seinen Platz am Heck, dabei hielt er sich unten, um dem Kugelhagel der zwei verfolgenden Patrouillenboote zu entkommen, die nun direkt hinter dem Flugzeug waren. Er blickte zu Jayden, der den Steuerknüppel mit weißen Knöcheln umgriff und ihm etwas zurief, von dem Hunt annahm, dass es nur bedeuten konnte: »Tu etwas, wir sind kurz davor abzuheben!«

Hunt wusste, dass es Zeit war. Er achtete auf die Pontons des Wasserflugzeugs und wartete auf das nächste Mal, dass sie sich vom Wasser hoben. Als er sah, wie sich eine Luftlücke zwischen dem Wasser und den Pontons formte, lehnte er sich über die Reling und durchtrennte das Seil an der Steuerbordseite. Er drehte sich rechtzeitig um, um zu sehen, wie sich der Kubaner wieder hinsetzte. Sie würden ihn immer noch angreifen, wenn sie konnten.

Das durchtrennte Seil rutschte nun von den beiden Bootshaken am Heck. Sofort stieg das Wasserflugzeug höher in die Luft. Hunt griff das Seil und warf das Sturmgewehr über Bord. Er wickelte das abgeschnittene Ende des Seils um sein rechtes Handgelenk. Was als Nächstes geschah, hatte er nicht erwartet. Das Wasserflugzeug wurde plötzlich von einem Aufwind erfasst und stieg hoch in die Luft. Hunt sprang von Bord und tauchte kurz ins Wasser, bevor er in die Luft gehoben wurde. In diesem Moment schoss eines der verfolgenden Patrouillenboote unter das Flugzeug.

Hunt erblickte das montierte .50-Maschinengewehr. Er trat dem Schützen mit beiden Füßen ins Gesicht und schickte den Mann taumelnd über die Seite des Bootes. Dann wurde er hoch über das Kampfgetümmel gehoben. Hunt freute es, denn sie würden möglichst viel Höhe für einen Gleitflug benötigen. Dennoch war es ein mulmiges Gefühl, von ein paar Tonnen aufsteigenden Metalls in den Himmel gezogen zu werden, während er am Ende eines Seils hing und von nicht weniger als drei Schiffen unter ihm beschossen wurde.

Hunt blickte nach oben und sah Maddys entsetztes Gesicht, das aus der offenen Tür nach unten schaute. Hunt wusste, dass er wegen der Art und Weise, wie er das Seil an das Flugzeug gebunden hatte, nicht einfach ins Flugzeug gezogen werden konnte. Er würde sich selbst zu den Pontons hochziehen müssen und dann hineinklettern. Also begann er, eine Hand am Seil über die andere zu setzen. Dabei erinnerte er sich an seine Militärausbildung, wo er dasselbe getan hatte, während ein Drill-Sergeant ihn angeschrien hatte. Es gelang ihm fast zu lächeln, als er sich daran erinnerte.

Unter sich sah er das Patrouillenboot mit dem MG davonflitzen, zweifelsohne, um etwas Distanz zu gewinnen und das Flugzeug beschießen zu können.

Im Geiste drängte Hunt Jayden dazu, nach links abzudrehen, um sie zu einem schwierigeren Ziel zu machen, aber die Maschine glitt weiterhin in einer geraden Linie dahin und tanzte dabei ein wenig auf und ab. Jayden war kein Pilot, musste Hunt sich eingestehen, also tat er einfach sein Bestes.

Klettere weiter, Soldat. Erneut konzentrierte sich Hunt darauf, eine Hand vor die andere zu setzen, seine Finger brannten vor Anstrengung, als er das sich bewegende Seil hinaufkletterte.

Schließlich erreichte er die Strebe, an der das Seil befestigt war und griff nach dem festen Metall. Er schwang ein Bein hoch und über den Ponton, sodass er breitbeinig darauf saß. Als er hinunterschaute, bemerkte er einen orangefarbenen Funken nur fünfzehn Zentimeter vor seinem Gesicht. Eine Kugel prallte an der Strebe ab, an der das Seil befestigt war. Er packte die Strebe und zwang sich auf die Füße, wobei er das Seil festhielt, für den Fall, dass er das Gleichgewicht verlieren sollte.

Er spürte Maddys Hände auf seinen Schultern und griff nach oben zu ihr, um sich am Türrahmen festzuklammern. Dann zog er sich mit Schwung hinein und fiel auf den Co-Pilotensitz.

»Schließ die Tür!«, bellte Hunt. Maddy zog sie zu. Dann sagte Hunt zu Jayden: »Erinnere mich daran, dir ein Paar dieser Pilotenflügel zu besorgen, die sie auf Flugplätzen an Kinder verteilen. Das hast du gut gemacht.«

»Fliegen ist was für Vögel, weißt du das?«, entgegnete Jayden und rutschte mit einer letzten Justierung des Steuerknüppels aus dem Pilotensitz. Er bewegte auf den Rücksitz und fing an mit einer Pistole aus dem Fenster auf die Patrouillenboote zu feuern.

Das Erste, was Hunt tat, war auf den Höhenmesser zu schauen. 400 Meter. *Nicht schlecht!* Dann neigte er das Flugzeug nach links auf den Strand zu – und dem kubanischen Dschungel dahinter.

KAPITEL 34

Die Patrouillenboote wurden langsamer, als sie das flache Wasser vor dem Strand erreichten, ohne die Möglichkeit, ihre Beute zu verfolgen. Hunt wusste aber, dass sie Funkgeräte hatten, und verfluchte sich dafür, dass er nicht wenigstens dasjenige an Bord des Bootes, das sie eingenommen hatten, außer Gefecht gesetzt hatte.

Eine Frage von Jayden unterbrach seine Gedanken: »Das ist ein ziemlich einsamer Küstenstrich. Wie stehen die Chancen, dass diese Patrouillen uns zufällig begegnet sind?«

Hunt zog leicht am Steuerknüppel. »Ich würde sie zurückhaltend als kaum bis gar nicht schätzen.«

»Also hat Daedalus die kubanischen Behörden informiert?«, fragte Maddy vom Rücksitz.

Hunt nickte. »Ich denke schon. Sie wussten wahrscheinlich, dass sie uns auf diese Weise Ärger bereiten konnten, ohne besonders viel dafür tun zu müssen. Aber da ist noch etwas. Etwas zu Atlantis.«

»Es gibt immer etwas zu Atlantis, nicht wahr?«, scherzte Jayden.

Hunt erzählte weiter: »Wie Maddy uns gezeigt hat, passt diese Gegend auf die grobe Beschreibung, als der Meeresspiegel niedriger war. Aber es gibt keine Überreste davon. Also wusste Treasure, Inc. womöglich schon davon, und das ist der Grund, warum sie sich nicht die Mühe gemacht haben, hierherzukommen.«

»Das hieße aber auch, dass sie uns einen Schritt voraus wären«, sagte Jayden, »und dennoch wussten sie nichts von der Bimini-Road-Pyramide.«

»Es ist keine lineare Suche«, warf Maddy ein. »Es ist mehr wie ein Netz, mit Sackgassen und Schleifen, die alle in einem weitläufigen Labyrinth miteinander verbunden sind.«

Hunt betrachtete den Dschungel durch die Windschutzscheibe. »Ich will der Diskussion keinen Dämpfer versetzen, aber dieser Haufen Blech wird nicht ewig in der Luft bleiben und deshalb müssen wir herausfinden, wie und wo wir dieses Ding landen können.«

»Ich mag die aktuellen Landeoptionen nicht«, sagte Jayden. Tatsächlich gab es weit und breit nichts als ununterbrochenes Grün, außer hinter ihnen, wo der Ozean schnell aus dem Sichtfeld glitt.

»Es gibt noch etwas, das mir nicht gefällt, selbst wenn wir eine Straße entdecken würden, auf der wir landen könnten.«

»Eine Straße, auf der wir landen könnten, klingt momentan ziemlich gut für mich«, erwiderte Jayden. »Was gefällt dir daran nicht.«

»Erregt zu viel Aufmerksamkeit. Ein Wasserflugzeug von der Farbe kandierter Äpfel, das in irgendeiner kleinen Stadt auf der Straße landet? Sie wüssten genau, wo wir gelandet sind.«

Jayden sah wieder aus dem Fenster. »Hier ist überall nur Dschungel. Und vor uns ist etwas, dass ich einen großen Hügel oder Berg nennen würde, auch bedeckt von Dschungel.«

»Berg …«, flüsterte Maddy gedankenverloren. Dann murmelte sie etwas Unverständliches, nahm die *Kritias*-Schriftrolle aus ihrem Rucksack und wickelte sie ab. »Warte eine Minute.«

»Wir haben keine Minute«, entgegnete Hunt und blickte auf seinen Höhenmesser. Sie flogen nun auf 200 Metern und verloren an Höhe. »Wir verlieren die Küstenaufwinde. Ich fürchte, jetzt geht's nur abwärts.«

Jayden sah aus dem Fenster zu seiner Rechten, dann hinten aus Maddys Fenster und zurück zur Windschutzscheibe. Dann drehte er sich wieder herum und sah den zerknitterten Fallschirm auf dem Boden liegen. »Hey, Carter, glaubst du, der Schirm könnte uns alle drei halten?«

Hunt schürzte die Lippen, bevor er antwortete: »Sieht so aus, als müsste er das, weil ich meinen Wingsuit zu Hause gelassen haben. Bereite ihn vor.«

Jayden ging zum Heck des Flugzeugs und begann den Fallschirm zu entwirren. »Maddy, es ist Zeit zu gehen.«

»Es sollte eine weitere Pyramide geben. Das ist es, was ich übersehen habe! *Das ist es*, was hier steht. Noch eine große Pyramide.« Sie blickte durch die Windschutzscheibe und Jayden schüttelte den Kopf, während er mit dem unförmigen Fallschirm in dem engen Flugzeug herumhantierte.

Hunt drehte das Flugzeug scharf nach links, um dem drohenden Berg auszuweichen, der nun ihr Sichtfeld füllte. »75 Meter und sinkend«, rief er und blickte auf die Kronen der Dschungelbäume unter sich. Gelegentlich konnte er eine große Palme zwischen den Laubbäumen aufragen sehen. Es war ein dichter, wilder Wald ohne auch nur die geringste Lücke, durch die man den Boden sehen konnte. Es gab keine Möglichkeit, das Flugzeug hier zu landen.

Und dennoch zog die Schwerkraft sie nach unten. Es ließ sich nicht vermeiden.

»Ich brauche diesen Fallschirm, Jayden!«

»Ich habe ihn vorbereitet, soweit es geht. Es wird ein wenig seltsam werden, weil ich ein paar der Schnüre für den Anker zerschneiden musste. Wir werden aus der hinteren Tür fliehen müssen.«

»Ist er fertig?« Hunt blickte erneut aus dem Fenster auf die Baumkronen. 50 Meter. Er zog den Steuerknüppel zurück und war erleichtert zu sehen und zu spüren, wie die Nase des Flugzeugs sich leicht nach oben richtete und ihnen damit ein bisschen mehr Höhe verschaffte. Es war ihm deutlich bewusst, dass ein Fallschirm eine gewisse Höhe brauchte, um effektiv zu sein, und dass er so, wie es aussah, dreifach überlastet sein würde.

»Fertig!«, rief Jayden von hinten.

»Maddy, fertig?«, fragte Hunt nach.

Als sie bestätigend nickte, drehte er das Flugzeug etwas nach links, fort vom Fuß des Berges, sodass es noch so weit wie möglich über den Dschungel glitt und hoffentlich in einiger Entfernung von ihrem Landeplatz abstürzte. Dann löste er seinen Sitzgurt und sprang nach hinten zu den anderen.

Jayden saß neben der offenen Tür, draußen rauschten die Wipfel vorbei. Der Schirm lag zusammengeknüllt neben ihm, die Schnüre ordentlich drapiert, damit sie sich nicht verwickelten. Er hielt das Gurtzeug in seinen Händen und reichte es Hunt. »Maddy wird sich an dir festhalten. Ihr beiden Turteltäubchen wisst das sicher zu schätzen.«

»Was, wenn wir es nicht schaffen!« Maddy schrie beinahe, die Panik deutlich in ihrer Stimme.

»Wir schaffen es, wenn wir jetzt springen.« Hunt kämpfte darum, seine Stimme ruhig zu halten. Jayden stieg in ein behelfsmäßiges Netz aus Fallschirmschnüren, die zu einem groben Gurtzeug gebunden waren, während Hunt in das ursprüngliche Gurtzeug trat.

»Ich weiß, es ist wenig vertrauenerweckend, aber es ist das Beste, was ich für …«

»Wunderbar! Los geht's!«, rief Hunt und packte das Bündel Schnüre. Dann zog er Maddy an sich heran und sie schlang ihre Arme um seine Körpermitte. »Halt dich gut fest, Maddy, richtig fest. Zerquetsch mich.« Dann zu Jayden: »Los, los, los!«

Jayden tauchte kopfüber aus dem Flugzeug und hielt den Fallschirm dabei fest, bis er am Flügel vorbei war. Dann ließ er ihn los und der Stoff breitete sich wie eine aufblühende Blume in Zeitlupe aus. Hunt und Maddy folgten ihm.

Hunt verspürte einen scharfen Schmerz unter seinen Schultern, als der Widerstand des offenen Fallschirms einsetzte und ihn, Maddy und Jayden mit plötzlicher und gewaltiger Kraft gen Himmel zog. Der ganze Sprung verlief merkwürdig still, da es keine Motorgeräusche gab, nur den Wind in ihren Ohren.

Hunt beobachtete, wie das Wasserflugzeug etwa einen Kilometer entfernt in den Dschungel stürzte.

Dann waren sie allein am Himmel.

Maddys Schreie lenkten Hunts Aufmerksamkeit wieder auf ihre unmittelbare Notlage: Sie stürzten durch das Blätterdach des Dschungels. Er spürte, wie Maddy ihr Gesicht an seine Brust drückte, um es vor den peitschenden Blättern und Zweigen zu schützen, während sie in halsbrecherischer Geschwindigkeit herabsanken.

Hunt sah den Boden entgegenkommen und bereitete sich auf den Aufprall vor …

… aber der kam nicht. Ein paar Meter über ihnen fluchte Jayden wie ein Seemann, der gerade herausgefunden hatte, dass sein Landgang gestrichen worden war. »Der Schirm hat sich aufgehängt! Hat sich richtig verheddert.«

Hunt blickte nach oben und sah Jayden dort baumeln, der weiße Stoff des Fallschirms hatte sich über zwei oder drei Baumkronen verfangen. »Wir müssen uns losschneiden.«

»Leicht gesagt für dich, du bist nur drei Meter über dem Boden. Ich bin eher sechs Meter darüber.«

»Sei froh, dass es nur sechs Meter sind. Wir sind bei etwa dreißig Metern aus dem Flugzeug gesprungen.«

»Da kann ich dir nicht widersprechen.«

Hunt riet Maddy, sich gut festzuhalten, während er die Knoten aus dem behelfsmäßigen Gurtzeug löste, bis er herausrutschen konnte. »Drei, zwei, eins … fallen lassen!« Die beiden landeten recht sanft auf dem weichen Waldboden.

»Räumt die Absprungzone«, rief Jayden hinunter und Hunt und Maddy gingen zur Seite. Jayden stand ein sechs Meter tiefer Sturz bevor, und er hoffte, sich nicht einen Knöchel zu brechen.

Er landete auf den Füßen und rollte sich gekonnt ab. »Wow, es ist schön kühl hier unten. Ein toller Tag für einen Naturspaziergang!«

Hunt verlor keine Zeit. Sie waren illegal in dieses Land eingedrungen und bereits auf der Flucht vor der Polizei, nachdem sie mindestens ein Boot beschädigt und ein Flugzeug im Dschungel hatten abstürzen lassen.

Er deutete auf den Berg. »Lass uns dorthin gehen und hinaufklettern, damit wir einen Blick auf das werfen können, was auf der anderen Seite liegt. Dann machen wir einen Plan.«

Jayden und Maddy stimmten zu und die drei marschierten los. Der Boden war eben und sie mussten nur auf gelegentliche Felsen oder freiliegende Baumwurzeln achten. Um sie abzulenken, verwickelte Hunt Maddy in ein Gespräch. »So, du hattest etwas davon gesagt, dass es eine weitere Pyramide gibt?«

»Das stimmt«, bestätigte Maddy. »Sie nennen es in Platos verlorenen *Kritias*-Seiten *die ferne Pyramide*.«

»Woher wissen wir, dass es nicht diejenige ist, die wir unter der Bimini Road gefunden haben?«, entgegnete Hunt.

»Weil erwähnt wird, dass sich die ferne Pyramide in der *südlichen Manifestation* von Atlantis befindet, von der ich aufgrund der spiegelbildlichen Ähnlichkeit mit Kreta sowie den topografischen Konturen der Inseln und des umgebenden Meeresbodens annehme, dass es Kuba sein könnte, obwohl Kuba um ein Vielfaches größer ist als Kreta.«

»Aber das wäre für die Atlanter ein Plus gewesen, oder?«

»Ja, mehr Land. Und es ist eine Insel, die von allen Seiten vom Ozean geschützt wird, mit hohen Bergen, von denen aus man ankommende Schiffe sehen kann.« Sie nickte zu dem vor ihnen aufragenden grünen Berg, an dessen Fuß sie sich befanden.

Hunt deutete auf den Berg, der im ersten Drittel langsam anstieg, dann aber steiler wurde. »Sieht für mich so aus, als könnten wir im Grunde ohne Kletterausrüstung den Gipfel erreichen.«

Jayden nahm ein Bündel Fallschirmschnur aus seiner Tasche. »Ich habe es geschafft, das hier zu retten. Schnur ist immer nützlich. Ich bin bereit, wenn ihr beide es seid.«

Hunt nickte. »Auf geht's.«

***

Sie kamen gut voran, bis sie das erste Drittel den Berg hinauf zurückgelegt hatten, wo die Steigung wesentlich steiler wurde. Hunt schlug vor, eine kurze Pause einzulegen, um sich auszuruhen, und die drei campierten auf einer Gruppe von Felsbrocken. Jayden fand etwas Wasser, das in der Blüte einer tropischen Pflanze eingeschlossen war, und trank davon. Er versicherte den anderen, dass es gut war.

Wenig später setzte die Gruppe ihren Aufstieg fort. Die Bäume wichen Farnen, Moosen und anderen kleineren

Pflanzen. Jayden bildete die Vorhut, während Hunt und Maddy Seite an Seite aufstiegen. Hunt konnte bisher keine von Menschen stammenden Geräusche wahrnehmen und teilte dies seinen Freunden voller Hoffnung mit.

»Ich schätze, das bedeutet, dass sie die Suche nach unserem Flugzeug aufgegeben haben«, meinte Jayden.

»Oder sie suchen am falschen Ort«, entgegnete Hunt.

»Apropos am richtigen Ort suchen«, sagte Jayden, als er auf einem moosbewachsenen Felsen ausrutschte und seinen Halt wiedererlangte, indem er den Stamm eines kleinen Baumes packte, »wenn wir hier rauskommen, sollten wir vielleicht zurück zur Bimini Road, bevor unser Freund Daedalus die goldene Pyramide für sich allein beansprucht oder sie einfach auseinandernimmt, um das Gold zu verkaufen.«

»Auf jeden Fall«, gab Hunt zurück. »*Wenn* wir hier rauskommen.«

Sie arbeiteten sich weiter den Berg hinauf, der mit zunehmender Höhe feuchter wurde. Nach etwa drei Vierteln des Weges wurde es noch steiler und Hunt musste häufig anhalten, um Maddy zu helfen, wenn sie ausrutschte. Er sagte, dass er mit ihr warten und Jayden den Rest des Aufstiegs allein bewältigen könnte, um sich umzusehen, aber sie bestand darauf, dass sie es schaffen würde und dass sie als Gruppe weitermachten.

Ihre Kleidung klebte auf der Haut, die Gesichter und Hände waren zerkratzt. Auch zahlreiche Insekten plagten sie, aber es wurden weniger, je höher sie kamen.

In der Nähe der Bergspitze bemerkte Hunt eine terrassenförmige Formation, als wäre eine Art breite Treppe dort hineingeschnitten worden, wie auf den Bildern, die er von asiatischen Reisfeldern gesehen hatte. Er überlegte, dass es wohl eine Art Erosionsmuster war, das durch Regenfälle verursacht wurde. Schließlich erreichte Jayden den Gipfel mit einem leisen Jubelschrei. Aber als Hunt und Maddy zu ihm aufschlossen, sagte er: »Schlechte Nachrichten, Leute. Da ist nur Urwald, soweit das Auge reicht.«

Hunt sah sich um. Jayden hatte recht. In der Richtung, aus der sie gekommen waren, konnten sie das Meer in der Ferne sehen. Vor ihnen erstreckt sich bis zum Horizont ein riesiger Dschungel.

Jayden sprach Hunts Gedanken aus. »Und ich dachte bei Kuba an Havanna, mit Fünfzigerjahre-Autos und Nachtklubs und so.«

»Ja. Sieht von hier nicht so aus, oder? Andererseits gibt es in Havanna eine Menge Polizei- und Militärpräsenz, sodass es wahrscheinlich auch kein guter Aufenthaltsort für uns wäre.«

Maddy setzte sich auf den Boden und legte ihren Kopf in die Hände. Hunt hatte Angst, dass sie weinen würde. Er wollte zu ihr gehen, um sie zu trösten, als ihm ein Felsvorsprung ins Auge fiel. Wortlos ging er dorthin hinunter. Erneut bemerkte er die merkwürdige Terrassenanordnung, die er seltsam fand, da er keinen Grund sah, hier oben irgendeine Art von Landwirtschaft zu betreiben. Als er die Terrassen betrat, kamen ihm Maddys Worte in den Sinn: *»Da ist noch eine Pyramide …«* Dann traf es ihn wie der Blitz.

Dieser Berg. Die breite Basis und der spitze Gipfel. Die Terrassierung. Die Nähe zum vermeintlich südlichen Standort von Atlantis, die in den verlorenen *Kritias*-Seiten erwähnt wurde.

Wir stehen auf einer Pyramide!

Ganz ruhig, sagte er sich und lehnte sich an den felsigen Felsvorsprung. *Nur weil es einige oberflächliche Eigenschaften einer Pyramide hat, bedeutet das nicht, dass es eine ist.* Wenn es sich jedoch um eine Pyramide handelte, bedeutete das, dass es einen Weg hinein geben musste. Er konnte sich an keine Höhlen oder etwas Auffälliges am Fuß des Berges erinnern, wo sie hinaufgegangen waren, aber natürlich waren sie auch nicht um die gesamte Basis herumgelaufen. Er schaute auf der gegenüberliegenden Seite des Berges hinunter und bemerkte, dass es ihnen leichtfallen würde, dort hinunterzugehen. *Vielleicht sollten wir nach Eingängen auf dieser Seite suchen*, dachte er und drehte sich um, als er etwas entdeckte.

Zwischen zwei Felsen lag ein dunkler Spalt, der durch gezackte Farne halb verborgen lag. Hunt ging darauf zu und teilte die Pflanzen, um einen Blick darauf zu werfen. Ein Spalt, der breit genug war, um Platz für einen Menschen zu bieten, erstreckte sich in die Dunkelheit.

Er rief nach Jayden und Maddy. Als sie ihn erreichten, war Hunt bereits in den Spalt hineingegangen. »Kommt her. Hier gibt es einen vertikalen Schacht mit Aussparungen im Felsen, die wir als Leitersprossen verwenden können.«

Jayden und Maddy betraten ebenfalls den Gang. »Was ist das, eine Höhle?«, fragte Maddy.

»Ich glaube, es ist deine fehlende Pyramide.«

KAPITEL 35

Hunt stieg die vertikale Felsrinne Stufe für Stufe hinab. Unter ihm war es stockdüster.

»Sei ein guter Kerl und warne mich, wenn du fällst, Jayden, damit ich mich darauf vorbereiten kann.«

»Ich hatte vor, dich mitzunehmen.«

Dann sagte Maddy: »Leute, ich weiß, dass das für euch Militärtypen alles nur Spaß ist, aber ich bin wirklich nervös, okay? Bitte bleibt konzentriert.«

»Wir bräuchten dringend etwas Licht?«, sagte Hunt und wechselte das Thema. Die Dunkelheit umhüllte sie mit jeder Stufe nach unten ein wenig mehr.

»Sei froh, dass ich eine Schachtel wasserdichter Streichhölzer überall hin mitnehme«, sagte Jayden. Er öffnete einen Verschluss an seiner Gürtelschnalle, lehnte sich mit einer Hand gegen die Felswand und zündete ein Streichholz an. Das Zischen wurde von einer Flamme begleitet, dann hörten sie ein schnappendes Geräusch, als Jayden den Stiel einer Pflanze abriss, der aus der Wand ragte. Er setzte ihn in Brand und freute sich darüber, dass er sich relativ leicht entzünden ließ, nachdem er in dieser Kammer trocken gehalten worden war.

»Schnappt euch auch welche«, sagte Jayden, »denn weiter unten gibt es vielleicht keine mehr.« Hunt und Maddy sammelten ein paar trockene Pflanzenreste, die sie in ihre Bunde steckten, dann setzten sie ihren Weg nach unten fort. Nach kurzer Zeit rief Jayden, dass etwas an den Wänden geschrieben stand.

»Was, wie Graffiti?«, erwiderte Hunt und war besorgt, dass seine Hoffnungen zunichtegemacht würden, dass dies eine alte Pyramide sei, wenn sie herausfanden, dass lokale Bandenmitglieder hier unten ihre Spuren hinterlassen hatten.

Aber es war Maddys Stimme, die ihn beruhigte: »Oh mein Gott, das scheinen echte Kunstwerke zu sein. Hier ist ein Bulle, Carter. Bullen sind Symbole, die seit langem mit Atlantis in Verbindung gebracht werden!«

»Lasst uns weitergehen.« Hunt setzte seinen Abstieg fort und bemerkte nun auch, dass an den Wänden vor ihm Gemälde zu sehen waren. Eine Meeresszene, in der Langboote von Dutzenden Kriegern gerudert werden, die Schilde hoch erhoben. Ein weiteres von einer großen Stadt, einer Stadt, die auf einer Reihe von Kanälen erbaut worden war, geformt in … Hunt keuchte fast, als er die Worte in seinem Kopf bildete … *geformt in konzentrischen Ringen.*

Atlantis!

»Das hier wirst du lieben, Maddy. Aber verliere nicht deine Konzentration an der Wand. Pass auf, wo du hintrittst.«

Carter kletterte weiter hinunter, und kurz darauf hörte er Maddy über die Darstellungen schwärmen. »Unglaublich! Das muss Atlantis sein! Ich kann nicht glauben …«

»Etwas geschieht hier.« Hunts Worte beendeten Maddys Satz. »Sieht aus, als wären wir am Ende des Gangs – er öffnet sich zu einer Art Kammer.«

Aber seltsamerweise endeten die Stufen nicht am Boden der Kammer, sondern etwa zwei Meter darüber. Im flackernden Licht schien der Boden aus massiven Steinplatten zu bestehen.

»Sieht für mich solide aus. Ich lasse mich runterfallen.«

»Schön, dich gekannt zu haben, Kumpel, wenn es sich als eine seltsame Illusion herausstellt oder wenn der Boden wegbricht …«

Hunt ließ sich fallen, bevor Jayden sein Gewitzel beendet hatte. Der Aufprall seiner Füße, als er auf dem Stein landete, hallte durch die Kammer. »Ich stehe auf festem Boden, keine Sorge«, berichtete Hunt. »Kommt runter.«

Jayden sprang zuerst. Seine Fackel flackerte wild, als er stürzte. Dann folgte Maddy.

Die drei standen ehrfurchtsvoll in ihrer neuen Umgebung. Sie waren in eine Art Vorkammer gelangt, in die sich der vertikale Schacht in einen polygonalen Raum öffnete. Die Decke war hoch und die Wände mit detailreichen Wandmalereien verziert, noch viel prächtiger als jene in dem Gang. Auch diese zeigten Szenen einer Seestadt, von florierendem Handel, Kultur und Alltag: Ochsenpflüge auf Feldern, Fischer, die vor Meeresfrüchten strotzende Netze einzogen, Musiker, die vor großen Menschenmengen auftraten, Kinder, die auf einem Feld spielten, und ein Pantheon göttlicher Gestalten, die vom himmelblauen Himmel herabblickten. Abgesehen von den Kunstwerken war die Kammer leer.

Eine Steintreppe führte weiter nach unten.

»Lasst uns sehen, wohin die führt«, sagte Hunt und blickte nach unten.

Sie folgten der Steintreppe und Jaydens Fackel warf flackernde Schatten an die Wände, die hier keine Kunstwerke trugen. Nach unzähligen Schritten kamen sie zu einem Absatz mit einem an der Wand angebrachten Fackelhalter, in dem noch ein festes Stück Holz steckte.

»Ist es versteinert?«, fragte Maddy.

Hunt zog es aus der Halterung. »Nein, nur ein schönes, massives Stück Holz.«

Er hielt die Spitze des Holzes an Jaydens Flamme und wartete darauf, dass sie sich entzündete. Danach besaßen sie eine Fackel mit kraftvoller Flamme. »Das sollte eine Weile halten«, sagte Hunt erleichtert.

Die Treppe führte über eine weitere Flucht hinunter wie ein Serpentinenpfad. Die drei Entdecker folgten ihr, bis sie erneut einen Absatz erreichten. Ein weiteres massives Stück Holz war hier an der Wand montiert. Jayden entzündete es an Hunts Fackel.

»Noch ein Absatz und ich bekomme auch eine!«, sagte Maddy.

Sie gingen weiter hinunter, aber es gab keine Absätze mehr. Stattdessen befand sich am Ende dieser Flucht ein kurzer gewölbter Gang. Sie folgten ihm bis zum Ende, wo er sich gabelte und eine weitere Treppe nach unten bot. Die beiden Seitengänge schienen in weitere Kammern zu führen.

»Rechts, links, unten, oder teilen wir uns auf und jeder nimmt eine Richtung?«, fragte Jayden.

»Ich will hier unten nicht allein sein«, sagte Maddy.

»Lasst uns vorerst zusammenbleiben«, entschied Hunt. »Ich denke nicht, dass wir schon runtergehen sollten. Lasst uns zuerst die Seitengänge überprüfen. Rechts oder links, Jayden – deine Entscheidung.«

»Ich bin schon näher an der rechten Passage dran, also … nach rechts, nenn mich faul.«

Hunt lachte und sie folgten dem rechten Gang. Wieder schmückten Malereien die Wände und zeigten ein Theater. Eine weitere Fackel war hier drin zu finden und so nahm Maddy diese. Der Durchgang öffnete sich in eine geräumige Kammer mit hoher, gewölbter Decke.

Sofort konnten sie sehen, dass dieser Raum anders war.

»Oh. Mein. Gott«, flüsterte Maddy voller Ehrfurcht.

»Ist … ist all das Zeug echt?«, murmelte Jayden.

Die Kammer hatte etwa die Größe eines Wohnzimmers. Steinsockel, die im gesamten Raum aufgestellt waren, trugen eine erstaunliche Anzahl von Edelsteinen, Goldbarren,

Silber- und Jadeschmuck, Statuen aus Edelmetallen, Waffen aus verschiedenen Materialien wie Stein, Metall und Holz.

Schätze.

»Ich glaube, wir haben es gefunden«, erklärte Hunt. »Aber wartet – bevor wir uns in all diesen Schätzen und Artefakten verlieren, sollten wir uns ansehen, was in der anderen Kammer ist.«

Weder Jayden noch Maddy antworteten, sie standen nur da und staunten.

»Leute?«, hakte Hunt nach.

»Okay, stellen wir sicher, dass wir keine Fallen ausgelöst haben, als wir hier reingekommen sind. Ist es das, woran du denkst?«

»So was in der Art, ja. Es scheint mir, als hätten sie diese Pyramide bewusst als bewachsenen Berg getarnt, aber wer weiß, wie sie vor 11.000 Jahren ausgesehen hat.«

»Der Meeresspiegel war niedriger«, sagte Maddy und wandte sich von den unglaublichen Reichtümern ab. »Dies wäre der höchste Punkt einer einst wirklich riesigen Insel gewesen. Große Gebiete, die sich jetzt unter Wasser befinden, wären Landmasse und dieser Berg ein hoher Gipfel gewesen.«

Sie verließen die Schatzkammer und gingen zurück durch den Gang, bis sie die Kreuzung erreichten. Diesmal nahmen sie den linken Gang, welcher sich in eine Kammer von gleicher Größe und Anordnung wie die andere öffnete.

Und mit der gleichen Menge an Schätzen. Noch mehr Gold, so viel davon, dass die gesamte Kammer in ein gelbes Licht getaucht wurde. Es gab auch wundersame Gegenstände – massive Elfenbein-Stoßzähne, wahrscheinlich von Wollmammuts. Riesige Haikiefer, noch größer als jene, die man von einem großen weißen Hai gefunden hatte. Massive

Bernsteinbrocken und große Felle von verschiedenen Großkatzen, Bären, Ottern und anderen unbekannten Arten. Dazwischen lagen auf dem Boden Perlenketten, Goldmünzen und Halsketten aus verschiedenen Edelmetallen und mit Perlen aus exotischen Edelsteinen bespannt

Maddy war ganz verzückt. »Meine *Güte*! Mein ganzes Leben lang habe ich daran gearbeitet, Funde aufzudecken, die etwas Licht in die Vergangenheit der Menschheit bringen, aber das ... aber das ...« Sie verstummte, gebannt von der schieren Größe ihrer Entdeckung.

Aber Hunt hatte Fragen, die über den Prunk hinausgingen. Er lief ein paar Schritte und beugte sich nach unten, um eine Goldmünze aufzuheben. »Hatten die Atlanter ihr eigenes Geld?«, fragte er.

»Niemand weiß es sicher«, sagte Maddy.

»Ich glaube, wir tun es jetzt.« Hunt warf ihr die Münze zu. Sie zeigte auf der einen Seite die Büste eines Mannes, den sie nicht erkannte, mit einer Schrift, die ihr unbekannt war. Auf der Rückseite befand sich ein Bild, vermutlich von Atlantis selbst.

Hunt ging weiter durch den Raum, untersuchte Artefakte, hob ab und zu Dinge vom Boden auf. Jayden tat es ihm gleich, und nachdem sie ihre Gelassenheit wiedererlangt hatte, studierte Maddy ebenfalls die erstaunlichen Funde.

Nachdem er einige Zeit damit verbracht hatte, alles zu untersuchen, ging Jayden zu Hunt und Maddy hinüber. »Hier drin ist das ganze Geld der Welt, aber es gibt kein Essen. Diese Schätze sind großartig, aber es sind keine kubanischen Zigarren oder Kaffee. Also sollten wir uns besser daran machen, hier rauszukommen.«

Hunt stimmte zu: »Wir haben hier alles gesehen, was wir brauchen. Es ist an der Zeit, sicherzustellen, dass wir hier lebend rauskommen, damit wir der Welt sagen können, dass Atlantis existierte. Komm schon, Maddy, lass uns gehen. Wir müssen einen Weg hier raus finden.«

Sie blickte von den Artefakten auf. »Was meinst du damit, einen Weg hinaus finden? Wollen wir nicht einfach den Weg zurückgehen, den wir reingekommen sind?«

Hunt und Jayden tauschten wissende Blicke aus. Jayden sagte: »Ich denke, du vergisst den drei Meter tiefen Sturz in die erste Kammer. Wie sollen wir da wieder hinaufkommen?«

Ein paar Momente der Stille vergingen, bis Maddy das verdaut hatte. »Ich nehme an, du hast recht. Es sei denn, wir stapeln einen Haufen Mammut-Stoßzähne und stellen uns darauf oder so was ähnlich Dummes …«

»Außerdem«, unterbrach Hunt, »haben wir immer noch nicht gesehen, was es sonst in dieser Pyramide gibt. Wenn sie den ganzen Berg einnimmt, dann können wir noch nicht ganz unten sein.«

Maddy riss ihren Blick von den Artefakten los. »Okay. Du hast recht. Los geht's. Diese Kammer scheint genau gleich aufgebaut zu sein wie die andere, also empfehle ich, im mittleren Raum anzufangen.«

Widerwillig verließen sie die mit Schätzen gefüllte Kammer und liefen den Gang zurück zum zentralen Korridor, der sie zu den beiden verzweigten Hallen geführt hatte, und der Treppe, die nach unten führte. Hunt sah nach unten. »Sieht gut aus. Wir gehen runter.«

Sie stiegen nacheinander hinab. Die Wände waren nichtssagende Steinplatten ohne Kunstwerke. Sie gingen für eine scheinbar lange Zeit nach unten, bis Hunt sah, dass auch dieser Gang in eine Kammer mündete.

»Fast geschafft.« Er lief etwas schneller und seine Fackel hüpfte herum, als er die letzten Stufen hinunterstieg.

Jayden und Maddy hörten seine Stimme, bevor sie selbst den Boden erreichten. »Huh. Das ist enttäuschend.«

»Was denn?«, fragte Maddy.

»Oh, wow! Es ist keine weitere Schatzkammer. Aber ihr werdet es dennoch lieben!«

KAPITEL 36

Sie standen in einer kleineren Kammer, die bis auf ein erkennbares Merkmal leer war.

»Es ist der gleiche Türschlossmechanismus wie in der Pyramide der Bimini Road!« Jayden beugte sich nach unten, um ihn zu inspizieren, und blickte dann zurück zu Hunt. »Sollen wir?«

Hunt nickte. »Die Ehre ist ganz dein.«

Aber Maddy hatte Angst. »Wartet! Was ist, wenn es Wasser reinlässst?«

Hunt schüttelte den Kopf. »Wenn es sich nicht um eine sehr speziell konstruierte Falle handelt, wie in der Pyramide von Gizeh, weiß ich nicht, wie das passieren könnte. Wir sind weit über dem Meeresspiegel. Die Pyramide der Bimini Road war unter Wasser, deshalb die Luftschleuse. Und du siehst, dass es hier keine Luftschleuse gibt, sondern nur den Türmechanismus.«

Sie war noch immer nicht hundertprozentig überzeugt, stimmte aber zu. »Ich schätze, wir müssen ein Risiko eingehen, wenn wir hier rauswollen.«

»Das ist die richtige Einstellung!«, sagte Jayden, dann drückte er auf die Oberseite des sechseckigen Mechanismus. Dieser rastete ein und er hob den mittleren Teil der Kammer heraus.

»Mal sehen, ob in diesem etwas drin ist.« Hunt nahm den inneren Teil des sechseckigen Mechanismus.

»Wahrscheinlich nicht«, vermutete Maddy. »Denn der Letzte hatte einen Hinweis geborgen, der hierherführte. Jetzt, da wir hier sind und sozusagen den Jackpot geknackt haben, gibt es ja keinen Grund für einen Hinweis. Aber ich schaue gern nach, während ihr zwei euch dort drinnen umseht.«

Hunt und Jayden neigten ihre Fackeln, um durch die neue Öffnung schauen zu können, während Maddy das Artefakt untersuchte. »Ich hasse es wirklich, das zu tun«, sagte sie, »aber …« Dann ließ sie den Gegenstand auf den Steinboden fallen, wo er in Stücke zerbrach.

Alle drei blickten auf die Bruchstücke. Maddy beugte sich nach unten und durchsuchte alles. »Hier ist nichts.« Sie wedelte mit einem Arm nach oben zu den Schatzkammern. »Dort ist es! Der Schatz von Atlantis.«

»Doch ich denke, das ist unser Ausweg«, entgegnete Hunt und deutete auf die neue Öffnung.

Jayden kletterte auf das Portal. »Wir haben hier einen weiteren senkrechten Tunnel mit Sprossen, die aus den Steinmauern herausgehauen wurden. Ich gehe zuerst.« Er ließ seine Fackel hinunter in den Tunnel fallen. »Lasst uns schauen, wie tief er reicht. Wir haben noch zwei weitere Fackeln …« Die drei drängten ihre Köpfe zusammen, um die Fackel fallen zu sehen. Das orangefarbene Licht verblasste, bis es nicht mehr zu sehen war.

»Ein verdammt langer Weg nach unten«, sagte Hunt.

»Hoffentlich ist sie auf dem Weg nach unten einfach ausgegangen, anstatt ins Wasser zu fallen«, meinte Maddy.

»Ich gehe voran.« Damit kletterte Jayden in den senkrechten Tunnel. Er setzte seine Füße auf die Stufen, die in die steinerne Wand gehauen worden waren, und überprüfte seinen Halt, wissend, dass ein Sturz tödlich war. Dann begann er seinen Abstieg.

Hunt begann ebenfalls, in den Tunnel zu klettern, trat dann aber zurück und sagte zu Maddy: »Ich glaube nicht, dass du deine Fackel mitnehmen solltest. Es ist ein langer Abstieg, und du hast gesehen, was passieren wird, wenn man fällt.«

»Aber dann haben wir nur eine Fackel.«

»Ich werde sie nicht fallen lassen. Und ich will deine Sicherheit nicht riskieren.«

»Diskutiert ihr beiden Turteltäubchen, die Nacht in der großen Schatzkammer zu verbringen, oder was?«, rief Jayden von unten.

»Ich bin unterwegs …« Hunt versuchte die Fackel in seinen Hosenbund zu stecken, aber die Flamme war zu nah an seiner Haut, also gab er dieses Vorhaben auf. »Hey Jayden, hast du noch etwas von der Schnur, die du vom Fallschirm genommen hast?«

»Ja.«

»Ich brauche sie.«

Jaydens verärgerter Seufzer drang herauf. »Bin gleich da.« Sein Kopf tauchte aus dem Tunnel auf und er hielt sich mit einer Hand am Rand fest, während er mit der anderen in seine Tasche griff. Dann reichte er Hunt ein Bündel Schnur, bevor er wieder nach unten kletterte. Hunt wickelte die Schnur um die Mitte der Fackel und entwirrte dann genug Schnur, sodass die Fackel in sicherer Entfernung unter seinen Füßen hing.

»Brenn mir nur nicht meine fantastische Frisur mit diesem Ding an, okay?«, warnte Jayden von unten.

»Stehst wohl nicht auf den Lost-City-Look? Wird schon schiefgehen.« Hunt kletterte in den Schacht und wartete auf Maddy. Sie kletterte ebenfalls hinein und gab ihm zu verstehen, dass sie bereit sei.

Vorsichtig bewegten sich alle drei nach unten. Hunts angebundene Fackel erwies sich als effektiv, da er so beide Hände freihatte. Keiner von ihnen wusste, wie viel Zeit verging. Sie hatten einen Schreckensmoment, als ein paar Spinnen die Wand hinaufkrochen und Maddy zum Kreischen brachten, aber Hunt beruhigte sie sofort: »Lass sie vorbei, sie werden uns nichts tun!«

»Sie kriechen auf mir herum!«

»Es ist okay, Maddy, sie wollen dich nicht, lass sie vorbei, sie sind auch über mich gekrochen. Geht es wieder?«

Sie bejahte, und so setzte das Trio seine Abwärtsreise fort. Nach einer Weile informierte Jayden die anderen, dass sie sich dem Boden näherten.

»Scheint aus massivem Stein zu bestehen«, rief Jayden, seine Stimme hallte durch die vertikale Kammer. »Ich … ich bin auf festem Boden!«

Hunt und Maddy kletterten die letzten Stufen hinunter, bis auch sie den Boden erreicht hatten. Vor ihren Füßen lag Jaydens erloschene Fackel. Hunt hob sie auf und entzündete sie wieder.

Vor ihnen lag ein gewölbter Gang. Es war der einzige Weg aus der kleinen Kammer, in der sie sich befanden, und so folgten sie ihm. Bald kamen sie zu einer Biegung, und dann sahen sie eine Art Schiene.

»Was haben wir hier?«, fragte Hunt laut.

Jayden lief voran, wo ein kastenförmiges Objekt auf zwei Metallschienen aus reinem Gold stand.

»Antikes Schienenfahrzeug! Die Schienen sind aus Gold, das Ding sieht aus wie Bronze, aber wer weiß?«

Die drei nahmen den ungewöhnlichen Anblick in sich auf: Ein Gefährt, vielleicht zwei Meter lang und einen Meter breit, mit auf der Schiene ausgerichteten Rädern, die aussahen, als wären sie aus einer Silberlegierung gefertigt. Die Seiten waren etwa einen Meter hoch, und ein Hebelgriff war das Einzige im Inneren des Wagens.

»Sieht für mich solide aus«, sagte Hunt. »Ich denke, wenn es einen Schienenwagen gibt, ist es ein ziemlich langer Weg.«

Jayden bewegte den Hebel auf und ab und aktivierte einen Kolben, der das Gefährt entlang der Schienen nach vorn bewegte. »Oder es könnte bedeuten, dass sie schwere Lasten zu transportieren hatten.«

»Es gibt nur eine Möglichkeit, das herauszufinden.« Hunt kletterte hinein und sah seine Freunde hoffnungsvoll an. »Steigt ein, Leute. Nächster Halt … unbekannt!«

Jayden setzte sich Hunt gegenüber und gemeinsam bewegten sie den Hebel auf und ab. Die Fahrt verlief überraschend ruhig für ein so antikes Konstrukt, wie Maddy später anmerkte.

»Sicherlich ein gutes Beispiel für die fortschrittliche Technologie, die die Atlanter angeblich besessen haben. Ich kann es kaum erwarten, über diesen wundersamen Fund zu berichten … falls ich die Chance dazu bekomme.«

»Du wirst deine Chance bekommen, Maddy. Wir fahren mit der Atlantis Railroad direkt hier raus. Halt dich einfach fest!« Hunt und Jayden begannen schneller zu pumpen und schon bald fuhr der Wagen in einem guten Tempo über die Schienen. Die beiden Fackeln, die jetzt von Maddy gehalten wurden, flackerten in der Brise, die durch ihre Vorwärtsbewegung erzeugt wurde. Nach einiger Zeit bemerkten sie, dass die Strecke auf einer leichten Neigung lag, was ihre Geschwindigkeit noch erhöhte, und Jayden gab einen Jubelschrei von sich.

»Driving the train …«, begann er das bekannte Grateful-Dead-Lied zu singen und entlockte Hunt und Maddy ein Stöhnen, das sich in dem Knarren des Kolbens und Rasseln des Wagens über dem Schienensystem verlor. Sie genossen die sanfte Abfahrt, bis sie an einer Stelle ein flatterndes Geräusch hörten und die Luft über ihnen plötzlich von dunklen Schatten erfüllt war, die auf hektische und unvorhersehbare Weise im Zickzack herumflogen.

»Fledermäuse!«, rief Jayden aus.

»Ducken!«, warnte Hunt. Der Schwung des Wagens trug sie durch den Schwarm der Fledermäuse und schon bald war der Spuk vorbei.

»Die Tatsache, dass es hier unten Fledermäuse gibt, bedeutet, dass es irgendwo einen Ausgang gibt«, betonte Jayden.

»Aber das könnte der gleiche Weg sein, durch den wir reingekommen sind«, entgegnete Hunt.

»Das Glas ist immer halb leer bei dir, nicht wahr, Carter?«

»Ich habe nur das Gefühl, dass wir auf dieser Reise noch einen weiten Weg vor uns haben.«

Die Wände des Tunnels wurden enger, sodass sie vom Wagen aus nach ihnen greifen und sie berühren konnten. Sie bestanden aus Naturgestein.

Nach einer Weile wurde das Gelände flacher und sie mussten sich mehr anstrengen, um die Geschwindigkeit zu halten. Hunt warf einen Blick auf seine Taucheruhr. »Wir sind lange genug gereist, dass es unmöglich ist, dass wir uns jetzt noch unter dem Pyramidenberg befinden könnten.«

»Das habe ich auch gedacht«, sagte Jayden.

»Also, wo sind wir dann?«, fragte Maddy.

»Ich denke, wir müssen unter dem Wald sein, zwischen Berg und Strand«, vermutete Hunt.

»Aber wo geht es raus? Ich habe am Strand nichts Ungewöhnliches bemerkt.«

»Ich auch nicht«, sagte Jayden.

»Beruhigt euch und genießt die Fahrt«, sagte Hunt. »Wir werden schon früh genug herausfinden, wohin diese Schienen uns führen.«

***

Hunt ließ den Hebel los, lehnte sich gegen die Seite des Wagens und beobachtete, wie die monotonen Tunnelwände vorbeizogen. Als er seine Uhr im Fackellicht prüfte, schüttelte er den Kopf. »Es ist ungefähr acht Stunden her. Ich fange an zu glauben, dass diese Strecke in einer Schleife verläuft, obwohl wir denken, dass wir geradeaus fahren.«

»Bitte sag das nicht«, entgegnete Maddy. »Du machst mir Angst. Ich will mich hier unten nicht verirren … wo auch immer hier ist.«

Jayden, der auf die Wände hinter dem Wagen starrte, schüttelte den Kopf. »Auf keinen Fall, das ist keine Schleife. Wir fahren mehr oder weniger geradeaus. Schau dir den seltsamen Riss in der Decke an, zum Beispiel hier.« Er zeigte auf eine bestimmte Stelle an der Tunneldecke, als der Wagen weiterfuhr.

»Stimmt, ich erinnere mich nicht, so etwas gesehen zu haben. Es gibt auch andere Unregelmäßigkeiten wie diese. Ich glaube, wir fahren nur sehr lange in eine Richtung.«

Maddy schien verwirrt zu sein. »Aber … wenn wir in den letzten acht Stunden durchschnittlich … sagen wir … acht Kilometer pro Stunde gereist sind, bedeutet das, dass wir etwa …« Sie verstummte, als ob sie von der Bedeutung ihrer eigenen Schlussfolgerung verblüfft wäre.

Jayden beendete den Satz für sie: »… fünfundsechzig Kilometer zurückgelegt haben. Was uns irgendwo in – oder sollte ich besser sagen *unter* – die Florida Straits bringt.«

»Ja, in etwa auf halbem Weg zwischen Kuba und Florida«, stimmte Hunt zu. Sie fuhren einige Sekunden lang schweigend weiter, während sie über die Bedeutung ihrer geschätzten Position nachdachten.

Hunt brach die Stille, indem er hinzufügte: »Wir müssen in einem Tunnel unter dem Meeresboden sein.« Er versuchte sich die unzähligen Tonnen Wasser über ihren Köpfen gar nicht erst vorzustellen.

Maddy schien beeindruckt. »Stell dir das Ingenieurwissen vor, das für den Bau eines solchen Tunnels von Kuba nach Florida erforderlich ist!«

»Und die Arbeitskräfte, die sie eingesetzt haben müssen. Ich denke, die Bewohner von Atlantis hatten Sklaven.«

Hunt griff wieder zu dem Hebel. »Könnte sein. Ich weiß nur, wenn das, worüber wir gesprochen haben, stimmt, haben wir noch einen langen Weg vor uns. Wir knien uns besser rein und machen uns an die Arbeit.«

Jayden griff ebenfalls wieder zum Hebel, und Maddy nahm ihren Posten als Ausguck vorn ein. Der Tunnel schien unveränderlich und unendlich. Hunt bemerkte nach einiger Zeit, dass es jetzt Nacht sei und es draußen somit dunkel war.

»Nicht, dass es hier drin einen Unterschied macht«, sagte Jayden.

»Noch etwa acht Stunden, bis wir das amerikanische Festland bei Florida erreichen. Mehr, wenn es auf die Bahamas geht.«

»Die Bahamas? Denkst du, der Tunnel könnte den ganzen Weg zurück in das Gebiet der Bimini Road gehen?« Maddy klang ungläubig.

Hunt rief über das Rumpeln der Räder: »Es ist möglich, ich meine, die beiden Standorte sind miteinander verbunden und dieses Eisenbahnsystem folgt einem sehr langen Weg.«

»Ich schätze, wir werden es herausfinden«, sagte Maddy.

Hunt nickte, als sie weiter in die Dunkelheit unter dem Meeresboden fuhren.

KAPITEL 37

Sieben Stunden später

Hunt hatte sich einen Teil seines T-Shirts abgerissen und um seine Hände geschlungen, um Blasen durch das Bedienen des Hebels zu verhindern. Vorn benutzte Maddy die einzige verbliebene Fackel, um die Gleise vor ihnen zu beobachten. Bislang hatten sie keine Unannehmlichkeiten erlebt, aber sie wusste, dass sie es sich nicht leisten konnten, Risiken einzugehen. Nach Stunden dieser Tätigkeit waren ihre Augen angespannt und tränten. Deshalb dachte sie, sie würde halluzinieren, als sie sah, wie die Strecke auf ein Ende zulief. Eine Felswand versperrte den Weg und die Strecke endete; sie führte einfach bis zur Kalksteinwand und endete dort. Maddy hielt eine Hand hinter sich und sagte: »Haltet an!«

Der Wagen hatte keine wirkliche Bremse, aber ob absichtlich oder zufällig, die Neigung der Gleise hob sich für die letzten hundert Meter an und wirkte dadurch wie eine natürliche, durch Schwerkraft erzeugte Bremse. Hunt und Jayden ließen die Hebel nur allzu gern los.

»Endstation«, rief Jayden, als sie anfingen, bergauf zu rollen.

»Sag das nicht«, entgegnete Maddy.

»Ich meine für die Schienen, nicht für uns!«

»Es macht mir immer noch Angst.«

»Lasst uns hier raus, bevor dieses Ding wieder bergab rollt, okay?«, sagte Hunt.

Als der Wagen fast stand, sprangen sie auf den Kalksteinboden. Der Wagen rollte zurück, zunächst langsam, dann aber schneller, bis er aus ihrem Sichtfeld verschwand.

»Sieht so aus, als gäbe es nur einen Weg«, sagte Hunt. Tatsächlich lag vor ihnen ein kleiner Eingangsbereich.

»Ich hoffe, dass er irgendwohin führt«, erwiderte Jayden.

Hunt ging voran, während er die Fackel vor sich hielt. »Mal sehen …« Er betrat den kleinen Bereich und sah sofort ein schwaches Licht von rechts kommen. Als er in die Richtung schaute, sah er eine weitere Kammer, aber diese wurde von …

»Tageslicht! Schwach, aber ich sehe definitiv Tageslicht!«

Während Maddys und Jaydens aufgeregte Schritte ihn einholten, untersuchte Hunt seine neue Umgebung. Es gab nicht viel zu sehen. Es war eine kleine Kammer mit einem Korallenboden. Über sich sah er einen inzwischen vertrauten Anblick: Ein senkrechter Tunnel mit einseitig aus der Wand herausgemeißelten Stufen.

»Es ist ein weiterer Tunnel! Wir verschwinden von hier.«

Maddys und Jaydens Freudenschreie hallten durch den Raum, während Hunt weiterhin ihren Weg nach draußen begutachtete. »Es ist aber hoch, vielleicht dreißig Meter.«

»Ich würde ein zehngeschossiges Gebäude besteigen, um hier rauszukommen«, entgegnete Jayden.

Hunt ließ seine Fackel auf den Boden fallen, die fast vollständig heruntergebrannt war, da sie nun genug Tageslicht hatten. Ohne weitere Umschweife legte er seine Hände und Füße an die steinernen Sprossen und begann zur Außenwelt hochzuklettern. Maddy und Jayden folgten ihm.

Ich frage mich, was da oben ist.

***

Hunt stoppte ein paar Meter unter der Kante des Tunnels. Er konnte nun sehen, warum es nur spärliche Lichtstrahlen bis nach unten schafften: Die Oberseite des vertikalen

Raumes war so gebaut, dass sie leicht abgewinkelt lag, und die Öffnung war schmal, kaum groß genug, um durchzupassen. Der Ausgang war bedeckt von Vegetation. Er lauschte in die neue Umgebung. Möwen kreischten und eine Brise wehte.

»Dann lasst uns mal rausgehen«, rief er nach einer Weile Jayden und Maddy zu. Hunt zog sich hinaus ins Tageslicht.

Seine erste Reaktion war pure Enttäuschung, als er auf ein weiteres tiefliegendes, sonnengebackenes Stück Strand blickte, das kaum mehr als eine Sandbank war. Hier war nichts. Er trat vom Schacht zurück, um Platz für Maddy und Jayden zu machen, und ließ seinen Blick schweifen. Aber es gab wenig zu erkunden. Die Insel war charakterlos und flach und nicht sehr groß. Aber es war das, was dahinter lag, was Hunts Aufmerksamkeit erregte.

Eine weitere Insel, etwas entfernt. Nur, dass es sich dabei nicht um einen verlassenen kleinen Korallenhaufen handelte. Hunt schnappte nach Luft, als er sah, wie eine riesige Fähre an einem langen Pier anlegte, auf dem viele Menschen darauf warteten, an Bord zu gehen. Hunt betrachtete die Insel genauer und konnte eine große Struktur aus braunem Ziegelstein erkennen, die sich über weite Teile entlang des Inselstrandes erstreckte.

Jayden und Maddy stellten sich erschöpft neben ihn.

»Sieht aus wie eine Art Touristenattraktion«, sagte Jayden.

»Wo sind wir?«, fragte Maddy.

»Ich bin mir nicht ganz sicher.« Hunt versuchte die Beschriftung der Fähre zu erkennen, aber sie war zu weit entfernt. »Nun, wo auch immer wir sind, wir müssen dorthin, und das bedeutet schwimmen.«

Maddy stöhnte bei dem Gedanken, sich noch einmal anstrengen zu müssen.

»Komm schon«, sagte Jayden und ging auf das Wasser zu. »Du weißt, dass sie auf der Fähre eine Bar haben.«

»Ich schätze, ein paar Schwimmzüge werden mich nicht umbringen«, entgegnete Maddy resigniert.

»Nicht, wenn ich es verhindern kann«, gab Hunt zurück. »Lasst uns von der Fährlinie und all den Leuten fernbleiben, damit wir keine unangenehmen Fragen beantworten müssen. Dann werden wir versuchen, uns anzupassen und herauszufinden, wo wir sind.«

Das müde Entdeckertrio wagte sich erneut ins Meer, diesmal nicht einmal sicher, welches Meer es war. Das Wasser war warm, bemerkte Hunt, vielleicht etwas kühler als in Kuba. Glücklicherweise war die Strömung mild, sodass sie relativ gut vorankamen. Irgendwann spürte Hunt einen scharfen, stechenden Schmerz an seiner Wade. Er hob sie aus dem Wasser, um einen Blick darauf zu werfen, und sah, dass sie mit roten Beulen bedeckt war.

»Quallen!«, warnte er die anderen, aber es war zu spät. Sie waren in einen Schwarm geraten. Im Wasser tretend, schaute Hunt sich um und entdeckte Hunderte der gelatineartigen Formen umherziehen. Er wusste, dass es keine andere Möglichkeit gab, als weiterzuschwimmen. Jayden wurde auch verletzt, aber dann waren sie wieder in klarem Wasser.

Und auch näher an der Insel. In diesem Moment verkündete der Lautsprecher der Fähre, dass es nun an der Zeit sei, für die Rückfahrt nach Key West einzusteigen.

Key West, Florida! Plötzlich wusste Hunt, wo sie waren. Das braune Backsteingebäude auf der Insel – er konnte nun sehen, dass es als polygonaler Ring erbaut worden war, der die gesamte Insel umgab – war ein altes Fort aus der Bürgerkriegszeit, Fort Jefferson, welches sich etwa 110 Kilometer südlich von Key West auf Inseln befand, die als die Dry Tortugas bekannt waren.

»Willkommen auf den Dry Tortugas, Leute! Lasst uns an Land gehen.«

»Cool, wir fahren nach Key West! Duval Street Kneipentour, hier komme ich!« Jayden begann mit neuer Kraft zur Insel zu schwimmen.

***

Der Klang des Lautsprechers der Fähre, der den letzten Boarding Call ankündigte, erreichte Hunts Ohren, als die drei über den weißen Sandstrand trabten. Sie freuten sich über das Gefühl des heißen Sandes unter ihren Füßen. Wieder trockener Boden!

»Was haltet ihr davon, wenn wir versuchen, auf diese Fähre zu kommen«, schlug Hunt vor, aber Jayden und Maddy lenkten ihre Schritte bereits den Strand hinauf zum Fährhafen. »Ich werte das als ein Ja.«

Sie folgten dem Strand, bis dieser in einer Wiese endete, auf der viele Touristen ein Picknick genossen. Die Fähre gab das Signal zum Ablegen.

»Kommt schon!« Hunt rannte über das Gras, bis er die Mole erreichte.

»Ich habe meine Brieftasche vergessen, also hoffe ich, dass sie nicht erwarten, dass wir ein Ticket kaufen«, meinte Jayden.

»Ich denke, man kauft das Ticket in Key West und es gibt nur Hin- und Rückfahrt«, entgegnete Hunt. »Mit etwas Glück werden sie also nicht nach Tickets fragen.«

»Aber wir wissen, dass es mehr als einen Weg gibt, um hierherzukommen«, sagte Maddy mit einem wissenden Lächeln.

Sie schlossen sich den anderen Nachzüglern an. Jayden hielt einen Finger hoch, als hätte er eine tolle Idee gehabt. »Wenn sie fragen, sagen wir ihnen einfach, dass wir aus Atlantis gekommen sind. Sie werden glauben, dass wir nicht mehr alle Tassen im Schrank haben, und uns sofort zum Festland bringen, um uns zu untersuchen. Dann können wir aus der Klapsmühle ausbrechen …«

»Hier entlang bitte …« Ein Mitarbeiter stand am Eingang der Gangway-Rampe, die zur Fähre führte, seine Hand auf dem Verschluss einer Seilbarriere. »Gehören Sie zusammen?«, fragte er Hunt, Jayden und Maddy, die alle nass waren, obwohl das auf dieser Insel sicher nichts Ungewöhnliches war, da es sich um ein Strandziel handelte.

Hunt nickte und der Mann winkte sie durch. »Sie sind die letzten.« Hunt, Jayden und Maddy eilten auf die Gangway, und der Mitarbeiter kettete das Seil hinter ihnen zu. Dann signalisierte er dem Fährkapitän, dass alle Passagiere an Bord waren. Das Horn blies wieder, die Dockleinen wurden gelöst, und die dreigeschossige Fähre rumpelte vollgepackt mit Touristen vom Pier weg.

»Sieht so aus, als hätten wir eine schöne 90-minütige Rückfahrt«, sagte der Kapitän über die Lautsprecher. »Also zögern Sie nicht, sich auf dem Schiff umzusehen, und genießen sie das Essen und die Cocktails. Nächster Halt: Key West.«

»Hat einer von euch Geld?«, fragte Jayden. »Meine Brieftasche ist leider mit dem Wasserflugzeug abgestürzt.«

»Meine auch«, beklagte Maddy. »Aber glaub mir, ich beschwere mich nicht, wenn man bedenkt, wie alles hätte ausgehen können.«

Jayden hob eine Augenbraue und fischte in der Tasche seiner nassen Shorts herum. Dann hielt er etwas hoch, das im Sonnenlicht silbern schimmerte.

»Vielleicht verschafft uns dieses Silber etwas zu essen und zu trinken.« Er lächelte schelmisch. Hunt warf ihm einen fragenden Blick zu. »Du weißt, dass das nicht wirklich unser ist, oder?«

Jayden nickte langsam. »Ich weiß es, aber ich habe auch das Gefühl, dass die Menschen von Atlantis uns dankbar dafür sind, dass wir ihre verlorene Stadt und Kultur wiederentdeckt haben, und für die Arbeit, die wir jetzt leisten werden, damit es in die richtigen Hände gelangt, um von allen und nicht nur von reichen Privatsammlern genossen zu werden. Sind wir jetzt auf der gleichen Wellenlänge, Carter?«

Hunt war über das Ausmaß erstaunt, in welchem Jayden ihn verstanden hatte. Er konnte nur nicken und hinzufügen: »Wenn es eine Münze wäre, wäre ich dagegen, weil sie zu leicht zu identifizieren wäre, aber das ist nur ein Stück Silber. Wenn du damit also etwas erreichen kannst, nur zu. Wenn nicht, muss ich ein paar Anrufe tätigen, sobald wir in Key West ankommen, um etwas Geld zu bekommen.«

»Wir werden auf dem Oberdeck sein und die Aussicht genießen«, sagte Maddy, nahm Hunt an der Hand und führte ihn eine kurze Treppe hinauf. Jayden verschwand durch eine Tür in den Bootssalon, wo an der Bar ein reger Betrieb herrschte.

Ein paar Minuten später standen Maddy und Hunt an der Reling des Oberdecks und sahen zu, wie die Dry Tortugas hinter dem aufgewühlten Fahrwasser der Fähre in der Ferne verblassten. Jayden kam mit einem Tablett mit Getränken und Essen zu ihnen.

»Wie klingen Margaritas und Cheeseburger im Paradies?«

Maddy lächelte dankbar, als sie sowohl das Essen als auch den Drink nahm, zusammen mit einem Becher Eiswasser, während Hunt den Kopf schüttelte. »Angesichts dessen, was du dafür bezahlt hast, klingt es nach dem teuersten Essen, das ich je hatte. Nicht, dass ich mich an dieser Stelle beschweren würde, wohlgemerkt. Aber das passt zu dir, ein unbezahlbares Artefakt gegen Burger einzutauschen.«

Jayden reichte Hunt das Tablett, während er einen Burger und Drink für sich nahm. »Oh, ich denke, wir wissen, dass alles seinen Preis hat.«

Hunt ließ seinen Blick über den Ozean schweifen, bis er auf der kleinen Insel mit dem versteckten Eingang zum Atlantischen Tunnel verweilte. Er hob seinen Drink und sie stießen mit den Gläsern an.

»Auf Atlantis.«

EPILOG

Vier Monate später
New York City, American Museum of Natural History

»Und damit, meine Damen und Herren, bitte – erfreuen Sie sich an der bisher spektakulärsten Ausstellung unseres Museums – *Atlantis entdeckt!*« Der stolze Museumskurator trat von einem Podium zurück, als ein Meer von Blitzlichtern aus einer Schar von Medienkameras explodierte. Hinter ihm lockte eine große Halle mit einer erstaunlichen Ausstellung von Schätzen, Artefakten und Antiquitäten, die akribisch in verschiedenen Vitrinen angeordnet waren. Informative Beschilderungen und interaktive Module klärten die Besucher darüber auf, was sie sahen. Videos von den Orten, die Hunt, Jayden und Maddy entdeckt hatten, wurden auf riesigen Plasmabildschirmen im ganzen Raum abgespielt.

In den Wochen nach ihren erstaunlichen Funden hatten die drei unzählige archäologische, anthropologische, historische und sogar geologische Experten auf der ganzen Welt getroffen, die ihre Geschichte bestätigt und neue Erkenntnisse über bestimmte Details gewonnen hatten. Das Ergebnis dieses Diskurses war, dass die gefundenen Schätze und Artefakte als glaubwürdig erachtet wurden, was bedeutete, dass die Existenz von Atlantis selbst als glaubwürdig galt, wodurch die Menschheitsgeschichte neu geschrieben werden musste. Die von Hunt entdeckten Originalschauplätze standen nun unter internationaler Bewachung durch neutrale Parteien, darunter die Vereinten Nationen. Die genauen Orte wurden streng bewacht, aber die freigelegten Schätze sollten öffentlich ausgestellt werden und von einem großen Museum zum nächsten auf der ganzen Welt reisen. Nach dieser ersten Ausstellung in New York reiste sie nach London, dann Paris, München, Moskau, Tokio, Schanghai und anderen bedeutenden Orten.

Die drei Entdecker, in festlicher Abendkleidung, traten zur Seite, damit die Besucher die Ausstellung nun betreten konnten.

Jayden grinste Hunt an. »Ein Wahnsinnsurlaub, den wir da hatten, oder?«

Hunt nickte ernst. »Lustig genug, dass ich denke, meine nächste Karriere gefunden zu haben: Schatzsuche. Rückgabe von Artefakten an die Öffentlichkeit, die für Ewigkeiten verloren geglaubt waren. Vergangene Fehler korrigieren. Ich besitze das nötige Kleingeld dank der Erbschaft meines Großvaters. Und jetzt habe ich auch den Ruf, dank unseres kleinen Urlaubs. Aber ich brauche erfahrene Partner, und du hast dich mehr als bewährt. Bist du dabei?«

Jayden nickte, sein Gesichtsausdruck ausnahmsweise voller Ernsthaftigkeit.

»Wie wirst du sie nennen, deine Schatzsucherfirma? Da *Treasure, Inc.* bereits vergeben ist, meine ich.«

Hunt verzog bei der Erwähnung von Deadalus' Firma das Gesicht. »Ich wollte sie *Omega* nennen.«

Jayden zeigte auf Hunts Uhr. »Was, nach deiner schicken Uhr? Obwohl ich zugeben muss, dass sie sich bei unseren Tauchgängen als nützlich erwiesen hat.«

»Nein, ich habe eher daran gedacht, dass Omega in der Physik und Elektrotechnik die Einheit für Widerstand ist. Meine Firma wird eine Einheit des Widerstands gegen diejenigen sein, die anderen das Privileg verweigern, den Reichtum der Menschheitsgeschichte zu erleben.«

Jayden nahm eine Trüffel vom Tablett eines vorbeischlendernden Kellners und steckte sich diese in den Mund. »Funktioniert für mich.«

Dann wandte sich Hunt an Maddy, die das Gespräch mit Interesse verfolgt hatte. »Was ist mit dir, bist du auch dabei?«

Sie sah für eine Sekunde zu Boden, bevor sie Hunts Blick erwiderte. »Ich würde es gern sein, Carter, und ich erkenne deine Vision auf jeden Fall an. Aber ich brauche meine Karriere – meine eigene Arbeit – sie ist mir wichtig. Sagen wir einfach, dass ich deine wichtigste Beraterin sein werde.«

Hunt grinste. »Ich glaube, es gibt da etwas, bei dem ich dich heute Abend konsultieren muss.«

Während das Publikum über die glitzernden Funde staunte, flirtete Jayden mit einer attraktiven Kellnerin, die Granatapfel-Martinis anbot, während Hunt und Maddy zum Ausgang schlenderten. Das Museum war überfüllt, und obwohl Hunt sein Bestes tat, um Maddy sanft durch die Menge zu führen, stieß er dennoch gegen einen großen, dunkelhaarigen Mann mit einem dunklen Teint, der auf dem Weg in die Ausstellung war.

»Entschuldigung, es tut mir leid«, sagte der Mann und veranlasste Hunt, zu ihm hinüberzuschauen. Er war gerade im Begriff, die Entschuldigung zu erwidern, als er sah, dass es sich bei dem Mann um Daedalus handelte, der in Smoking mit Fliege gekleidet war. Maddy blickte weg, und auch Hunt ging weiter, denn er hatte dem Mann nichts zu sagen.

»Wie war die Ausstellung? Ich kann es kaum erwarten, sie selbst zu sehen!«, sagte Daedalus und tat so, als würde er ein harmloses Gespräch mit einem Fremden führen. Hunt ignorierte ihn und führte Maddy hinaus. Sie liefen in die kühle New Yorker Nacht und riefen ein Taxi. Die beiden stiegen ein und Hunt sagte dem Fahrer, er solle sie zum Ritz Carlton bringen.

»Sie haben einen guten Geschmack, Mr. Hunt, das muss ich zugeben.« Maddy schmunzelte.

Hunt sah ihr tief in die Augen. »Danke, Dr. Chambers. Das Ritz ist vielleicht nicht so ausgefallen wie Atlantis, aber es muss für heute Abend reichen.«

– E N D E –

ODINS VERMÄCHTNIS von **DAVID LEADBEATER**

»Wer Andy McDermott oder Matthew Reilly liebt, sollte sich dieses Buch holen.«

AMAZON.COM

WWW.LUZIFER.PRESS

LUZIFER
VERLAG